FOLIO JUNIOR

Titre original : *The Scent of Magic*
Édition originale publiée par Orion Children's Books
a division of the Orion Publishing Group Ltd

Cliff McNish

L'ALLIANCE MAGIQUE

SECOND VOLUME DE LA TRILOGIE

traduit de l'anglais
par Pascale Haas

FOLIO JUNIOR/GALLIMARD JEUNESSE

Pour Ciara, merci pour tout

1. Les yeux

Rachel, réveille-toi, sors de ton rêve !

Morpeth la secoua d'abord doucement, puis plus vigoureusement quand il vit qu'elle ne bougeait pas.

– Allons, réveille-toi !

– Quoi... qu'est-ce qu'il y a ? fit-elle en entrouvrant un œil.

Un bref instant, il aperçut les restes du cauchemar qu'elle venait de faire. Coincé au creux de sa joue et aussi gros qu'un chien, c'était une griffe noueuse toute noire de sorcière. Tandis qu'il regardait le visage livide de Rachel, Morpeth vit disparaître les affreux ongles verts.

– Tout va bien, dit-il rapidement en la prenant par les épaules. N'aie pas peur, tu es à l'abri, chez toi, dans ta chambre et il n'y a pas de sorcière.

– Oh, Morpeth… Il ne faut pas me réveiller comme ça. Quand je rêve, je risque de… j'aurais pu te faire du mal.

La tête enfouie dans l'oreiller, Rachel attendit que la sensation glaciale des ongles griffus soit passée.

– Tu devrais pourtant le savoir, reprit-elle, un sortilège aurait pu m'échapper.

– Tu préférerais que ta mère voie ces griffes ? Moi, au moins, je sais reconnaître un sortilège.

– Il n'empêche que c'est dangereux... même pour toi. Il faut me laisser me réveiller naturellement, attendre que je sois prête.

Morpeth grommela dans sa barbe en montrant le soleil qui filtrait derrière les rideaux.

– J'ai attendu le plus longtemps possible. On est déjà au milieu de la journée, et ta mère allait venir te réveiller, dit-il en lui retirant quelques brins d'algue des cheveux. Hum, ces choses dégagent un parfum intéressant...

– Oh non, gémit Rachel, qui remarqua tout à coup l'odeur écœurante. Je suis encore allée cette nuit dans l'étang ?

– J'en ai peur.

– C'est la deuxième fois cette semaine, fit-elle en se mordillant la lèvre.

– La troisième.

– Et j'avais des branchies, j'imagine ?

– Oui, sur le cou. D'un beau rouge cramoisi, comme d'habitude.

– Beurk ! fit Rachel en effleurant son cou d'un air dégoûté. Et combien de temps suis-je restée sous l'eau, cette fois-ci ?

– Environ une heure.

– Une heure ! répéta-t-elle, affolée. Mais c'est pire que la dernière fois... Bon, d'accord, je vais me lever. Tu veux bien vérifier qu'il n'y a personne dans le couloir et dans la salle de bains ?

Morpeth sortit jeter un coup d'œil et revint dans la chambre.

– La voie est libre. Tiens, voilà des serviettes

propres. Je vais mettre tes draps dans la machine à laver.

Rachel sourit en prenant les serviettes.

– Morpeth, tu es mon ange gardien !

Elle gagna la salle de bains à pas de loup et prit une longue douche brûlante pour se débarrasser de l'odeur nauséabonde de l'étang. De retour dans la chambre, elle s'assit devant sa coiffeuse et commença à brosser ses longs cheveux bruns d'un geste las. Soudain, elle s'arrêta, posa la brosse puis s'approcha lentement du miroir pour examiner son visage parsemé de taches de rousseur.

Le regard qui la fixait n'était plus tout à fait humain. Ses anciens yeux verts, de la même couleur que ceux de son père, avaient disparu et à la place il y avait ses nouvelles prunelles magiques. De multiples sortilèges tapis dans les coins, sous les paupières d'où ils avaient une vue parfaite sur le monde. Ils se bousculaient toute la journée en cherchant à attirer son attention. Chaque sort possédait une couleur singulière. Ceux de la veille s'étaient présentés dans des tons rouge et or autour de sa pupille noire et, ce matin, elle n'avait plus de pupille du tout, seulement deux yeux d'un bleu immense et profond, de la couleur d'un ciel d'été. Rachel avait vu cette couleur d'innombrables fois ces temps-ci, c'était celle du sort qui permettait de voler, et qui trépignait d'impatience d'être utilisé.

– Non, pas question de m'envoler ! fit-elle en observant son reflet dans le miroir. J'ai fait une promesse, et je compte bien la tenir. Je ne te céderai pas !

– A qui refuses-tu de céder ? demanda une voix.

Rachel se retourna d'un air surpris. Sa mère se tenait derrière elle, un regard inquiet posé sur le miroir.

– Maman… Mais depuis quand es-tu ici ?
– Un bon moment. Je vous regardais, toi et eux.
Elle observa les yeux de sa fille où se bousculaient les sortilèges. Leur couleur était à présent d'un gris mélancolique.
– Ces maudits sorts..., marmonna-t-elle d'un air furieux. Qu'est-ce qu'ils attendent de toi ? Ils ne pourraient pas te laisser en paix, pour une fois ?
– Ne t'en fais pas, maman. Je... j'arrive encore à les contrôler.
Sa mère l'entoura de ses bras et la serra tendrement en parlant d'une voix douce :
– Alors, pourquoi trembles-tu comme ça ? Au bout de douze ans, tu crois que je ne vois pas quand ma fille a des problèmes ?
Une grosse larme roula sur la joue de Rachel, qui l'essuya aussitôt.
– Pleure, laisse-toi aller, lui dit sa mère. Ah, ces horribles sorts... Comment osent-ils te torturer ainsi ?
Pendant quelques minutes, Rachel s'abandonna à l'étreinte maternelle.
– Je maîtrise la situation, je t'assure, dit-elle au bout d'un moment. Ça va. Ça va très bien.
Sa mère la serra de nouveau contre elle et resta là, hésitant visiblement à s'en aller.
– Tu ne voudrais pas arrêter de fixer ce miroir ?
– Fini pour aujourd'hui, promis ! répondit Rachel en se forçant à sourire.
Et lorsqu'elle vit sa mère s'éloigner lentement vers la porte, elle ajouta :
– Papa te manque beaucoup ?
– Ça se voit tant que ça ? rétorqua sa mère en s'immobilisant sur le seuil.

– Je le sais parce qu'il me manque à moi aussi. Je déteste quand il s'en va.

– Son dernier contrat à l'étranger pour cette année est pratiquement terminé. Il sera de retour d'ici un mois ou deux.

– Dans trente-huit jours.

– Ah bon, tu comptes les jours, toi aussi ? rétorqua sa mère avec un sourire complice. Allez, descends vite ! J'en ai déjà par-dessus la tête d'Éric et des prapsies pour aujourd'hui. Dieu sait si j'adore ton frère mais, la moitié du temps, on dirait qu'il a six ans d'âge mental et non neuf, à voir le genre de choses qu'il apprend à ces bébés-oiseaux !

Sur ces mots, elle descendit l'escalier en continuant à ronchonner.

Une fois habillée, Rachel descendit à la cuisine. Dès qu'elle entra, les prapsies se cachèrent la tête.

– Ferme tes yeux, ils font des étincelles ! s'écria l'un d'eux en lui jetant un bref coup d'œil.

Rachel s'empressa de diminuer l'intensité des couleurs-sortilèges.

L'autre prapsy voleta d'un air furibond devant son visage.

– Éric aurait pu être aveuglé ! couina-t-il. Sa belle frimousse a failli se retrouver avec deux trous brûlés à la place des yeux !

Rachel savait pertinemment qu'il valait mieux ne pas répondre. Elle alla mettre du pain dans le toaster et le regarda brunir, comme si cela la fascinait.

Les prapsies vinrent s'agiter sous son nez en faisant des grimaces. Ces créatures, sorties de l'imagination d'une sorcière qui les avait employées un temps comme messagers, étaient vraiment bizarres. Leur corps, semblable à celui d'un corbeau, était recouvert de plumes lisses et brillantes d'un noir bleuté. Mais à la place du bec, ils avaient un nez ; et au lieu d'une tête d'oiseau, ils arboraient un visage poupin, avec des fossettes, des joues roses et des lèvres toutes douces. Les prapsies avaient une tête de bébé.

La mère de Rachel passa devant eux et les chassa d'un geste de la main. Ils se séparèrent, puis revinrent planer côte à côte juste au-dessus de la tête de Rachel. L'un fit des bulles en retroussant les lèvres ; l'autre, sans le faire exprès, bava sur son toast.

– Charmant ! fit-elle en jetant la tranche de pain à la poubelle.

Les deux prapsies poussèrent des cris stridents comme des fous.

– Regarde-nous, tête de guenon ! s'écrièrent-ils en chœur. Nous sommes superbes ! Magnifiques ! Tu n'as qu'à demander à Éric.

Le frère de Rachel était assis à la table de cuisine, en train de feuilleter une bande dessinée.

– Ça va, grande sœur ? fit-il en levant un œil. La compagnie des zoziaux te fait plaisir ?

– Ça va, répondit-elle sèchement. Mais je préférerais qu'ils s'abstiennent de m'embrasser. Tu ne pourrais pas les appeler, le temps que je beurre ma tartine ?

– Bien sûr.

Éric les siffla, et les deux prapsies vinrent se poser sur son épaule. Ils restèrent perchés là, en faisant les gros yeux à Rachel.

– Et tâche de les faire taire une minute, intervint la mère des enfants d'une voix qui se voulait menaçante. Sinon, on mangera du ragoût de corbeau au dîner !

Éric fit comme s'il n'avait rien entendu, mais s'empressa de mettre un doigt sur sa bouche. Aussitôt, les prapsies pressèrent leurs lèvres l'une contre l'autre pour s'empêcher de proférer de nouvelles insultes.

Éric était un petit garçon de constitution robuste qui aimait se donner des airs de gros dur. Sa caractéristique la plus frappante était sa chevelure : une masse de boucles blondes qu'il détestait parce que la plupart des mères adoraient les caresser en s'extasiant sur leur douceur et leur souplesse. Dans quelques années, il comptait s'en débarrasser pour se raser comme un skinhead mais, pour l'instant, il devait supporter que les prapsies les emmêlent dans leurs petites pattes à la moindre occasion.

– Je suppose que les prapsies ont dormi avec toi, cette nuit ? lança Rachel d'un ton cinglant.

– Bien entendu, répondit son frère avec un grand sourire, aussitôt imité par les prapsies avec une précision surprenante.

– Je les ai observés, reprit Rachel. Ils se posent sur ton lit, avec leurs grands yeux de bébés. C'est assez effrayant de les voir faire tout ce que tu fais. Dès que tu te retournes, ils se retournent, et ils t'imitent même quand tu ronfles.

– Oui, je sais, gloussa Éric. Que veux-tu ? Ils sont en adoration devant moi, ajouta-t-il en claquant des doigts.

Immédiatement, l'un des prapsies tourna la page de la bande dessinée avec le bout de son petit nez en trompette.

– Affligeant... On dirait trois débiles ! commenta Rachel dans un soupir. Au fait, où est Morpeth ?

– Si je te le dis, qu'est-ce que je gagne en échange ?

– Il est dans le jardin, dit alors leur mère en tirant l'oreille d'Éric tout en tendant une tartine beurrée à Rachel. Tiens, mange un morceau avant de sortir.

Après le petit déjeuner, Rachel alla faire un tour dans le jardin. C'était une journée de juillet d'une chaleur écrasante. Les vacances d'été venaient juste de commencer. Morpeth était allongé près de l'étang. Grand et mince, avec des yeux d'un bleu étonnant, il avait des cheveux blonds et épais qui se dressaient dans tous les sens. Une boisson fraîche était posée à côté de son bras bronzé.

Rachel le regarda avec un sourire plein d'affection.

– Je vois que tu as pris tes quartiers d'été.

– A cause de Dragwena, j'ai raté des centaines d'étés, répliqua Morpeth. Je me rattrape comme je peux.

Il sortit une cannette de Coca de l'étang qu'il tendit à Rachel.

– Tiens, je t'ai gardé ça. Alors, comment te sens-tu ?

– Pas très bien, avoua-t-elle en s'allongeant dans le hamac.

– En tout cas, tu sens meilleur que tout à l'heure. Tu t'es savonnée ?

– Oui, évidemment ! s'esclaffa Rachel. Pourquoi ? Ce n'est pas ce que tu fais ?

– Je trouve ce contact poisseux insupportable. Et puis cette drôle d'odeur sucrée a quelque chose qui ne me plaît pas. Quand j'étais petit, le savon n'existait pas. Tout le monde empestait, mais ça ne dérangeait personne.

Rachel avait encore du mal à s'habituer à l'allure juvénile de Morpeth qu'elle avait rencontré un an plus tôt dans un autre monde : sur la planète Ithrea. Le seul fait de repenser à cet univers désolé recouvert de neige grise la fit frissonner. Une horrible sorcière, Dragwena, y régnait et Morpeth avait été son serviteur contre son gré.

Pendant des siècles, il avait été contraint de regarder Dragwena enlever des enfants sur la Terre, Rachel et Éric ayant été les derniers. Dès son arrivée, Rachel avait découvert que tous les enfants possédaient des pouvoirs magiques qu'ils n'étaient pas en mesure d'utiliser sur la Terre mais qui servaient les buts de la Sorcière. Morpeth avait formé Rachel qui avait découvert peu à peu qu'elle possédait plus de pouvoirs magiques qu'aucun enfant arrivé là avant elle, et qu'elle était la première à être assez forte pour résister à Dragwena. Éric avait lui aussi un don, un don que nul autre enfant ne possédait : lui seul était capable de défaire les sortilèges et de les détruire. Au cours d'un dernier combat, Rachel et Éric avaient anéanti le maléfice lancé par la Sorcière et assisté à la mort de Dragwena aux prises avec le Grand Magicien, Larpskendya.

Et maintenant, tandis qu'elle regardait Morpeth, Rachel avait de la peine à se rappeler que, pendant des centaines d'années, il avait été un vieillard tout ridé qui n'avait dû sa survie qu'à la magie de la Sorcière mais qui avait lutté de son mieux pour échapper à son influence nocive ; et quand Rachel et Éric étaient arrivés, il avait risqué sa vie pour les protéger. En guise de récompense, Larpskendya lui avait redonné les années de jeunesse que Dragwena lui avait volées et il était revenu sur la Terre sous les traits d'un jeune homme. Mais Morpeth n'avait pas pu retourner chez lui, sa famille étant morte depuis longtemps, et les parents de

Rachel l'avaient adopté en secret. Maintenant il était là, un an plus tard, rayonnant de jeunesse, allongé dans un jardin au cœur de l'été. Plusieurs autres créatures avaient choisi de quitter Ithrea en compagnie de Rachel et d'Éric, mais il ne restait plus que les prapsies ; la jeune louve Scorpa, l'aigle Ronnocoden et quelques vers de terre étaient rapidement partis, décidés à vivre une nouvelle vie sur la Terre parmi leurs semblables.

– Qu'est-ce qui ne va pas ? demanda Rachel en voyant que Morpeth avait l'air contrarié.

– Ces shorts, dit-il en faisant la moue. Ta mère oublie que j'ai cinq cent trente-sept ans. Je déteste ces bermudas à rayures.

– Tu ne pouvais pas garder indéfiniment la vieille culotte en cuir que tu portais sur Ithrea.

– Oui, mais je me sentais bien dedans. Ces shorts ont l'air ridicule. D'ailleurs, ils ne me vont pas. Ta mère croit toujours que je fais la même taille qu'Éric.

– Ils sont trop petits pour toi ?

– Non, trop grands ! répondit Morpeth avec un sourire entendu.

– Mmm... c'est embêtant, convint Rachel en souriant. Il faudra que j'en parle à maman. Mais rien ne t'empêche d'aller en acheter d'autres dans un magasin.

Morpeth haussa les épaules d'un air grognon. Aller faire des courses impliquait de sortir de la maison et de traverser la rue, ce qu'il redoutait au plus haut point. La circulation l'agaçait. Du temps de son enfance, il n'y avait encore ni voitures, ni avions. Le bruit de la vie moderne le rendait nerveux, et il évitait de s'aventurer sur les routes dans la mesure du possible.

Pendant quelques minutes, Rachel resta étendue dans le hamac suspendu près de l'étang, profitant du soleil et de la brise légère qui lui caressait les jambes.

– La nuit dernière, je suis restée au lit quinze heures d'affilée, dit-elle au bout d'un moment. Je n'arrive pas à me réveiller. Ces choses que mes sorts m'obligent à faire pendant mon sommeil... qu'est-ce que ça signifie exactement ?

– Tu connais la réponse, répondit Morpeth d'un ton abrupt.

– Oui, je sais, mes sortilèges ne demandent qu'à être utilisés. Mais, jusqu'à présent, ils s'étaient tenus tranquilles. Qu'est-ce qui a changé ? Pourquoi se mettent-ils subitement à vouloir tout contrôler ?

– Ils cherchent à te défier. Ils trépignent d'impatience. La magie n'est pas une chose qu'on peut dompter comme un animal domestique, lui rappela Morpeth en se penchant pour lui tapoter la tête. Surtout la tienne. Tes sortilèges sont trop forts, trop ambitieux pour te laisser longtemps en paix. Et puis, il y a des mois que tu as cessé de répondre à leurs demandes. Tu les as laissés complètement enfermés.

– Il le fallait bien ! se défendit Rachel. Ils n'arrêtaient pas de me tenter. Mais Larpskendya m'a fait promettre de ne pas m'en servir…

– Je sais, coupa Morpeth. Mais les sortilèges se moquent pas mal de la promesse faite à un magicien, ils ne supportent pas qu'on les ignore. Et comme tu ne les écoutes pas pendant tes heures d'éveil, ils se rattrapent la nuit, quand ils peuvent prendre le contrôle de tes rêves.

Rachel se pencha et agita la surface de l'étang du bout des doigts.

– Mais pourquoi m'attirent-ils sous l'eau ?

– Pourquoi pas ? Pour des sortilèges qui s'ennuient, l'eau doit être un terrain d'expérience très intéressant. C'est pour eux l'occasion de t'entraîner à respirer sans l'aide de tes poumons et à inhaler de l'eau sans te noyer. Ces choses-là sont difficiles, elles nécessitent des sorts extrêmement complexes qui doivent coopérer étroitement.

– Je peux les maîtriser, affirma Rachel en repensant soudain aux branchies. Larpskendya m'a prévenue que certaines sorcières seraient capables de détecter ma magie depuis l'espace ce qui risquerait de les mettre sur la piste d'autres enfants. Mais il n'est pas question que je rompe ma promesse !

– Tu l'as pourtant déjà fait ! rétorqua Morpeth en se levant. Il faut que tu reprennes le contrôle, Rachel. Donne quelque chose à faire à tes sorts, accorde-leur un minimum d'espace pour respirer. Si tu le fais pendant que tu es réveillée, tu arriveras à les maîtriser.

– Écoute, il ne s'est encore rien passé de dramatique...

– Parce que tu comptes attendre que ça arrive ? dit Morpeth en soutenant son regard. Je sais que tu ne ferais rien de mal délibérément, mais qu'en est-il de tes cauchemars ? Imagine que ta mère te réveille au mauvais moment ? Comme elle a failli le faire ce matin, par exemple. Il aurait pu se passer n'importe quoi. J'ai vu la griffe…

Il s'interrompit une seconde en la dévisageant d'un air grave.

– C'est ton pire cauchemar, n'est-ce pas ? C'est le mien également : dans mes rêves les plus épouvantables, je me retrouve toujours face à Dragwena. Je suis pourchassé par une sorcière.

Rachel frissonna. Elle s'efforçait de ne jamais penser à Dragwena.

En portant la cannette à ses lèvres, elle vit une guêpe bourdonner autour du couvercle. L'insecte se faufila par l'ouverture et tomba au fond. Rachel attrapa la guêpe et la jeta dans l'herbe en soupirant d'un air absent.

– Quels sorts viennent de te traverser l'esprit ? demanda Morpeth d'un ton brusque.

– Oh, les mêmes que d'habitude.

– C'est-à-dire ?

– Ils étaient quatre : un premier pour tuer la guêpe, un deuxième pour la sauver, un troisième pour désinfecter la cannette, dit-elle en regardant l'insecte battre des ailes et s'éloigner sur la pelouse. Et enfin, un sort de réchauffement pour lui sécher les ailes, ajouta-t-elle dans un sourire.

– Lequel t'est venu le premier à l'esprit ?

« Celui fait pour tuer », songea Rachel, tandis que Morpeth devinait la réponse sur son visage.

– Je ne ferais jamais de mal à une guêpe, lui dit-elle.

– J'en suis certain. Mais il est intéressant de constater que les sorts les plus dangereux sont les premiers à se présenter et qu'ils dominent toujours les autres.

Rachel se pencha au-dessus de l'eau et observa son reflet. Ses yeux étaient à présent d'un brun profond, semblable à du sable mouillé. Elle chercha à repérer d'autres couleurs plus vives, mais les sorts semblaient se contenir de manière inhabituelle, comme s'ils ne voulaient pas qu'elle les épie. Mais pour quelle raison ?

Pour la première fois depuis des mois, elle se livra à une petite introspection. « Qu'est-ce que vous manigancez ? » leur demanda-t-elle. Plusieurs sorts firent silence en se tassant légèrement sur eux-mêmes, de peur qu'elle découvre les bêtises qu'ils étaient en train de préparer.

« Ils attendent. Ils attendent que je sois endormie », réalisa Rachel.

Puis elle se tourna vers Morpeth.

– Tu ferais bien de me surveiller de près, cette nuit.

2. Ool

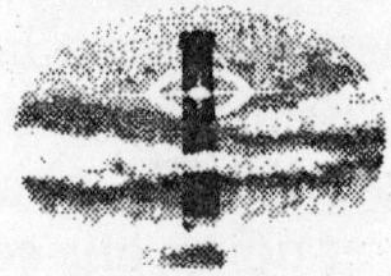

Heebra, la mère de Dragwena, jeta un regard par la fenêtre en forme d'œil de sa tour.

Ool, la planète des sorcières, s'étendait dans toute sa splendeur. C'était un monde glacial. Des flocons de neige grisâtre se déversaient sans cesse du ciel, si denses qu'ils masquaient pratiquement toute la lumière. Depuis deux mille ans qu'Heebra régnait sur Ool, la neige n'avait jamais cessé de tomber. Les vallées en étaient envahies, les animaux se nourrissaient en tremblant de peur dans les profondeurs sous la neige et les plus hautes montagnes d'Ool avaient depuis longtemps été englouties sous les lugubres et épais flocons. Seules les tours des sorcières s'élevaient au-dessus du manteau de neige.

Tandis qu'Heebra regardait par la fenêtre, Calen, sa fille cadette, émergea de l'ombre de la salle.

– On va regarder les apprenties se battre ? demanda-t-elle avec entrain.

– Si tôt ? On leur a demandé de se préparer pour un combat de nuit.

– Oh, mère, faisons-leur une surprise ! Ordonne-leur de se battre tout de suite !

Heebra sourit avec indulgence, puis fit signe aux participantes de se mettre en place.

En attendant, elle admira la magnificence glacée de son royaume. Les tours élancées de ses sorcières transperçaient le ciel. Chacune était surmontée d'une fenêtre-œil vert émeraude, dont la hauteur indiquait le grade de la sorcière qui y habitait. Il y avait des millions de tours, mais celle d'Heebra surpassait toutes les autres, immense et noire, elle se dressait au milieu des neiges éternelles, décorée des innombrables visages de sorcières qu'elle avait terrassées au cours de ses combats. Au début de son règne, bon nombre de sorcières avaient tenté de la déposséder de la Grande Tour, mais plus aucune n'osait le faire depuis de longues années. Et Heebra le regrettait : il y avait très longtemps qu'elle n'avait pas eu le plaisir de graver un nouveau visage dans la pierre.

Calen rejoignit sa mère devant la fenêtre.

– Tu te souviens du jour où tu as remporté ton premier œil ? Ce combat est resté légendaire !

– Ce n'était rien, dit Heebra en haussant les épaules, une petite tour de rien du tout ! Rien qu'un tas de pierre, haut de quelques centaines de mètres à peine, et extrêmement étroit.

– Peu importe la taille ! Tu as quand même dû vaincre douze autres apprenties pour t'en emparer ! répliqua Calen en lançant un regard admiratif vers sa mère. Personne n'avait encore jamais fait ça. Tu étais incroyable… déjà à cette époque.

Heebra observa sa fille. Voir à quel point elle ressemblait à Dragwena, sa merveilleuse fille aînée qu'elle avait perdue, lui faisait de la peine. A moins de quatre cents ans, Calen était déjà, si jeune, une Grande Sorcière. Sa peau rouge sang n'avait encore rien perdu de sa fraîcheur, sa vision était parfaite, ses yeux tatoués brillaient au fond de leurs orbites osseuses et même son odorat était resté intact ; ses narines hypersensibles, en forme de pétales de tulipe tailladés, pouvaient renifler la chair fraîche sous une énorme couche de neige. Mais le plus intéressant chez elle était ses mâchoires : quatre rangées de dents dans un état remarquable. En dépit de multiples combats, elle n'avait encore jamais perdu ni ébréché aucune de ses dents noires triangulaires et incurvées. Elles brillaient entre ses gencives argentées parfaitement irriguées, nettoyées par des araignées en armures pleines de santé qui sautillaient joyeusement entre ses mâchoires à la recherche de restes de nourriture.

Heebra reporta son attention sur Nylo, le serpent-âme de Calen. Il ne tenait pas en place, comme sa maîtresse, et son corps jaune et souple n'arrêtait pas de se tortiller autour de sa gorge.

Heebra savait qu'avoir un serpent-âme était précieux pour toutes les jeunes sorcières ; il était à la fois leur conseiller, leur ami, leur bouclier, leur arme, et une seconde paire d'yeux vigilants. La plupart des sorcières en avaient besoin pour se livrer aux activités qui les occupaient tout au long de leur vie alors qu'Heebra, elle, se passait depuis longtemps de Mak, son propre serpent. Devenu tout raide et doré, il pendait pratiquement sans bouger contre sa poitrine. Cette singularité, plus que toute autre, témoignait de l'ampleur du pouvoir d'Heebra.

Elle ramena ses pensées vers la fenêtre-œil.

– Dis-moi, est-ce que je connais certaines des concurrentes d'aujourd'hui ?

– Ça m'étonnerait, répondit Calen. Ce sont des apprenties du second cycle.

– Pourquoi tiens-tu toujours à assister à ces combats de débutantes ? demanda Heebra en souriant. Les sorts qu'elles utilisent manquent franchement d'intérêt.

– Ce qui me plaît chez elles, c'est leur enthousiasme. Tu ne te souviens pas comme c'était exaltant de gagner un concours après un combat sanglant ?

Heebra fouilla dans sa mémoire. A une époque de sa vie, elle avait été comme les apprenties d'aujourd'hui, à l'affût de la moindre occasion de se battre pour remporter son premier œil. Comme elle s'était alors délectée de sa victoire ! Elle avait écrasé son adversaire, expulsé les serviteurs de la défunte sorcière, puis s'était installée dans la tour encore vibrante de sa présence en pensant aux futurs combats et aux tours plus sophistiquées qu'elle pourrait s'approprier...

Les trois apprenties sorcières étaient prêtes. Bras tendus, elles volèrent dans le ciel jusqu'aux positions de départ qui leur avaient été attribuées, vêtues de leurs robes de combat bleu saphir que gonflait le vent.

– Laquelle va gagner, à ton avis ? demanda Calen en attendant le début du combat.

– Peu m'importe. Aucune n'a assez de talent pour passer au niveau de magie supérieur.

– Comment peux-tu le savoir ?

– Comment je peux le savoir ? répéta Heebra d'un ton dédaigneux. Je m'attendais à un peu plus de discernement de la part de la sorcière censée me succéder. Tu devrais pourtant le voir tout de suite ! La médiocrité du vol de ces apprenties montre à elle seule qu'aucune d'elles ne deviendra jamais une Grande Sorcière.

Calen baissa les yeux.

– Tu as raison, j'aurais dû m'en rendre compte.

D'un geste méprisant, Heebra envoya voltiger Nylo à l'autre bout de la salle. Calen alla le ramasser, mais se retint de le consoler devant sa mère.

Ensemble, dans un silence pesant, elles s'approchèrent de la fenêtre pour assister au combat.

Comme la nuit était tombée, toutes deux activèrent leur vision nocturne. Lentement, leurs yeux tatoués s'étirèrent jusqu'à leurs pommettes et se rejoignirent derrière leurs crânes chauves à la peau grêlée. Ainsi pourraient-elles suivre le combat tout à leur aise. Les apprenties commencèrent par se cacher dans les gigantesques tempêtes-tourbillons situées au-delà de l'atmosphère, puis se bombardèrent de sortilèges, s'attaquant et se défendant avec ardeur.

Heebra ne s'intéressait pas vraiment au combat. Furieuse contre Calen, elle concentra ses pensées, comme souvent, sur sa fille aînée. Où était Dragwena ? Elle s'était aventurée en solitaire vers les royaumes d'un lointain espace dans l'idée de conquérir de nouveaux univers et, des siècles durant, Heebra avait attendu son retour. Elle avait finalement envoyé en mission des groupes d'éclaireuses, mais elles ne l'avaient pas trouvée. En voyant les jeunes apprenties s'affronter dans un combat mortel à travers le ciel, Heebra sentit son cœur se serrer. Sa merveilleuse et sauvage Dragwena était-elle encore en vie ? Ou avait-elle péri dans quelque monde ignoble, sans aucune neige pour recouvrir sa tombe ?

– Veux-tu que je fasse arrêter le combat ? demanda Calen qui avait deviné l'humeur de sa mère.

– Non. Laisse-les terminer.

– Ce ne sera plus très long. Toutes les trois ont déjà commis plusieurs erreurs.

Heebra hocha la tête, perdant cette fois tout intérêt pour le spectacle. « A quoi bon affiner et pratiquer notre magie puisqu'il n'y a aucun Magicien à combattre ? » songea-t-elle avec amertume. Peu à peu, ses sorcières avaient perdu la guerre interminable qu'elles menaient contre les Magiciens depuis des millénaires. Au cours de son existence, Heebra avait vu ses sœurs abandonner sept mondes qu'elles avaient naguère conquis. Sept ! Ah, si seulement ses sorcières avaient réussi à trouver Orin Fen, le monde où vivaient les Magiciens ! Mais son emplacement restait un mystère et Larpskendya, leur chef, avait quitté sa planète d'origine avec ses troupes en prenant soin de brouiller le chemin d'accès à leur nouvel univers. Peu à peu, et pratiquement sans faire couler le sang, il était en train de gagner la guerre et de repousser ses meilleures combattantes en direction d'Ool. Jamais l'emprise des sorcières n'avait été aussi faible.

– Ah ! s'exclama Calen. Enfin !

L'une des apprenties, le visage tout rouge d'excitation, se précipita vers la tour d'Heebra, brandissant entre ses griffes les serpents-âmes sans vie de ses adversaires comme des trophées. Mais elle n'eut pas droit au moment de gloire qu'elle espérait. Tout là-haut dans le ciel, une minuscule boule de lumière verte venait de transpercer les nuages. Brillant par intermittence, la lumière vacillait dans l'air tel un navire en détresse.

D'un seul coup, Heebra et Calen se désintéressèrent de la championne et s'envolèrent de la tour à la rencontre de la boule.

– Ce n'est pas possible ! murmura Calen.

– Mais si ! s'enflamma Heebra.

Toutes les sorcières qui avaient suivi le combat des apprenties firent silence. Aucune n'avait encore jamais rien vu de pareil : une sorcière défunte, dont la force-vie revenait chez elle. Dans toute l'histoire d'Ool, un aussi long voyage à travers l'espace n'avait été accompli qu'à deux reprises. Quelle sorcière vivante possédait la force de voyager aussi loin ?

– Dragwena ! s'écria Heebra et, le cœur débordant de joie, elle déposa affectueusement la lumière verte sur une de ses langues. « Elle respire encore, constata-t-elle. Elle vit encore. »

La force-vie meurtrie tremblotait sur elle-même, trop faible pour parler.

– Ne crains rien, ma fille, la réconforta Heebra. Te voilà de retour chez toi.

Dans la Grande Tour, Heebra déroula délicatement sa langue sur le sol en pierre. Aussitôt, la boule verte commença à s'étirer et à s'étaler à une vitesse fantastique. Les cuisses de Dragwena apparurent, s'allongèrent, les muscles tout ramollis s'efforçant de retrouver un peu de vigueur.

– Comme elle lutte ! s'émerveilla Calen. Regarde comme elle a envie de vivre !

Au bout d'un moment, la transformation s'acheva, mais Dragwena n'était pas entière.

– Elle a parcouru une trop longue distance pour survivre, réalisa Heebra. Elle est beaucoup trop affaiblie !

La partie supérieure du corps de Dragwena n'était qu'à moitié formée. Elle n'avait qu'un bras, au bout duquel pendouillait mollement une griffe inutile. Ses yeux étaient recouverts d'une peau qui ne se soulèverait plus jamais et ses poumons broyés gisaient en miettes à l'intérieur de son corps. Mais son cerveau – qui lui avait permis d'arriver jusqu'ici – était déjà complètement développé et elle pouvait donc penser. Elle réussit à se mettre en position assise, puis redressa sa tête difforme en essayant de respirer. Lorsqu'elle comprit qu'elle n'y parviendrait pas, elle se mit à tressaillir pitoyablement.

Heebra accourut pour lui soutenir la tête tandis que Calen lançait des sorts de renouvellement. Mais Dragwena était si mal en point que les sortilèges ne firent que la meurtrir plus encore et elle s'abandonna dans les bras de sa mère, résignée à mourir.

– Comment peut-elle être dans cet état ? se lamenta Calen. Elle a dû parcourir plus de distance qu'aucune sorcière ne l'avait encore jamais fait. Oh, ma sœur !

– Oui, il doit y avoir une raison extraordinaire pour qu'elle ait lutté si longtemps, dit Heebra en prenant la tête de Dragwena pour communiquer avec elle par télépathie. Que s'est-il passé ? lui demanda-t-elle. Qui t'a fait ça ?

Dragwena, malgré sa frayeur, rassembla toutes ses forces. Très vite, elle forma plusieurs images dans son esprit : Rachel, Éric, Larpskendya, ainsi que les formules de leur magie. Puis elle forma une image du monde d'Ithrea afin de montrer la cruauté des derniers instants qu'elle y avait passés. Les images se brouillèrent au moment où son cerveau privé d'oxygène commença à mourir.

– Non, pas encore ! cria Heebra. Pas encore ! Où se trouve ce monde ? Montre-le-nous !

Tremblant de tout son corps, Dragwena s'accrocha au serpent-âme de sa mère. Une vague représentation se forma dans l'esprit d'Heebra, indiquant un chemin entre des constellations inconnues, un chemin qui allait d'Ool à Ithrea, et d'Ithrea à une planète bleue plus grande, entourée de nuages tourbillonnants et peuplée d'enfants : la Terre.

Brusquement, les quatre mâchoires de Dragwena s'affaissèrent. Heebra serra sa fille dans ses bras en pressant son corps avec autant de tendresse que de fureur. Avant de devenir tout noir, l'esprit de Dragwena réussit à envoyer une ultime image. On y voyait la jeune Dragwena au sommet de sa gloire, debout près de sa mère en train de contempler le vaste horizon hérissé de tours-œil. Le vent gonflait leurs robes d'un noir chatoyant, tandis que leurs serpents-âmes d'or et de diamant s'entrelaçaient joyeusement. Elles étaient alors invincibles.

L'image s'effaça... et Dragwena rendit son dernier soupir.

Heebra resta parfaitement immobile pendant plusieurs minutes. Elle se contenta de tenir sa fille dans ses bras, sans prononcer un mot, osant à peine respirer. Quand enfin elle se releva, Calen, elle-même aveuglée de chagrin, recula au fond de la salle, consciente de la puissance de la fureur qui allait se déchaîner.

Et, comme prévu, la colère d'Heebra se déchaîna ! Elle sortit comme une folle de la tour-œil et, filant à travers le ciel noir, virevolta en tous sens, perdant tout contrôle sur elle-même et se lamentant en se laissant ballotter au gré des rafales de vent. Cette nuit-là, aucune sorcière n'osa sortir voler. Alors, pour la première fois depuis un millier d'années, Mak émergea de sa torpeur et enroula ses anneaux d'écaille autour de sa maîtresse pour la consoler.

Calen, elle, passa la nuit à enterrer le cœur de sa sœur défunte. Respectant la tradition, elle prit le cœur dans l'une de ses bouches et se servit de ses griffes pour creuser la glace à une profondeur telle que les animaux les plus téméraires ne pourraient pas atteindre la dépouille de Dragwena. Puis elle repartit en volant jusqu'à la Grande Tour, ruminant son angoisse et sa haine tout en se demandant de quelle humeur elle allait retrouver sa mère.

Peu après l'aube, Heebra réapparut, le visage de nouveau parfaitement calme, presque sans expression. Elle raconta à Calen tout ce que Dragwena lui avait montré.

– Nous allons donc pouvoir retrouver cette Rachel et cet Éric... et venger sa mort ! se réjouit Calen. Oh, laisse-moi y aller ! Cette enfant devrait être facile à repérer. Sa puanteur imprégnait tout le corps de Dragwena.

Heebra passa ses griffes sur Mak d'un air songeur.

– Nous nous offrirons bientôt ce plaisir. Dragwena a parcouru une distance sidérante pour nous rejoindre et je doute que ce soit uniquement son désir de revanche qui l'ait menée jusqu'ici, je crois plutôt qu'elle voulait nous parler de cet endroit qu'on appelle la Terre. Jusqu'à présent, seul un Magicien avait osé défier une Grande Sorcière en combat singulier et, pourtant, cette créature-enfant a trouvé le moyen d'anéantir les défenses de Dragwena. Réfléchis à ça !

Nous devons en apprendre davantage sur ces étranges enfants.

– S'ils sont si doués, Larpskendya s'arrangera sûrement pour les protéger.

– Sans aucun doute, railla Heebra. Larpskendya les protégera quoi qu'il arrive, même s'ils n'en valent pas la peine. Les créatures faibles ont toujours eu sa sympathie.

– Crois-tu que Dragwena soit partie d'Ithrea sans qu'on la voie ?

– C'est probable. Larpskendya n'aurait jamais mis ces enfants en danger en permettant à Dragwena de s'échapper.

– Dans ce cas, dit Calen, les Magiciens ne s'attendront pas à nous voir réagir.

– Au contraire. Larpskendya prévoit toujours tout, dit Heebra en faisant rouler une araignée sur sa langue d'un air pensif. Mais comme Ithrea est le monde le plus proche, c'est là qu'il s'attendra à nous voir arriver d'abord. Pour le surprendre, nous ne passerons pas par Ithrea, nous laisserons cette planète de côté.

– Mais il va certainement laisser des défenses sur la Terre, objecta Calen.

– En effet. Alors, comment l'éloigner de là ? s'interrogea Heebra, le regard brillant. De quoi Larpskendya a-t-il le plus peur ?

Calen regarda sa mère sans savoir quoi répondre.

– Des Griddas, dit Heebra.

A la mention de ce nom, Nylo se crispa et frissonna de tous ses anneaux autour du cou de Calen. Les sorcières Griddas passaient pour être les plus démoniaques, y compris parmi les farouches habitantes d'Ool. De toutes les sœurs sorcières, elles étaient les plus puissantes et les plus intrépides. Leurs visages orange et leurs énormes corps bruns étaient repérables entre tous. Élevées en petits nombres, elles vivaient enfermées sous terre, destinées à n'entrer en action qu'au cas où Ool serait assiégée, ou pour lancer une attaque sur Orin Fen, si jamais les Grandes Sorcières parvenaient à découvrir le monde des Magiciens.

Calen caressa Nylo pour l'apaiser.

– Nous ne pouvons pas lâcher les Griddas, fit-elle. Elles sont tellement imprévisibles. Il suffirait de quelques-unes... pour tout dévaster.

– Justement, dit Heebra. C'est là tout l'intérêt. Nous les éparpillerons et les enverrons semer la terreur dans tous les mondes qu'elles pourront atteindre.

– Une fois déchaînées, les Griddas seront impossibles à contrôler. Elles risquent de faire des milliers de morts...

– Peu m'importe le nombre, coupa Heebra, aucun autre monde n'abrite de créatures comme cette Rachel. Ce qui compte, c'est que Larpskendya, lui, s'en souciera. Il sera obligé de mobiliser la majorité de ses magiciens pour arrêter les Griddas, ce qui laissera la Terre vulnérable.

Heebra regarda fixement Nylo, puis se tourna vers sa fille.

– Quel chemin devons-nous prendre pour arriver au monde de Rachel ? Si tu gouvernais, que conseillerais-tu ?

Calen réfléchit un instant.

– Il faudra prendre notre temps, dit-elle finalement. Et avancer furtivement, en évitant nos points de rencontre et nos sanctuaires de repos habituels dans l'espace. Envoyer un groupe en éclaireur serait la meilleure solution – pas plus de cinq ou six sorcières qui seront difficiles à repérer. Et une fois sur la Terre, je suggérerais de ne pas tuer Rachel et Éric tout de suite, ce sont les cibles trop évidentes de notre revanche et il se peut que Larpskendya les surveille de près. Nous ferions mieux de commencer par observer les autres enfants pour voir l'intérêt qu'ils présentent. Nous nous occuperons de Rachel et d'Éric, ainsi que du troisième, Morpeth, quand nous nous sentirons prêtes.

Heebra sourit.

– Très bien. Et qui prendra la tête de ce groupe de sorcières ?

Calen hésita.

– Ce sera une surprise à laquelle Larpskendya ne s'attendra pas, poursuivit Heebra : c'est moi qui le dirigerai. Je conduirai le groupe jusqu'à la Terre. Maintenant va... et informe nos sœurs de nos projets !

Le voyage serait long, Heebra le savait. Aussi sélectionna-t-elle les Grandes Sorcières les plus endurantes et les plus fidèles pour l'accompagner. En quelques jours, les préparatifs de l'expédition furent bouclés. Les sorcières désignées, fin prêtes, se rassemblèrent dans les vents hurlants et les éclairs d'une gigantesque tempête-tourbillon située au bord de l'espace. Impatientes, elles attendaient le signal du départ.

Auparavant, Heebra libéra les Griddas et les expédia dans toutes les directions en même temps. Emmenées par leur chef, Gultrathaca, elles se dispersèrent en meutes et poussèrent des cris joyeux, étirant leurs corps musclés en bondissant de toutes leurs forces.

Dès qu'elles furent parties, Heebra fit signe à son groupe de s'élancer dans l'obscurité de l'espace. Voir ses meilleures sorcières ainsi réunies lui rappela les glorieuses batailles du passé et, se sentant soudain rajeunie, elle prit la tête de la colonne qui s'éloigna d'Ool en décrivant une courbe gracieuse.

Heebra repensa alors à ce qu'elle avait appris au sujet de l'enfant appelée Rachel. Grâce à Dragwena, elle saurait repérer ses pouvoirs magiques. Lorsqu'elles arriveraient sur la Terre, l'enfant serait facile à trouver, et pendant le voyage, elle aurait tout le temps nécessaire pour décider de la façon la plus appropriée de la tuer.

3. La magie sans les règles

Morpeth était allongé sur son lit, tout habillé, l'oreille aux aguets. Malgré cela, il faillit ne pas percevoir un bruit à peine audible : le frottement d'une chevelure contre un plafond. Il entrouvrit la porte pour jeter un coup d'œil.

Rachel, qui flottait en suspension au milieu du couloir, paraissait avoir le sommet du crâne accroché au plafond. Enveloppé dans une chemise de nuit jaune pâle, son corps se balançait tout doucement, comme si ses os n'avaient plus aucun poids et que le moindre souffle d'air pouvait les tordre et les plier à tout instant ; ses bras et ses jambes oscillaient au même rythme lent et régulier, telles des algues sous les vagues.

Morpeth avança en prenant soin de ne pas faire de bruit. Rachel avait les yeux clos, mais ses paupières étaient agitées de violents soubresauts : elle rêvait. En s'approchant davantage, il vit ses cheveux se soulever et des mèches tout emmêlées se dresser sur sa tête en se dirigeant vers la lumière du couloir, dans un mouvement lent et résolu qui évoquait celui des anémones de mer.

Soudain, semblant perdre tout intérêt pour l'ampoule électrique, sa chevelure l'entraîna par à-coups au bout du couloir et plusieurs fois, elle s'attarda assez longtemps pour laisser une touffe de cheveux explorer les moulures complexes du plafond.

Lorsque Rachel passa devant la chambre d'Éric, Morpeth tapa à la porte du bout des ongles, sans grand espoir de réponse, mais la porte s'ouvrit aussitôt à toute volée. Éric était là, en pyjama, les mains sur les bouches des prapsies qui gigotaient pour se dégager et tendaient le cou pour mieux voir Rachel.

– Tu étais réveillé ? chuchota Morpeth.

– Non, mais ces deux-là se sont mis à sautiller sur les murs, répondit Éric en clignant des yeux pour s'habituer à la lumière du petit jour. Que se passe-t-il ?

– Ne dis rien et suis-moi. Mais laisse tes zoziaux ici.

– Oh, Morpeth…

– Non, viens tout seul.

A contrecœur, Éric alla border les prapsies sous la couette, la tête calée sur l'oreiller. Deux paires d'yeux le suivirent d'un air implorant.

– Oh, s'il te plaît, laisse-nous venir avec toi ! supplia l'un d'eux. Regarde comme nous sommes sages…

Et pour le prouver, il ouvrit et referma plusieurs fois la bouche en silence.

L'autre pouffa de rire.

– On dirait un poisson rouge dans un aquarium !

– Tais-toi. Il m'avait cru !

– Désolé, les zoziaux, fit Éric en caressant les plumes de leurs cous. Peut-être la prochaine fois.

Puis il s'empressa de refermer la porte. Un quart de

seconde plus tard, les prapsies vinrent coller leurs bouches au bas de la porte en gémissant tels des chiots abandonnés.

Éric rattrapa Morpeth au pied de l'escalier.

– Bon sang, quel spectacle ! fit-il en apercevant sa sœur. Ses cheveux sont vivants ou quoi ? Mais où va-t-elle comme ça ? Au petit coin ? ajouta-t-il avec un petit sourire lorsqu'elle passa devant la porte des toilettes.

– Chut ! Tu vas voir. Garde-la à l'œil. Je risque d'avoir besoin de toi si ça tourne mal.

Rachel traversa la cuisine et fila vers la porte du patio qui menait au jardin.

– C'est fermé à clef, chuchota Éric, elle ne risque pas de sortir par là.

– Ta sœur a plus d'un tour dans son sac.

Éric entendit un léger déclic : le verrou de la porte venait de s'ouvrir sans qu'aucune clef n'ait été tournée.

– Hum… impressionnant !

– Pas vraiment, répliqua Morpeth. Les verrous sont faits pour être déverrouillés. Ce niveau de magie ne lui pose aucun problème.

D'un seul coup, la porte du patio s'ouvrit en grand et Rachel se glissa dans le jardin. Les yeux toujours fermés, elle se posa un instant au milieu de la pelouse puis, la tête inclinée, elle huma l'air nocturne et, instantanément, Éric reconnut le parfum caractéristique de plusieurs fleurs. Une odeur enivrante, d'une richesse et d'une puissance incroyables.

– Qu'est-ce qu'elle fabrique ? murmura-t-il.

– Je n'en ai pas la moindre idée, répondit Morpeth en riant. Ici, plus aucune règle ne vaut hormis celles que fixent les sorts. Tout va dépendre duquel va maintenant s'exprimer.

– Tu plaisantes… Tu veux dire que les sorts prennent des tours ?

– Tu vas voir.

Sans ouvrir les yeux, Rachel se mit à voler en effectuant de petits cercles rapides autour du jardin en touchant tout ce qui était à sa portée : l'herbe, les feuilles, le grain du bois de la barrière, la douceur soyeuse des pétales, le piquant des épines de roses. Ensuite, elle s'agenouilla dans l'herbe pour lécher la rosée et la terre humide à la saveur âcre. Puis, brusquement, elle soupira en allant frotter sa joue contre les silex les plus pointus de la rocaille. Enfin elle attrapa un insecte et, d'un geste précis, caressa longuement ses ailes délicates.

– Je l'ai déjà vue faire ça, commenta Morpeth. Apparemment, ses sorts raffolent des contrastes : le dur et le mou, l'amer et le sucré... Elle semble en tirer un plaisir que je ne comprends pas.

– En tout cas, je n'aimerais pas être à la place de cet insecte !

– Elle ne lui fera pas de mal, et même s'il se débat, elle le tiendra par les ailes sans les abîmer.

Rachel ouvrit la main, et l'insecte s'envola en zigzaguant, indemne. Elle le pourchassa sans enthousiasme, imita son battement d'ailes en remuant ses oreilles, mais tout ceci était visiblement trop ennuyeux pour intéresser ses sorts plus longtemps. Soudain, elle redressa le menton, tendit les bras, s'envola gracieusement en direction de la lune et, en quelques secondes, elle ne fut plus qu'un petit point jaune qui se détachait contre le disque blanc balafré.

– Mince, alors ! s'écria Éric. Tu ne vas pas me dire qu'elle est encore endormie ?

– Pas seulement endormie. C'est plus fort que ça. Ses sorts lui imposent un profond sommeil. Rachel ne contrôle rien du tout.

– Mais c'est dangereux ! s'inquiéta Éric. On ne ferait pas mieux de la réveiller ? Je pourrais détruire les sorts qui la gardent endormie.

Morpeth parut surpris.

– Tu es vraiment capable de repérer les sorts qui la poussent à faire ça ?

Éric acquiesça d'un signe de tête.

– Oui. J'ai appris sur Ithrea que chaque sort a une odeur particulière. Ceux qu'elle utilise le plus aujourd'hui, comme les sortilèges de vol, sont très faciles à reconnaître au bout d'un moment. Avec les sorts plus rares, c'est plus difficile, mais je finis en général par arriver à les détruire.

Il se lécha le doigt en esquissant un sourire.

– Naturellement, une fois que j'ai détruit le sortilège, la personne ne peut plus s'en servir. Il faut donc être prudent.

Éric plissa les yeux pour distinguer le corps de Rachel réduit à la dimension d'un point minuscule.

– Mais je ne peux pas l'atteindre d'ici, déclara-t-il, elle est beaucoup trop loin.

C'est alors que le petit point jaune scintillant dégringola tranquillement du ciel. Au moment où Rachel atterrit sur la pelouse, sa chemise de nuit retomba doucement sur ses genoux.

– Et maintenant, qu'est-ce qu'elle va faire ? demanda Éric.

– Qui sait ? fit Morpeth, l'air soucieux. Quelque chose d'inattendu, comme toujours. Ses sorts sont particulièrement actifs, ce soir.

Rachel changea d'apparence d'un seul coup, et non par étapes comme elle le faisait d'habitude. Éric crut d'abord qu'elle avait disparu, puis il aperçut des moustaches qui tremblotaient dans l'herbe au bout d'un petit museau noir : une souris des champs.

– Elle a changé de forme ! s'extasia Éric. Je l'avais déjà vue faire ça sur Ithrea, mais jamais ici. Ce n'est pas risqué ?

– Ses sorts ne feraient rien qui la mette en danger, assura Morpeth. Par contre, la chatte ferait bien de se méfier.

– La chatte ?

Sophie, la chatte tigrée de la famille, venait de se réveiller d'une longue sieste et de sortir de la maison. Attirée par l'odeur alléchante du rongeur, elle rampa dans l'herbe et s'approcha discrètement de sa proie. Quand elle fut suffisamment près pour sauter dessus, elle attendit qu'elle cherche à s'enfuir. Mais la souris se contenta de lui frôler les moustaches… et Sophie fit un bond jusqu'à l'autre bout du jardin.

Une centaine de souris venaient d'apparaître sur la pelouse en criant le nom de Sophie.

Au moment où la chatte bondit, les souris disparurent dans un grand éclat de rire et Sophie, le poil tout hérissé, resta figée quelques instants. Puis elle retourna paresseusement à la cuisine, s'allongea par terre de tout son long et entreprit de lécher consciencieusement ses pattes, comme si de rien n'était.

– C'était super ! s'exclama Éric. Je ne me doutais pas que Rachel avait autant d'humour. Et maintenant, que va-t-elle inventer ? Un prapsy géant ?

Rachel avait repris son apparence habituelle. Elle flotta pendant quelques minutes au-dessus du sol et tandis que ses pieds nus effleuraient l'herbe humide, sa tête s'immobilisa en se penchant légèrement sur le côté, comme pour écouter les étoiles. Puis, tout à coup, elle disparut.

– Elle s'est encore transformée ! cria Éric. Ouah ! Elle n'arrête pas de passer d'un endroit à un autre !

Derrière lui, il y eut un léger bruissement. Il se retourna, s'attendant à voir sa sœur.

– Oh non, marmonna-t-il, nous allons nous faire disputer...

Sa mère, en pantoufles et chemise de nuit, était en train de traverser la pelouse.

– Alors ? fit-elle en s'adressant à Morpeth.

– Toujours pareil. Mais le coup de la souris est nouveau, et Rachel s'est rarement aventurée aussi loin de la maison. Les sorts qui la font voltiger dans les airs sont vraiment très forts.

– Il y a deux jours, voler autour du pâté de maisons semblait lui suffire, remarqua la mère, mais ce n'est apparemment plus le cas. Je l'ai observée derrière la fenêtre, je n'ai jamais vu des cascades aussi folles. Je me demande à quelle vitesse elle est capable de voler. Je ne pourrais jamais la suivre.

– Parce que tu as l'habitude de la regarder ? s'étonna Éric en dévisageant sa mère.

– Bien sûr, dit-elle comme si c'était tout à fait naturel. Depuis le début. Crois-tu que l'un de vous pourrait sortir de la maison sans que je m'en aperçoive ? J'ai deviné d'où venait cette odeur d'étang bien avant Morpeth. Depuis, nous nous relayons pour la surveiller, précisa-t-elle en boutonnant le col de pyjama d'Éric. Brrr, il fait un froid de canard... Où qu'elle soit, Rachel doit grelotter, ajouta-t-elle en écartant les bras d'impuissance.

– Elle ne sentira rien, la rassura Morpeth. Ses sorts la garderont au chaud.

– Tiens, la revoilà ! s'exclama Éric. Elle a un truc bizarre dans les cheveux.

Une plante exotique à longue tige était entortillée dans la frange de Rachel. Dans la lumière encore faible du petit jour, ils distinguèrent des fleurs d'un vert et d'un marron-rouge étranges.

– C'est une orchidée, expliqua la mère des enfants. Je la reconnais... On appelle ça une orchidée-grenouille. Mais cette espèce ne pousse pas dans notre pays. Je crois bien qu'on ne la trouve qu'en Espagne. Rachel n'a quand même pas pu aller aussi loin ?

– Si elle s'est transformée, elle a pu aller n'importe où, lui rappela Morpeth.

Rachel retira l'orchidée de ses cheveux, la porta à ses lèvres et savoura longuement les pétales tailladés.

– Ce que ce Magicien lui fait faire me fait horreur ! déclara soudain sa mère d'un ton exaspéré. Qu'est-ce que c'est que ce don qui permet à Rachel de conserver ses pouvoirs magiques, mais pas de s'en servir ? Ces maudits sorts n'arrêtent pas de jouer, de se bagarrer entre eux pour la manipuler et se servir d'elle. En quoi est-ce un don ? C'est une malédiction, oui, une véritable plaie pour nous tous !

– Des petits sortilèges dociles ne seraient pas d'une grande efficacité contre les sorcières, lui fit remarquer Morpeth. Larpskendya savait que Rachel aurait besoin de toute sa magie si elle devait les affronter.

Il observa la langue de Rachel qui venait de se transformer en un long tube étroit et sondait le cœur de l'orchidée avec délicatesse. Son visage rayonnait de bien-être.

– Mais je me demande si Larpskendya avait prévu que ses sorts se comporteraient ainsi, admit Morpeth d'un air plus grave. Après avoir été si discrets, ils se montrent tout à coup si actifs... Y aurait-il eu un changement ? Quelque chose que Larpskendya n'aurait pas prévu ?

– Est-ce qu'il y a une chose au monde qu'elle ne puisse pas faire ?

– J'ignore quelles sont ses limites, avoua Morpeth. Tout comme elle, d'ailleurs. Sur Ithrea, elle n'a eu que quelques jours pour apprendre, et comme elle a fait cette promesse à Larpskendya, elle n'a pas utilisé sa magie depuis son retour ici.

Il regarda attentivement Rachel respirer un bouton de rose qui, d'abord fermé, déploya ensuite ses pétales devant ses lèvres, comme si elle venait de lui offrir un rayon de soleil.

– Elle est sans aucun doute l'enfant la plus douée que j'aie jamais vue, poursuivit Morpeth. Sur Ithrea, Rachel a acquis des sorts que d'autres ont mis des siècles à découvrir ou n'ont même jamais été en mesure d'imaginer. Et elle a fait ça sans même l'avoir appris : elle change de forme instinctivement, se transporte d'un endroit à un autre sans problème et modifie les intempéries à sa guise. Aucun enfant n'avait encore jamais réalisé de telles prouesses ; c'était jusqu'alors l'apanage de la Sorcière, Dragwena.

– Quand tu étais sur Ithrea, toi aussi, tu faisais des choses impressionnantes, lui rappela Éric.

– Pas vraiment. J'arrivais à soigner les blessures les plus élémentaires et, en me donnant un peu de mal, je pouvais modifier la forme de certains matériaux ou envoyer des signaux. Il est vrai que ce niveau de magie reste inaccessible à beaucoup d'enfants.

– Ça ne te manque pas ? demanda timidement Éric. Tu dois en vouloir à Larpskendya de t'avoir retiré tes pouvoirs magiques.

– Non, pas du tout. C'est même moi qui le lui ai demandé, peu de temps après mon arrivée sur la Terre.

– Ah bon ? Mais pourquoi ?

– Pour ne pas attirer l'attention des sorcières. J'ai utilisé la magie pendant si longtemps qu'un sort risquerait de m'échapper par mégarde.

– J'ignorais cela, dit la mère des enfants d'une voix émue. Tu ne nous l'avais jamais dit.

– Ça n'a rien du grand sacrifice que vous imaginez ! répliqua Morpeth avec son sourire de guingois. Je suis un très vieil homme. Contrairement à Rachel, ma magie ne demandait pas mieux que de faire un petit somme.

« C'est faux, pensa la mère d'Éric en étudiant le visage de Morpeth. Tu ne voulais pas que Rachel s'inquiète pour toi, voilà tout ; c'est pour ça que tu ne nous as rien dit. »

Yeux clos, Rachel était maintenant assise en tailleur au bord de l'étang, les joues gonflées par la fraîcheur de l'air matinal ; dès qu'elle souffla, le jardin se transforma en forêt tropicale, et ils sentirent les essences de diverses espèces exotiques.

Ensuite, sans prévenir, Rachel plongea au fond de l'étang.

– Protégez vos yeux ! cria Morpeth.

– Qu'est-ce qu'il y a ? fit Éric en levant mollement un bras. Je ne...

– Obéis !

Sa mère eut juste le temps de lui mettre une main sur les yeux avant qu'une lueur aveuglante inonde le jardin.

Cela ne venait pas de l'aube, cette lumière émanait de Rachel, qui avait fini par ouvrir ses yeux de nuit. En plein jour, les couleurs-sortilèges changeaient sans cesse mais, dans l'obscurité, elles brillaient d'un éclat étincelant couleur vif-argent. Un instant, des opales de lumière balayèrent Éric, sa mère et Morpeth, illuminant leurs vêtements, et des nuages s'éclairèrent à plusieurs centaines de mètres dans les airs, transpercés par des rayons lumineux miniatures. Puis Rachel s'allongea au fond de l'étang qui s'agrandit légèrement pour mieux l'accueillir. Des branchies rouge vif apparurent sur son cou.

– Ça, c'est nouveau, dit Morpeth en jetant un bref coup d'œil entre ses doigts.

De nouvelles branchies venaient de se former, cette fois sur sa gorge.

Alors que les autres la regardaient avec inquiétude, Rachel, allongée sous l'eau, la bouche grande ouverte, scrutait le ciel de ses yeux magiques, à la recherche de choses qu'aucun d'eux n'aurait pu détecter. En quelques minutes, la lumière d'argent étincelante que projetaient ses yeux avait attiré des myriades d'insectes des jardins voisins et d'ailleurs.

Au bout d'un moment, elle émergea de l'étang, l'air parfaitement serein. Elle repartit en flottant jusqu'à sa chambre, sans accorder la moindre attention à sa famille. Éric fut aussitôt expédié au lit. Pendant quelques instants, on entendit des cris excités sortir de sa chambre, le temps qu'il raconte aux prapsies ce qui s'était passé. Du rez-de-chaussée de la maison ne parvenait qu'un doux murmure, tandis que Morpeth et la mère des enfants discutaient des mesures à prendre.

Un peu plus tard, ce matin-là, Morpeth dut secouer longuement Rachel pour la réveiller. Quand enfin elle ouvrit les yeux, ils étaient d'un gris terne au ton hivernal.

– Je suis épuisée, dit-elle en se regardant dans le miroir.

Lorsqu'elle se frotta le visage, elle sentit ses sorts se trémousser de plaisir. La plupart s'étaient retirés derrière ses paupières, apparemment satisfaits, sans plus aucune envie de lui imposer leur fantaisie.

– Les jeux d'hier soir ont pris une tournure inquiétante, dit Morpeth avant de lui expliquer ce qui s'était passé.

En découvrant ce qu'elle avait fait, Rachel prit une expression furieuse.

– On dirait que mes propres sorts me détestent, à en juger par ce qu'ils me font…

– Non, ce n'est pas ça, lui dit Morpeth en la prenant par les épaules, ils débordent de vie, c'est tout. Ta magie possède une énergie que je n'avais encore jamais vue chez personne en dehors de Dragwena. Cette magie ne demande qu'à être employée.

Rachel, mal à l'aise, posa le regard sur les draps tachés.

– Cette fois, maman n'a pas pu ne rien voir. Elle est au courant ?

– Oui, ta mère sait tout.

– Oh, alors là, c'est le bouquet !

– Mais oui, c'est une excellente nouvelle, déclara Morpeth avec fermeté. Nous allons avoir besoin des forces de tout le monde désormais.

Rachel prit une douche, s'habilla et descendit dans la cuisine qui lui parut étrangement silencieuse. Même les prapsies ne pipaient mot.

– Qu'est-ce qu'ils ont ? demanda-t-elle d'un air méfiant à son frère en se servant un bol de céréales. Ils sont malades ou quoi ?

– Non, fit Éric en levant les sourcils, c'est juste que les zoziaux viennent de se découvrir du respect pour toi. Ils t'ont vue voler à travers les rideaux de la chambre, tu vas donc être dispensée d'insultes pendant quelques jours. Ils y mettent un point d'honneur !

Les prapsies firent une courbette et battirent des ailes en adressant un clin d'œil complice à Rachel.

Une fois le petit déjeuner terminé, tout le monde se rassembla au salon.

– J'ai remarqué quelque chose de bizarre, hier soir, annonça Rachel en prenant place sur le canapé près de sa mère, ça m'a affolée, et je ne sais pas trop quoi penser. Ce sont mes sorts informateurs qui l'ont repéré. Comme vous le savez, ils enregistrent automatiquement tout ce qui se passe autour de moi, que ça ait un intérêt ou non. En général, il s'agit de renseignements idiots : quelles personnes sont présentes dans la maison, à quel rythme bat leur cœur, à quelle heure le soleil s'est levé ou d'autres bêtises du même genre, or hier soir, ils sont partis très loin et ont détecté des traces de magie. Mais ce n'était pas la mienne. Cette magie appartenait à d'autres enfants, à des milliers d'enfants.

A ces mots, les prapsies cessèrent de sautiller sur le radiateur.

– Je croyais que Larpskendya ne le permettait pas, murmura Éric. Il n'avait pas dit que ce serait trop dangereux de libérer la magie des enfants ?

– Si, en effet. Il n'intervient en principe jamais quand la magie se développe de manière naturelle, excepté sur la Terre, mais il m'a expliqué que c'était un cas particulier, à cause de Dragwena. Elle est venue ici des siècles avant que les Magiciens nous découvrent et a transmis sa forme de magie aux enfants. A cause d'elle, Larpskendya dit qu'il y a quelque chose d'une sorcière en chacun de nous.

– Beurk ! fit Éric.

– Larpskendya voulait veiller sur nous, enchaîna Rachel, il ne voulait pas libérer notre magie avant d'être certain qu'il n'y avait plus de danger. Mais il ne doit pas être près d'ici, ajouta-t-elle avec assurance, sinon, il n'aurait pas manqué de nous avertir d'un événement aussi important.

– Je suis d'accord avec toi, dit Morpeth. Essaie de lui envoyer un message.

Rachel lança un appel de détresse dans toutes les directions, comme le Magicien le lui avait montré.

– Pas de réponse, dit-elle au bout de quelques minutes.

– Qu'est-ce que ça veut dire ? s'alarma Éric. J'espère que Larpskendya n'est pas... en difficulté ?

– Ne sois pas bête, rétorqua sa sœur qui trouvait l'idée insupportable. Ça veut seulement dire que... qu'il n'est pas dans les parages, un point c'est tout !

Elle plaça le sortilège d'appel de détresse dans son esprit de manière à être certaine qu'il serait envoyé correctement et le plus loin possible dans l'espace, qu'elle soit réveillée ou endormie.

– D'ailleurs, Larpskendya a précisé qu'il ne pouvait pas être là tout le temps, rappela-t-elle à son frère. Nous ne sommes pas le seul monde sur lequel il doit veiller.

« Mais qu'y a-t-il eu de si urgent pour que le Magicien n'ait pas pris le temps de prévenir qu'il s'absentait ? » se demanda-t-elle.

– Bien, dit alors Morpeth, il faut maintenant décider de ce que nous allons faire. Dis-moi, Rachel, certains enfants que tes sorts ont détectés se servent-ils activement de leur magie ?

– Je ne crois pas. Mais chez les plus doués, la magie ne demande qu'à s'exprimer.

– Jusqu'où es-tu allée chercher ?

– Une bonne moitié du monde. C'est partout le même schéma. Mais il y a une autre chose de bizarre. Une trace, quelque part en Afrique, très, très lointaine, mais je n'ai jamais senti quelque chose d'aussi fort.

– Bon, alors, qu'est-ce qu'on fait ? demanda Éric.

– Nous allons nous préparer du mieux possible, répondit Morpeth d'un ton détaché. Si le niveau de magie est aussi élevé, il peut arriver n'importe quoi. Cette récente manifestation de magie explique peut-être pourquoi tes sorts sont devenus si impétueux ces temps-ci, ajouta-t-il en se tournant vers Rachel. J'ai déjà assisté à quelque chose de semblable sur Ithrea : les pouvoirs magiques de certains enfants extrêmement doués voulaient se rassembler. Sans doute tes sorts sentent-ils qu'ils ont des amis quelque part et ils se préparent à les accueillir. Et puis, les sorts adorent la compagnie, dit-il en soutenant le regard de Rachel. Nous devrions commencer par un entraînement quotidien et vigoureux de ta magie. Cela devrait les calmer et, qui sait, peut-être même que cela mettra un terme à leurs aventures nocturnes ?

Rachel approuva avec enthousiasme et, à l'instant même où elle accepta de s'ouvrir pleinement à toute la richesse de sa magie, une profusion de nouvelles couleurs envahit ses yeux.

– Tu es sûre de ce que tu fais ? lui demanda sa mère d'un air anxieux en apercevant les nouveaux tons pastel dans son regard.

– Non, je ne suis sûre de rien du tout. Mais Morpeth a raison : j'ai laissé trop longtemps mes sortilèges n'en faire qu'à leur tête. Bon, commençons par prendre quelques mesures de sécurité, dit-elle en souriant. Mieux vaut éviter les regards indiscrets.

Elle plaça un sort d'enveloppement autour de la maison afin d'empêcher toute magie de s'en échapper.

Puis elle se tourna vers le jardin et regarda l'étang dont elle avait avalé l'eau glacée pendant tant de nuits. Son regard s'attarda ensuite sur la clôture du jardin, éraflée aux endroits où elle avait frotté ses joues contre le bois tout en pensant à l'Afrique, plus précisément au Nigeria et à l'abondance de magie que ses sorts informateurs avaient détectée là.

– Il est grand temps que je reprenne le contrôle de mon corps, annonça-t-elle à sa mère. Plus question d'aller faire trempette dans l'étang. Désormais, si je vais voler quelque part, ce sera parce que je l'aurai moi-même décidé. Nous allons d'ailleurs commencer l'entraînement immédiatement !

4.
Les Merveilles de Camberwell

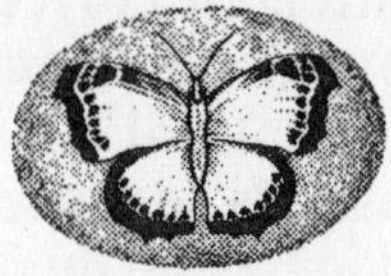

L'aube se levait sur l'Afrique et les oiseaux venaient de se réveiller, tandis que Fola avançait sur le sentier qui menait du village de Fiditi à la rivière.

D'une main, elle remit en place le lourd panier de linge qu'elle portait sur la tête, de l'autre, elle rajusta son *oja*. Mais cela ne changea pas grand-chose : Yemi, son petit frère, lui faisait une curieuse bosse dans le dos et, quelle que soit la façon dont elle l'installait, il n'arrêtait pas de bouger et de la bourrer de coups de pieds.

– Reste un peu tranquille ! Sois sage ! lui dit-elle, agacée.

La moindre chose déclenchait l'enthousiasme du bébé : un oiseau immobile sur une branche, un chien qui errait sur le chemin, et même les petits nuages de poussière que les pieds de sa sœur soulevaient sur le sentier.

« Il faut vraiment être un bébé pour apprécier un trajet aussi pénible », songea Fola en regardant devant elle d'un air absent. Elle avait appris à l'école que l'eau claire et impétueuse de la rivière Odooba serpentait à travers la forêt, traversait plusieurs villages du sud du Nigeria avant d'aller se jeter dans la mer, mais ce genre de détails ne l'intéressait guère, elle avait vu cette rivière si souvent qu'elle n'y prêtait presque plus attention. Dès qu'elle atteignit la rive, elle déposa Yemi avec soulagement et étira les muscles de son cou endolori. A cette heure matinale, la température était encore fraîche, mais Fola se sentait déjà épuisée. Elle s'était levée avant l'aube afin de préparer les ignames et les haricots noirs pour le repas du soir, et elle aurait encore beaucoup de travail à son retour, sans parler de Yemi dont elle devrait s'occuper toute la journée. Mais son père étant parti chasser dans la forêt tropicale, elle était ravie d'aider et ne se plaignait pas. D'autant que sa tâche était plus facile que celle de sa mère, qui passait de longues heures de dur labeur dans les champs.

Plusieurs autres filles du village étaient déjà arrivées à la rivière. Fola les salua chaleureusement tandis qu'elle mouillait le savon et faisait tremper les vêtements.

Yemi, lui, confortablement installé contre un petit talus à côté d'elle, explorait le sable. Il cligna des yeux en voyant des moucherons tournoyer autour de ses cheveux ras puis, quand il aperçut un faucon brun et noir agiter ses immenses ailes, il lui répondit d'un petit signe amical.

Fola s'assura qu'il n'était pas trop près de l'eau avant d'engager la conversation avec ses compagnes. Quelques instants plus tard, elle entendit Yemi sursauter et trouva son frère dans une position anormalement immobile.

– Qu'est-ce qu'il y a ? Qu'est-ce que tu as découvert, cette fois-ci ?

Une mouche venait de se poser sur son bras nu. Bouche bée, le regard admiratif, il l'observait remonter vers son coude. Puis, d'un seul coup, la mouche s'envola et il éclata en sanglots en se couvrant le visage à deux mains.

– Oh, quel bêta tu fais ! lui dit Fola en abandonnant la jupe qu'elle était en train d'essorer pour aller le prendre dans ses bras. Ce n'est qu'une mouche. Tu ne peux pas l'obliger à rester avec toi !

Voyant qu'il continuait à pleurnicher, elle lui tendit son livre préféré, rempli d'images de papillons. Aussitôt, le bébé cessa de pleurer et s'empressa d'ouvrir son livre. Fola s'assit près de lui pour l'aider à tourner les pages et, comme toujours, il l'arrêta à celle où se trouvait son papillon favori.

C'était un cape-de-deuil, appelé aussi Merveille de Camberwell. D'après le livre, il en existait de plusieurs couleurs. L'illustration montrait une variété d'un superbe jaune vif, avec des ailes saupoudrées de petites taches marron clair.

– Moi veux, dit Yemi.

– Tu le veux ? répéta Fola, amusée.

L'enfant embrassa l'image du papillon avec passion.

– Cette espèce n'existe pas en Afrique, lui expliqua sa sœur. Ce papillon vient de très, très loin. Nous n'en verrons jamais par ici.

Le visage du bébé se renfrogna de tristesse. Il paraissait si malheureux que Fola resta encore un peu avec lui mais dès qu'elle retourna à sa tâche, il revint à la page où figurait le papillon jaune et l'observa attentivement en fronçant les sourcils.

Il fallut encore une heure à Fola pour terminer la lessive, battre les draps et les étendre au soleil, puis elle alla rejoindre Yemi, qui était assis là où elle l'avait laissé, toujours plongé dans son livre. Il avait un nouveau compagnon : un papillon jaune, perché sur son bras, à l'endroit précis où s'était posée la mouche tout à l'heure.

Fola cligna des yeux. Il n'y avait pas de doute : c'était bien une Merveille de Camberwell.

Yemi souriait jusqu'aux oreilles. Quand il souffla sur son bras, le papillon se mit à l'éventer en battant des ailes, et quand il fronça le nez, le papillon se posa à son extrémité. Puis, lentement, telle une ballerine, il tournoya sur ses fines pattes noires pour regarder Fola et lui faire la révérence. Stupéfaite, la petite fille en lâcha son panier.

Alors qu'elle se baissait pour le ramasser, elle perçut des battements d'ailes tout autour d'elle. Une multitude d'autres papillons jaunes arrivaient du nord et descendaient du ciel pour se poser dans l'herbe autour de Yemi. Soudain, Fola les vit venir voleter sur l'épaule droite de son frère et, grimpant les uns sur les autres, former une pyramide. Yemi recommença à feuilleter son livre mais comme la lumière oblique du soleil l'empêchait de distinguer clairement les images, il plissa les yeux, puis éclata de rire et posa son regard sur les papillons.

Immédiatement, tous ensemble, ils déployèrent leurs ailes fragiles, projetant une ombre d'un jaune doré sur le livre.

5. Un poisson sans armure

Le voyage ayant duré plus longtemps que prévu, les sorcières d'Heebra arrivèrent sur la Terre, exténuées. Épuisés et affamés, leurs serpents-âmes étaient ratatinés sur leur poitrine. Sans l'entêtement acharné d'Heebra, le groupe de sorcières n'aurait sans doute jamais accompli la dernière partie du parcours.

Néanmoins, la récompense qui l'attendait n'était pas négligeable : elle était enfin arrivée sur la planète où vivait Rachel.

Heebra retint ses sorcières qui mouraient de faim, tenant d'abord à vérifier qu'il n'y avait aucun Magicien. Prudemment, elle fit le tour de la planète en compagnie de deux de ses sorcières. L'odeur reconnaissable entre toutes de Larpskendya traînait un peu partout, mais son passage était déjà ancien, et aucun autre Magicien n'était actuellement dans les parages. Parfait. C'était signe que les guerrières Griddas étaient en train de le distraire dans des contrées lointaines...

Avec des cris d'enthousiasme, les sorcières plongèrent en direction de l'hémisphère éclairé du globe terrestre. Quelques satellites de défense signalèrent leur présence, mais Heebra brouilla ces messages électroniques primitifs sans difficulté, si bien que les sorcières entrèrent dans la thermosphère sans se faire repérer. Pendant quelques instants, la température élevée les obligea à ralentir ; mais très vite, elles adaptèrent la forme de leurs corps, de façon à ce que la chaleur incandescente ne les débarrasse que des couches mortes de leur peau-espace désormais inutiles. Joyeusement, elles pénétrèrent alors dans l'atmosphère supérieure et frémirent de ravissement en sentant le froid cinglant sur leur nouvelle peau à vif.

– Régalez-vous, régalez-vous ! ordonna Heebra à ses sorcières affamées.

Sans attendre, elles plongèrent entre les nuages bleus et blancs tourbillonnants, puis se laissèrent tomber au fond de l'océan Pacifique où elles dévorèrent d'énormes thons et les grands requins blancs qui les pourchassaient.

Cependant, trouvant cet océan trop chaud à leur goût, les sorcières remontèrent vers le nord, nagèrent entre les icebergs de l'Arctique et se gavèrent de bancs entiers de harengs.

– Ils sont sans armes, s'étonna Calen en examinant les poissons. Contrairement à ceux d'Ool, ils se rassemblent bêtement en bancs, comme s'ils attendaient de se faire croquer. Ils n'ont donc pas d'armure ? Ni de poison ? J'espère que nous allons trouver quelque chose de plus intéressant à nous mettre sous la dent !

Mais les plus grosses créatures qu'elles réussirent à dénicher, des épaulards, s'empressèrent de prendre la fuite quand elles voulurent les pousser à se battre. Heebra se hâta d'entraîner ses sorcières vers le rivage avant qu'elles ne se lassent et choisit d'établir sa base près du pôle Nord. Là, les ours polaires et les phoques vivaient en abondance, leur chair était riche et onctueuse, et il leur suffirait de recourir à des sorts très élémentaires pour se cacher. La température était un peu trop douce, mais les vents soufflaient de temps à autre un air glacial qui leur rappelait leur planète. Quelques heures plus tard, les sorcières étaient déjà en train de creuser le sol gelé sous la neige et de construire avec entrain les fondations de leurs nouvelles tours-œil.

Une fois qu'elles furent installées, Heebra envoya ses cinq sorcières en reconnaissance. Elles sondèrent le globe terrestre, déguisées sous de multiples apparences, et apprirent à maîtriser les diverses langues, tout en observant les enfants ici et là. Chacun de leurs comptes rendus fascina Heebra.

Calen fut la dernière à revenir. Plusieurs heures après le retour des autres, Heebra aperçut sa robe noire ondoyer au loin. Le vol de Calen avait un style flamboyant, sa tête chauve fendant le vent au ras de la neige. Très élégante, les bras collés le long du corps, il lui suffisait d'actionner le bout de ses griffes pour changer de direction.

– Alors ? interrogea Heebra avec impatience lorsque sa fille atterrit.

– Ces enfants n'ont vraiment rien d'effrayant !

– Ça paraît évident. Les autres sorcières n'ont pour eux que du mépris. Et toi, comment les juges-tu ?

– Par où commencer ? Ils sont si faibles... Leurs yeux sont liquides, très fragiles et dépourvus de vision nocturne ou de rayons X. A la moindre écorchure, ils saignent, et leur peau se déchire littéralement ! Leurs organes internes sont tout mous et sans aucune protection, ce qui les rend extrêmement vulnérables ; ils attrapent d'ailleurs sans cesse toutes sortes de maladies et d'infections. Et ils sont d'une lenteur... Lents à réagir, à penser, à bouger ou à repérer le danger. Ils n'ont vraiment rien pour eux. Quant à leur crâne, le dessus est recouvert d'un cuir chevelu tout fibreux qui s'enflamme dès qu'on le touche... Ah, l'évolution de cette espèce est vraiment ridicule !

– Tu t'attendais à quelque chose de plus impressionnant ? lui demanda sa mère.

– Pas toi ?

– Ouvre un peu tes yeux, dit Heebra en grattant les écailles de Mak. Leurs corps ne sont peut-être pas très résistants, mais ce sont des tueurs-nés, ils n'arrêtent pas de se déclarer des guerres entre eux sur cette planète. Rares sont les races aussi prometteuses. Je perçois des signes de la saine influence de Dragwena un peu partout.

– Dommage qu'on ne puisse pas utiliser les adultes, soupira Calen. La magie qu'ils possédaient enfants se dégrade vite.

– Et que penses-tu de leur technologie ?

– Elle n'est en rien une menace pour nous, se rengorgea Calen. Ce n'est qu'un piètre substitut à la magie. Ils ne sont même pas capables de détecter notre présence.

– Exact ! Nous devons donc nous concentrer sur les enfants et contrôler leurs pouvoirs magiques.

– Il est clair que Larpskendya intervient lui-même pour les refréner, dit Calen. Son influence se traduit par des aspects singuliers, comme la scolarisation des enfants. Au lieu d'être libres de pratiquer leurs sorts, les plus jeunes sont assis derrière des bureaux et doivent obéir aux adultes. Quel gâchis !

– Larpskendya n'a pourtant jamais empêché la magie de se développer dans aucun monde, remarqua Heebra d'un air songeur. Explique-moi en quoi cette planète est différente ? demanda-t-elle en fixant Nylo d'un regard menaçant.

Le serpent, qui n'avait pas oublié la dernière fois où Heebra l'avait pris entre ses mains, enfouit sa tête chauve sous la robe de sa maîtresse.

– Ces enfants ne sont pas très disciplinés, répondit Calen avec prudence. Les plus jeunes grappillent d'instinct ce qu'ils peuvent ici et là, comme chez nous. S'ils libèrent leurs pouvoirs magiques, Larpskendya doit avoir peur que les enfants s'engagent sur un chemin destructeur.

– Et s'empressent de faire disparaître les adultes qui leur sont inférieurs ! renchérit Heebra. Puis qu'une bataille éclate entre les enfants dès que les meilleurs auront appris à dominer.

Calen ébaucha un sourire.

– Larpskendya serait fou de rage ! Ce serait un plaisir de voir ça.

– Peut-on utiliser les enfants contre les Magiciens ?

– Oui, ils se battront pour nous, répondit Calen avec assurance. Ils débordent de pouvoirs magiques que des sorts très simples suffiraient à libérer. Nous pourrions les entraîner comme nous le faisons avec nos apprenties sorcières. Très vite, ils en viendront à mépriser les adultes. Larpskendya les a tellement pervertis... Te rends-tu compte qu'il leur arrive de se sentir coupables lorsqu'ils blessent un adversaire ?

– Aussi bien entraîné soit-il, jamais aucun enfant ne sera en mesure de défier un Magicien.

– C'est vrai, mais ces enfants adorent être ensemble. On pourrait les réunir en bandes et leur fixer un objectif, ils seraient ravis. Une centaine d'entre eux distrairait un magicien, le temps qu'on en finisse avec lui. Et puis, ces petits êtres sont tellement nombreux qu'on peut en gâcher des millions et en avoir encore sous la main !

– Je me le demande, dit Heebra d'un air pensif. J'ai moi-même observé ces enfants, ils sont contrariants, souvent têtus et bien plus imprévisibles que tu ne le crois. Certains nous résisteront de toutes leurs forces ; d'autres seront difficiles à amadouer. Cette Rachel en est la preuve. Dragwena a manifestement tout fait pour la dompter, mais l'enfant a tenu bon. Résister à une Grande Sorcière est assez remarquable. Aucune créature ne l'a jamais fait en dehors d'un Magicien.

Calen haussa les épaules.

– Rachel est probablement unique en son genre. Elle est la seule enfant à être vraiment extraordinaire.

– Peut-être, fit Heebra, mais j'en doute. Dans un monde aussi vaste, il pourrait exister de nombreux enfants extraordinaires. D'autant que la magie qui est ici à l'œuvre n'en est encore qu'à ses balbutiements. Qui sait comment elle va évoluer ?

– Dans toute l'histoire de nos conquêtes, c'est la première fois que nous découvrons une espèce semblable à celle-ci, répliqua Calen, la voix vibrante de défi. Que nous reste-t-il pour combattre les Magiciens ? Larpskendya nous humilie un peu plus chaque année en nous cantonnant sur Ool. Est-ce là ce que tu veux, mère ? Une mort indigne en défendant ta tour-œil prise d'assaut par Larpskendya ? Va-t-on continuer à murmurer craintivement son nom à tout jamais ?

– C'est moi, et moi seule, qui déciderai ce qu'il faut faire, tonna Heebra.

Et, levant ses bras nus aux muscles saillants, elle se glissa dans un banc de nuages de haute altitude. Un instant, elle se laissa dériver au gré des vents polaires dont la caresse lui paraissait d'une agréable fraîcheur et des araignées grimpèrent à l'avant de ses mâchoires pour sentir le givre et admirer les dernières tours érigées par les sorcières.

– Voici mes instructions, dit-elle en revolant vers Calen. Concentre l'entraînement sur les plus jeunes, ce seront les plus faciles à convaincre. Ignore tous ceux qui ne se montrent pas très doués ou impitoyables. Partout où tu pourras dresser les enfants contre les adultes – parents, professeurs ou toute autre personne chargée de modeler leur comportement, fais-le. Le plus important est d'agir vite. Tâche de repérer les chefs. Nous ne pourrons pas former nous-mêmes tous les enfants, il faut trouver ceux qui seront à même de rejeter leurs semblables et de les punir.

Les yeux tatoués de Calen scintillaient d'excitation. Juste avant de partir, elle se retourna.

– Au fait, tu n'as rien dit à propos de Rachel et d'Éric. Tu comptes toujours te venger, j'espère ?

– Je ne les ai pas oubliés, rétorqua Heebra. Je suis allée moi-même à la recherche de Rachel qui n'a pas été difficile à trouver. En dépit de tous ses efforts pour dissimuler ses dons, l'intensité de ses pouvoirs magiques éclaire ce petit monde avec autant d'éclat qu'un phare !

– Et que vas-tu faire d'elle ? demanda Calen avec intérêt.

– Un spécimen étonnant de son espèce. Je comprends pourquoi Larpskendya s'intéresse tant à elle : cette enfant possède un don assez rare qui va nous être utile.

– Un don ?

– Elle est en contact direct avec Larpskendya.

Calen en resta stupéfaite. Il y avait si longtemps que les sorcières cherchaient le moyen d'avoir accès au Magicien...

– Pourra-t-on l'utiliser pour le localiser directement ?

– Non, Larpskendya a brouillé le chemin qui mène jusqu'à lui. Mais si nous utilisons ce contact comme il faut, nous pourrons l'attirer jusqu'à nous.

– Rachel l'a-t-elle appelé récemment ? Il ne faudrait pas qu'il arrive avant qu'on soit prêtes.

– Bien sûr qu'elle l'appelle ! s'esclaffa Heebra. Rachel est si confuse et si perplexe qu'elle n'arrête pas de lui envoyer des messages ! Mais Larpskendya n'entend rien. J'ai placé autour d'elle un sort d'annulation qu'elle ne repérera jamais.

– Et jusqu'à quand le laisseras-tu en place ?

– Jusqu'à ce que nous ayons suffisamment entraîné les enfants et que j'aie décidé du piège que je compte tendre à Larpskendya. D'ici là, il ne recevra aucun message de Rachel. Il ne viendra qu'au moment où nous serons prêtes à l'accueillir.

Calen hocha la tête.

– Et, le moment venu, as-tu prévu de tuer Rachel de tes mains ?

– Cette petite n'est pas digne de mon attention. J'ai pensé à un moyen plus intéressant de me débarrasser d'elle, fit Heebra en tendant une de ses griffes vers Calen. Puisque tu as tellement foi dans les plus jeunes enfants de ce monde, je te confie une tâche : trouve-moi un autre enfant capable de défier Rachel et fais-en un bourreau qui soit de la même espèce qu'elle. Ainsi, la mort de Rachel n'en sera que plus satisfaisante.

– Peut-être l'ai-je déjà trouvé ! déclara fièrement Calen. L'enfant en question est tout à fait extraordinaire. Je te le présenterai bientôt. Ce sera une surprise !

Et tandis que Calen partait transmettre les ordres aux autres sorcières, Heebra se laissa flotter de nouveau au gré des vents polaires, les mâchoires grandes ouvertes, et les araignées se précipitèrent en avant, trop heureuses de sentir tomber les flocons de neige.

Lorsque Heebra se posa sur le sol, aussitôt, un ours polaire redressa son museau enfoui dans la neige, s'approcha d'elle et lui lécha les pieds. La sorcière se laissa tomber par terre pour s'amuser et faire des roulades avec lui, en prenant soin de ne pas écorcher son cuir avec ses griffes.

« Et maintenant, à nous deux, Larpskendya ! se dit-elle. Ce monde représente le pire de tes cauchemars, n'est-ce pas ? Ces enfants doivent te remplir de terreur ! Je comprends pourquoi tu as préféré neutraliser leurs pouvoirs magiques et faire de ce monde un secret si bien gardé. Tu trembles de peur, n'est-ce pas ? Car ces enfants, plus que tout autre espèce, ne sont en rien différents de nous ! »

6. La mouche velue

Eric regardait sa mère remplir son bol de porridge.

– Encore un peu, s'il te plaît.

– Comme ça ? dit-elle en le resservant.

– Encore.

Elle rajouta deux grosses cuillerées.

– Voilà. Ça devrait te suffire…

– Non, encore un petit peu.

– Ton bol déborde déjà, dit Morpeth en passant près de lui. Tu comptes vraiment manger tout ça ?

– Je suis en pleine croissance, répondit Éric, j'ai besoin de manger. Contrairement à certaines personnes que je connais, fit-il en faisant une grimace à sa sœur assise en face de lui, je n'ai pas un appétit de fourmi, moi !

– Dis plutôt que tu veux en donner aux prapsies, rétorqua Rachel d'un ton détaché. Je les ai vus venir picorer dans ton assiette, ajouta-t-elle en avançant les lèvres et en rentrant les joues. Ils s'en mettent partout.

– C'est vrai, Éric ? soupira sa mère.

– Euh...

– Non, ne dis rien. Je préfère ne pas savoir..., fit-elle en attrapant son sac et un manteau léger. Je sors une petite heure. Appelez-moi sur mon portable, si vous avez besoin de moi.

Elle s'arrêta un instant et dévisagea son fils.

– Il vaudrait mieux que je ne trouve pas du porridge partout dans la cuisine en rentrant. Compris ?

Éric hocha la tête, et elle sortit de la maison. Quelques instants plus tard, Rachel entendit du bruit près de la fenêtre de la cuisine.

– Qu'est-ce qui rend les zoziaux aussi nerveux ? demanda-t-elle.

Les deux prapsies piaillaient comme des fous en volant en rond, trop excités pour parler. Le temps que tout le monde se précipite vers eux, l'un d'eux retrouva sa voix.

– Une vraie merveille toute pleine de poils ! s'écria-t-il en regardant à travers les rideaux en dentelle.

– Un brailleur volant ! lança l'autre.

– Pas du tout ! Une mouche velue !

Éric plissa les yeux en regardant vers le soleil.

– Mince, alors !

Là-haut, dans le ciel d'azur, volant au-dessus des toits, une forme noire tournait doucement en rond.

– On dirait un chien, dit Éric. C'est absurde. Ce doit être un cerf-volant.

– Je ne vois pas de ficelles, dit Morpeth. Et, en plus, ça aboie !

– Un labrador, murmura Rachel.

– Qu'est-ce qui se passe ? fit Éric en donnant un coup de coude à sa sœur. C'est toi qui fais ça ?

– Bien sûr que non.

– Alors, qui ?

Le labrador planait à la verticale d'un terrain de jeux, couché sur le dos, et agitait ses grosses pattes ; soudain, il se mit à aboyer, se retourna et monta tout droit dans le ciel. Plusieurs garçons qui étaient en train de jouer au football hésitèrent entre le regarder et s'enfuir.

– Mince, alors ! fit de nouveau Éric. On lui a jeté un sort. C'est de la magie !

Rachel, légèrement tremblante, hocha la tête en essayant de repérer d'où cela venait et appela à la rescousse les sorts défensifs qu'elle avait pratiqués au cours des quinze derniers jours.

– Je peux détruire le sortilège, si tu veux, proposa Éric, tandis que les prapsies haletaient à son oreille.

– Non, le chien est trop haut, on lui ferait du mal.

– Tu n'as qu'à utiliser ta magie, dit-il à sa sœur.

– Pas tout de suite, conseilla Morpeth. Ne te découvre pas avant que nous sachions à quoi nous en tenir. Allons sur le terrain de jeux.

Ils sortirent en courant de la maison et les prapsies se faufilèrent dehors avant qu'Éric ait refermé la porte.

– Hé, restez ici, les zoziaux ! Vous n'avez pas le droit de sortir !

Sans l'écouter, les prapsies s'envolèrent allégrement par-dessus les maisons et rejoignirent le labrador. Tout en jacassant à tort et à travers, ils imitèrent les mouvements saccadés qu'il décrivait dans le ciel.

– Hé, reviens ! cria l'un des prapsies à l'oreille du chien.

– Vilain chien ! hurla l'autre. Calme-toi, espèce de merveille à poils !

Rachel entraîna Morpeth et Éric par les rues pentues vers le terrain de jeux. Lorsqu'ils approchèrent, le corps du chien commençait à dessiner de nouvelles figures dans le ciel, de longues formes composées de boucles et de lignes droites.

– Il est complètement envoûté ! dit Éric en s'efforçant de suivre sa sœur qui marchait à grandes enjambées.

– Non, dit Morpeth après avoir observé les mouvements du chien, il trace un nom.

– Un nom ?

– Oui, regarde, fit Morpeth, la main tendue vers le ciel. PAUL. Tu ne vois pas ? Le chien n'arrête pas d'écrire ce nom.

Ils se précipitèrent au bout du terrain et s'arrêtèrent juste en dessous du chien fou. Les joueurs de foot s'étaient enfuis en abandonnant leur ballon sur la pelouse.

– Nous sommes assez près. Fais-le descendre, dit Rachel à son frère.

Éric tendit un doigt vers le labrador pour mettre fin au sort qui le faisait voler, et il dégringola du ciel. Juste avant qu'il ne s'écrase sur le sol, Rachel envoya un sort d'amortissement dans l'herbe. Le chien atterrit mollement sur ses quatre pattes et dévala la colline en aboyant à tue-tête, tandis que les prapsies le poursuivaient avec entrain en l'abreuvant de conseils inutiles.

– Paul, répéta Éric d'un air songeur, ce n'est pas un nom de chien.

– Non, ce doit être celui de ce garçon, dit Rachel en montrant l'autre bout du terrain.

A moitié caché dans les hautes herbes, il y avait un garçon grassouillet aux cheveux en brosse qui devait avoir environ le même âge qu'Éric. Appuyé sur les coudes, il se concentrait fébrilement sur le chien en agitant les doigts, comme s'il essayait de renvoyer le labrador dans les airs.

Éric sourit.

– Il n'y arrivera pas. Il ne sait pas que maintenant que j'ai détruit son sort il ne pourra plus jamais l'utiliser.

– Reste en retrait, dit Morpeth. Laissons-le prendre l'initiative.

– Qu'est-ce qu'il fabrique ? s'exclama Éric en plissant les yeux. Il n'arrête pas de fixer ce ballon.

Brusquement, le ballon en cuir s'éleva de quelques centimètres, puis glissa au ras de l'herbe, beaucoup plus rapidement que s'il avait été lancé d'un coup de pied.

– Il fonce droit sur nous, remarqua Morpeth.

– Tu veux dire sur moi ! rectifia Rachel.

Le ballon prit encore de la vitesse et s'éleva au niveau de la tête de Rachel en tournant à une telle vitesse sur lui-même qu'il en devint flou.

Éric leva un doigt pour anéantir le sort, mais l'élan était si fort que le ballon continua à filer droit sur sa sœur qui, heureusement, l'évita sans difficulté d'un mouvement d'épaule.

– Il l'a fait exprès ! fulmina Éric. Allons lui dire deux mots !

– Non, répliqua Rachel. Attendons de voir ce qu'il va faire.

Le garçon aux cheveux en brosse fronça les sourcils et, une seconde plus tard, Rachel sentit un nouveau sort l'attaquer.

– C'est incroyable… Il essaie de me mettre K.O. !

– Laisse-moi écraser son sort, grommela Éric.

Mais Rachel lui fit signe de n'en rien faire et s'efforça de comprendre comment fonctionnait la magie du garçon.

– Il n'a pas l'air très expérimenté, lui dit Morpeth. Sens-tu une quelconque autorité ou subtilité dans les sorts qu'il envoie ?

– Non, répondit-elle en regardant le garçon renvoyer le même sort d'un air inquiet. Il y arrive à peine, il n'y a pas longtemps que sa magie s'est réveillée et exerce ses pouvoirs.

– Mais pourquoi s'en prend-il à toi ou à ce chien ? demanda Éric.

Rachel n'en était pas tout à fait certaine. Le garçon avait-il vraiment voulu leur faire du mal, à elle ou au labrador, ou cherchait-il seulement à tester sa propre magie – et la sienne – parce qu'il était curieux de voir ce dont ils étaient capables l'un et l'autre ?

Prudemment, ils avancèrent vers Paul. Quand Morpeth fut assez près pour distinguer son visage, il remarqua que le garçon paraissait effrayé. Puis, pris soudain de violents soubresauts, il s'élança vers Rachel avant de reculer pour finalement s'enfuir en descendant le long du chemin.

– Venez, dit Éric. Il ne peut pas s'échapper par ici. Hé, Rachel, tu n'as qu'à le rattraper en volant !

– Non, je préfère ne pas lui montrer ce que je sais faire.

Ils suivirent le sentier jusqu'au pied de la colline avant de déboucher sur une immense prairie. L'endroit était désert.

– Où est-il passé ? s'étonna Éric. Il n'y a aucun endroit pour se cacher. Comment a-t-il pu disparaître aussi vite ?

– Il n'a pas pu nous distancer, observa Morpeth. Il a dû attendre d'être hors de vue et trouver un moyen de s'échapper de la prairie. Peut-être qu'il s'est envolé ?

– Non, dit Rachel en pâlissant brusquement. Quelqu'un ou quelque chose l'a fait disparaître d'ici.

J'ai senti un instant une présence de magie d'une force incroyable, mais elle ne venait pas du garçon.

Elle envoya en vain ses sorts informateurs en exploration sur plus d'un kilomètre à la ronde. Toute trace de Paul avait disparu.

– Je ne détecte rien, sa trace s'arrête ici, constata Rachel en s'agenouillant par terre.

Au milieu des herbes aplaties, une empreinte de chaussure indiquait le dernier endroit où Paul avait posé le pied. L'herbe commençait déjà à se redresser, comme si personne ne l'avait jamais foulée.

– Tu penses que Paul aurait pu... se faire disparaître tout seul ? demanda-t-elle à Morpeth.

– J'en doute, répondit-il d'un air songeur. Pas avec autant de perfection. Il faut un sacré talent pour camoufler les traces de ses sorts les plus récents. Or ce garçon était très énervé. Il a dû être aidé par quelqu'un de beaucoup plus expérimenté.

Lorsqu'ils repartirent vers la maison, Éric râla dans sa barbe.

– En tout cas, ce Paul ne me plaît pas. Vous avez vu ce qu'il a fait ? Il a délibérément affolé ce chien, et ça avait même l'air de le ravir !

– Tu crois ? fit Morpeth. Moi j'ai plutôt eu l'impression qu'il se bagarrait contre lui-même ou un compagnon invisible. Quelque chose lui faisait peur.

Arrivés devant le portail, les prapsies se posèrent sur l'épaule d'Éric en recrachant bruyamment des poils de labrador.

– Ils n'ont quand même pas mordu le chien ? s'offusqua Rachel.

– Mais non, ils ont dû essayer de l'embrasser, expliqua Éric en dissimulant les prapsies sous sa chemise, avant que quelqu'un dans la rue n'aperçoive leurs visages écarlates et tout joyeux.

Morpeth les poussa dans le salon, soulagé de voir que leur mère n'était pas encore revenue. Pendant plusieurs minutes, ils surveillèrent portes et fenêtres, s'attendant plus ou moins à ce qu'un Paul fou de rage s'introduise de force dans la maison.

– Tu nous avais pourtant dit qu'aucun enfant ne pouvait utiliser ses pouvoirs magiques pour l'instant, rappela Éric à sa sœur. Alors, que se passe-t-il ?

Rachel, hésitante, se tourna vers Morpeth.

– Tu le sais, toi ? lui demanda-t-elle.

– Quelque chose a dû dérégler la magie de Paul, répondit-il avec un haussement d'épaules. N'importe quoi pourrait en être la cause, une émotion, par exemple, comme la colère ou la peur.

Tout à coup, il repensa à Ithrea, où l'une des tactiques préférées de Dragwena avait consisté à faire paniquer les enfants quand ils s'apprêtaient à jeter un sort.

– Tu penses que Paul est le seul enfant à utiliser ses pouvoirs magiques ?

– C'est possible, mais j'en doute, répondit Morpeth. En tout cas, il ne le sera plus très longtemps. J'ignore ce qui est à l'origine de tout ceci mais, à mon avis, ce n'est qu'un début. Qui sait, peut-être que des centaines d'enfants lanceront bientôt des sorts ? Larpskendya n'a jamais prévu ou voulu ça, j'en suis convaincu. Ce qui confirme qu'il n'est pas par ici.

« Désormais, nous voici livrés à nous-mêmes », songea Rachel. Tout en repoussant cette sombre idée, elle remarqua que ses sorts allaient se tapir tout au fond d'elle.

– L'idée que tant d'enfants possèdent des pouvoirs magiques ne me dit rien qui vaille, marmonna Éric. Imaginez qu'une petite brute décide de lancer un sort d'aveuglement !

– S'ils sont nombreux à pouvoir utiliser la magie, il faut s'attendre à pire encore, observa Morpeth d'un air grave. Sur Ithrea, j'ai vu arriver toutes sortes d'enfants au cours des siècles. Les plus butés résistaient à l'influence de Dragwena un moment, mais certains autres... eh bien, disons qu'ils ne faisaient pas grand-chose pour résister. Ils dirigeaient volontairement leur magie contre les autres enfants, sans avoir besoin que Dragwena les y encourage. Ils y prenaient même un malin plaisir.

Rachel réprima un frisson.

– Imaginez les dégâts que pourrait faire ici une sorcière...

A ce mot, Éric retint son souffle.

– Car c'est à ça que nous avons tous pensé, enchaîna Rachel avec franchise. Ce pourrait très bien être une sorcière qui a fait disparaître Paul. Il se dégageait de lui quelque chose de vraiment puissant.

– Dragwena est morte, lui rappela Morpeth en soutenant son regard. Elle ne peut plus te faire de mal. Et je n'ai encore vu aucune preuve qui confirmerait la présence de sorcières ici.

Rachel, qui ne demandait pas mieux que de le croire, acquiesça d'un vague signe de tête.

– Il nous faut davantage d'informations, déclara Morpeth. Rachel, pourrais-tu te servir de tes sorts informateurs de manière à retrouver les enfants qui se servent activement de leur magie ?

– Oui, ça nous permettrait de savoir combien ils sont et où ils se trouvent. Mais le plus important, c'est de savoir comment ils utilisent leur magie. Est-ce qu'il y a d'autres persécuteurs de chien comme Paul ? Si c'est le cas, je voudrais bien les observer de plus près.

– Très bonne idée, approuva Éric. Les zoziaux et moi allons venir avec toi, ajouta-t-il en regardant ses deux acolytes. Nous te servirons de gardes du corps.

– Non, je vais devoir parcourir de longues distances, et ce sera trop difficile si vous êtes dans mes pattes. J'irai toute seule, insista-t-elle, voyant que Morpeth s'apprêtait à dire quelque chose. C'est plus prudent.

– Tu en es sûre ? demanda-t-il lorsqu'il vit la pureté presque douloureuse du bleu qui brillait dans ses yeux. Ou bien est-ce le conseil que te soufflent tes sorts ?

Rachel se posa la question, l'air hésitant.

– Il faut se méfier, reprit Morpeth. Quelque chose a attiré Paul par ici. Et qu'est-ce que ça peut être, sinon ta magie ? Il sait probablement où tu habites et, que ce soit ou non de son plein gré, il t'a attaquée. Peut-être qu'il guette la prochaine occasion, qu'il attend qu'Éric et moi soyons trop loin de toi pour te protéger.

Rachel poussa un gros soupir.

– Je ne peux pas laisser maman toute seule en le sachant dans les parages, dit-elle. Il faut que vous restiez ici tous les deux. Je t'en prie, Morpeth. Au moindre signe de danger, je reviendrai, c'est promis.

Morpeth se demandait quoi faire. Paul était-il quelque part à l'affût en train de préparer une nouvelle attaque ? Et quelle était cette force invisible qui l'accompagnait ? Une sorcière qui souhaitait la mort de Rachel ? Quoi qu'il en soit, il leur fallait en savoir plus sur cette manifestation de magie inattendue, et il était exact que la vitesse sidérante à laquelle se déplaçait Rachel représentait sa meilleure défense contre un mystérieux adversaire. Finalement, il lui donna son accord.

– Mais qu'allons-nous dire à maman ? demanda Éric. Elle va s'affoler.

– Je m'en charge, répondit Morpeth, sachant que jamais elle n'approuverait sa décision d'avoir laissé partir sa fille.

Rachel embrassa son frère, serra Morpeth dans ses bras et s'éloigna. Elle déverrouilla la porte qui menait au jardin, préférant ne pas trop penser à ce qui l'attendait. Dehors, le ciel était limpide et le soleil resplendissait.

« Une sorcière pourrait me repérer à des kilomètres », songea-t-elle.

Ayant soudain le sentiment d'être une cible idéale, elle réfléchit à la forme qu'elle allait prendre. Changer d'apparence faisait partie des pouvoirs magiques uniques qu'elle s'était découverts sur Ithrea et avait améliorés au fil des combats menés contre Dragwena. Elle ne voulait surtout pas commettre d'erreur. Quelle forme choisir ? Quel serait l'objet le moins voyant dans l'immensité du ciel ?

Au-dessus d'elle, des hirondelles virevoltaient à la recherche d'insectes. Prudente, Rachel s'assura que personne ne l'observait et se transforma en hirondelle. Déployant ses ailes aux plumes brillantes, elle s'envola dans le ciel qui lui parut soudain menaçant.

7.
Un arc-en-ciel dans l'azur

Rachel monta en flèche dans l'air tiède de ce matin d'été. Un instant, elle aperçut Éric, Morpeth et les prapsies la regarder derrière la fenêtre du salon, mais leurs visages anxieux disparurent progressivement tandis qu'elle commençait à agiter ses ailes d'hirondelle et à monter dans le ciel.

Au fur et à mesure que les maisons et les rues s'éloignaient, l'image de Paul s'imposa à son esprit.

Malgré l'entraînement qu'elle s'était imposé ces dernières semaines, ses sorts, notamment ceux qui lui permettaient de voler, étaient encore un peu faibles. « Allez-y, songea-t-elle en faisant appel à toute sa magie, surprenez-moi ! »

Parmi les innombrables sorts de manœuvre qui se présentèrent en lui promettant monts et merveilles, Rachel en sélectionna deux afin de tracer un arc gigantesque à travers le ciel, ruse qu'aucune hirondelle n'avait encore jamais utilisée.

Garder la même apparence trop longtemps la rendait nerveuse. « Si je fais un effort, à quelle vitesse puis-je me transformer ? » se demanda-t-elle. Finalement, elle choisit un autre oiseau au hasard : un faucon. Et, étendant ses immenses ailes, elle plana dans le ciel, devenant soudain la terreur de toutes les souris !

« Allez, maintenant, autre chose », se dit-elle.

En plein vol, entre deux battements d'ailes, elle se transforma plusieurs fois de suite : en colombe, d'abord, puis en colibri fendant l'air à toute vitesse, ensuite en cygne majestueux aux ailes pesantes et finalement, montant de plus en plus haut, elle prit successivement la forme de tous les oiseaux qu'elle connaissait.

Soudain, un autre sort lui suggéra une chauve-souris. Aussitôt, ses yeux d'oiseau se rétrécirent, son cerveau émit des ondes sonores, sa tête ridée se ratatina, et Rachel découvrit un endroit encore plus merveilleux que tout ce que ses yeux d'oiseau avaient vu jusqu'à cet instant. Un nouvel univers fabuleux, un univers de chauve-souris dépourvu de toute couleur, mais où le moindre brin d'herbe et le plus infime filet d'air prenaient un relief d'une précision indescriptible.

« Ces ailes primitives ne te servent à rien pour voler, l'informèrent ses sorts. Tu n'as qu'à tendre les pieds ! »

Folle de joie, Rachel reprit sa forme de petite fille et se contenta de donner des coups de pied dans le vide.

Soudain, le sillage vaporeux d'un avion supersonique attira son regard.

« Rattrapez-le ! » ordonna-t-elle.

Un sort de transformation s'empressa d'obéir. L'air se fit plus léger, et Rachel fila droit devant elle. En un clin d'œil, elle se retrouva debout sur le nez de l'avion, en train de regarder à l'intérieur du cockpit. Le pilote, ébahi, fixa d'un air incrédule l'enfant qui lui souriait de l'autre côté de la vitre.

Laissant l'avion poursuivre sa route, Rachel se concentra sur un cumulus qui dérivait dans le lointain. « A quelle distance se trouve-t-il ? » demanda-t-elle à ses sorts informateurs. « A un kilomètre », répondirent-ils docilement. « Emmenez-moi là-bas ! » Un nouveau sort prit les commandes pour l'entraîner jusqu'au nuage, d'où elle sauta sur un autre, puis encore un autre, franchissant sans cesse de plus grandes distances : deux kilomètres, cinq, puis dix... Et pourquoi pas quatre-vingts ?

Après s'être propulsée sans retenue dans le ciel, elle s'arrêta en effectuant un dérapage contrôlé. « N'oublie pas ce que tu es venue faire ici, se réprimanda-t-elle. Maman et les autres ne sont pas en sécurité à la maison. Il serait temps de rechercher des traces de magie... »

Mais comment faire pour trouver les enfants les plus doués ? « La magie dégage une odeur singulière, lui rappelèrent ses sorts. Tu n'as qu'à repérer sa trace ! » Et comme son nez ne lui servirait à rien, Rachel laissa ses sortilèges s'en charger. Ils s'avancèrent au bord de ses narines et se déployèrent en une membrane douce et charnue, semblable à de fragiles pétales ondulant sous la brise.

En reniflant, elle distingua immédiatement l'arôme que dégageait la magie des enfants. Certaines de ces odeurs étaient à la fois fortes et relevées, d'autres musquées, entêtantes et grossières, mais toutes à peine perceptibles. Pour trouver ceux qui, comme Paul, utilisaient leur magie, il lui fallait explorer un espace beaucoup plus vaste et se déplacer plus vite.

Rachel s'obligea à se détendre afin de laisser sa magie se répandre dans ses veines et éprouva une sensation très agréable, à la fois revigorante et enivrante, comme si elle respirait un air pur rafraîchissant après avoir passé toute une vie enfermée. Elle avait déjà ressenti la même excitation lorsqu'elle s'était battue contre Dragwena sur Ithrea, mais la peur l'avait alors emporté sur le plaisir. Puis elle se faufila avec assurance dans le vent et, fermant les yeux, oublia les nuages, huma les moindres résidus de magie et se précipita vers eux.

En quelques bonds de géant, elle laissa sa maison loin derrière elle. Les villes défilaient sous ses yeux à toute vitesse et les océans surgissaient à sa rencontre avant de reculer tel un rêve d'écume. Elle s'approcha d'une côte pour effleurer les rochers humides où un enfant avait lancé récemment son premier sort. Mais comme il n'était plus là, elle s'éloigna et, suivant une trace plus tenace, elle arriva dans un pays où l'air était plus chaud et les odeurs différentes.

Son périple l'avait entraînée dans le Sud de la France. Se sentant soudain vulnérable, elle prit la forme d'une mouche et se posa sur les aiguilles d'un pin maritime dans les collines de Provence. En ce début d'été, l'air était déjà sec et voilé de brume et la chaleur vibrait en montant des gorges de la Nesque vers les hauts sommets. Là, sur une colline pentue, à peine visible au milieu des pins majestueux, Rachel aperçut un petit garçon qui devait avoir à peine quatre ans.

Dans le ciel sans nuages, il venait de créer un arc-en-ciel dont les rayons violets, rouges et jaunes qui enjambaient la montagne dégoulinaient comme de la peinture sur la plaine en contrebas.

– Plus grand, plus haut ! cria l'enfant en riant aux éclats.

Rachel décida qu'il n'y avait là aucun danger. Ce n'était qu'un enfant dont la magie venait de s'éveiller et qui apprenait à l'utiliser. Reprenant sa forme de petite fille, elle s'approcha de lui en tendant les bras.

– N'aie pas peur, lui dit-elle lorsqu'il recula d'un air surpris. Je m'appelle Rachel. Et toi, qui es-tu ?

Le petit garçon la dévisagea un instant, puis jura entre ses dents quand il réalisa qu'il avait oublié son arc-en-ciel. Il plissa les yeux en voyant les couleurs s'évanouir et, la mine renfrognée, dévala la colline en faisant claquer ses sandales sur le sol.

Rachel envisagea une seconde de le suivre, mais une odeur plus forte avait déjà attiré son attention. Elle se hâta de changer d'apparence. Déguisée cette fois en abeille, elle se posa à Dortmund, en Allemagne. Là, une petite fille qui portait encore des couches était en train d'escalader un pommier dans un jardin. Sa mère, paralysée d'effroi, se tenait près d'elle.

– Nounours ! s'écria l'enfant juchée au sommet de l'arbre.

Rachel crut d'abord qu'elle appelait sa mère avant d'apercevoir un ours en peluche couché dans l'herbe. Ses yeux en forme de boutons se mirent à cligner, puis il se mit debout sur ses grosses pattes, traversa la pelouse et grimpa en haut de l'arbre où il referma ses bras duveteux autour du cou de la petite fille.

L'enfant et son nounours se tournèrent vers la mère.

Rachel secoua la tête en cherchant à comprendre ce qui se passait. Mais tout ceci n'avait en fait rien d'étrange. Si les jeunes enfants devaient faire des expériences, qu'ils commencent par s'entraîner sur leurs jouets était parfaitement normal. Ce n'était jamais qu'un bébé en train de s'amuser.

Alors que Rachel se demandait comment réconforter la mère désemparée, une nouvelle odeur capta son attention. Une odeur différente des autres, d'une richesse et d'une puissance étonnantes, comme si toute une bande d'enfants talentueux s'étaient rassemblés pour la fabriquer. Pour la première fois, Rachel se sentit effrayée. S'agissait-il de la magie d'un seul enfant ?

« Va te renseigner », lui conseillèrent plusieurs sorts.

« Allez, vole ! » lui ordonnèrent les autres.

Rachel se laissa guider par l'odeur. A toute vitesse, elle traversa de nouveau la France, passa au dessus de l'Espagne et continua vers le sud jusqu'à ce qu'elle arrive au-dessus d'un nouveau continent : l'Afrique.

La chaleur brûlante du désert du Sahara vibrait en dessous d'elle. Elle survola des dunes de sable à une vitesse si fulgurante qu'elle prit tout à coup conscience que ses dons à eux seuls n'étaient pas capables de la faire voler aussi vite. Quelque chose d'autre avait détecté sa présence. Quelque chose qui savait qu'elle était là et l'attirait irrésistiblement, une force colossale qui l'aspirait sur son propre territoire.

Arrivée à destination, Rachel se sentit quasiment arrachée du ciel. Titubante, encore tout éblouie, elle était redevenue une petite fille, trop décontenancée pour penser à se cacher sous une autre apparence.

Elle se trouvait dans un village du Nigeria, devant une hutte toute ronde, construite à l'aide de terre mélangée à de la paille. A l'ombre du mur, un tout petit garçon était assis sur le sol brûlant, entièrement recouvert de superbes papillons jaunes, posés par dizaines sur ses doigts, ses pieds nus et ses cheveux. On aurait dit que des bijoux ornaient ses oreilles et le bord de ses paupières. La vision de tant d'insectes aurait dû lui sembler grotesque, mais Rachel comprit instinctivement qu'ils ne faisaient qu'obéir au bon vouloir du bébé et que c'était la magie surprenante de ce petit garçon qui l'avait attirée ici.

Dès qu'il aperçut Rachel, le bébé se fendit d'un grand sourire enfantin de bienvenue.

– Yemi, dit-il en se tapant fièrement sur la poitrine. Yemi !

Rachel soupira de bonheur en sentant une curieuse impression l'envahir. Yemi ne savait dire que quelques mots, mais ses sorts étaient déjà pleins de sollicitude. La magie se déversait de lui librement, instinctive et impatiente, ravie de découvrir qu'elle n'était pas seule au monde.

Sans réfléchir, Rachel courut vers l'enfant, le souleva dans ses bras et le fit sauter en l'air.

Un instant, Yemi resta en suspens au-dessus de sa tête sans tomber et, agitant ses petits pieds nus, fit de son mieux pour se maintenir en l'air. Mais quand il retomba, ce fut comme n'importe quel bébé. Rachel le rattrapa et le serra tout contre elle en murmurant son nom près de son oreille ornée de papillons. D'un souffle léger, Yemi envoya les Merveilles de Camberwell se poser sur ses cheveux en la recouvrant de toute leur splendeur dorée.

A cet instant, un bruit en provenance de la hutte fit se retourner Rachel. Yemi gloussa de plaisir.

– Fola ! annonça-t-il.

Une petite fille avança timidement sur le seuil de la hutte, la main cramponnée au montant de la porte. Ses cheveux nattés étaient constellés de farine, et elle regardait Rachel fixement, le regard apeuré.

– Bonjour, dit Rachel, en dissimulant les couleurs-sortilèges de ses yeux pour ne pas l'affoler. Excuse-moi si je t'ai fait peur. Tu m'as vue arriver ?

La petite fille hocha la tête.

– Qui es-tu ? Qu'est-ce que tu nous veux ? demanda-t-elle d'une voix douce en examinant les vêtements, la peau et les cheveux de la nouvelle arrivée avec curiosité.

Une autre voix, plus ferme, cria quelque chose à l'intérieur de la hutte, puis une main empoigna Fola par le col. La petite fille résista, voulant manifestement rester encore un peu.

– C'est ta mère ? lui demanda Rachel. Elle a peur de moi ? Il ne faut pas. Je ne veux aucun mal à Yemi. S'il te plaît, si tu…

De nouveau, la voix qui venait de la hutte gronda d'un ton menaçant.

– Tu fais peur à maman, dit Fola. Vous lui faites peur tous les deux. Tu es venue pour emmener Yemi ?

– Bien sûr que non ! Tu es sa grande sœur ?

– Nous passons notre temps à le cacher, murmura Fola. Yemi ne doit pas sortir. Maman le garde à l'intérieur, mais il ne pense qu'à s'échapper. Il savait que tu allais venir, n'est-ce pas ? ajouta-t-elle en regardant Rachel au fond des yeux.

De nouveau, la main tira la petite fille à l'intérieur.

– Yemi, viens avec moi ! insista Fola en tendant les bras.

Mais le bébé ne voulait plus quitter Rachel. Il s'accrocha à elle de toutes ses forces en donnant des coups de pied à sa sœur.

– Fais ce qu'elle te demande, lui dit Rachel. Je reviendrai bientôt.

Puis elle envoya des ondes rassurantes autour de lui.

Après avoir résisté quelques secondes, Yemi laissa sa sœur le prendre dans ses bras.

– Maman a dit qu'elle ne voulait pas que tu reviennes, expliqua Fola avec une pointe de tristesse. Ne reviens pas. Laisse-nous tranquilles.

Mais elle lui adressa un bref sourire avant de rentrer dans la hutte avec Yemi. La porte à peine refermée, une violente dispute éclata à l'intérieur.

Rachel s'éloigna de la maison, encore tout émerveillée du plaisir qu'elle avait ressenti en compagnie du petit Yemi, et se laissa flotter quelques instants dans le ciel en pensant à lui. Sa magie était si exubérante, si joyeuse... Était-il le seul enfant ainsi ?

Avant même qu'elle obtienne un début de réponse à sa question, une nouvelle trace de magie attira son attention. Rachel avait envie de se reposer, de rentrer chez elle et de discuter de ce qu'elle venait de découvrir avec Morpeth, mais elle ne pouvait pas se permettre de négliger une odeur aussi forte, d'autant que celle-ci lui paraissait familière. Finalement, elle se remit en route.

Et elle atterrit cette fois en Égypte, à Alexandrie.

Là, dans le grand port où le Nil se jette dans la Méditerranée, des pêcheurs s'agitaient dans tous les sens, l'air complètement affolé. Ces hommes robustes au visage buriné avaient beau être habitués aux caprices de la mer, rien au cours leur rude existence ne les avait préparés à affronter ce qui se passait.

Sur le pont glissant des bateaux, les poissons attrapés ce jour-là avançaient en frétillant, prêts à les attaquer.

8. L'ange de pierre

Rachel en comprit la raison aussitôt : sur le quai, au bord de l'eau, se tenait un garçon aux cheveux coupés en brosse.

– Paul ! s'écria-t-elle en courant le rejoindre. Qu'est-ce que tu fais ? Arrête !

– Je... je n'y arrive pas ! dit-il en se tournant vers elle, l'air désespéré. Je n'ose pas !

Tremblant de tous ses membres, il s'efforçait de contrôler ses mains qui dansaient devant lui, mais ses doigts continuaient à diriger les poissons agresseurs.

– Éloigne-toi ! supplia-t-il. Je risque de... Non... non !

Brusquement, il plaqua les deux bras contre son corps, et tous les poissons bondirent hors des bateaux... pour se jeter sur Rachel !

Elle envoya immédiatement deux contre-sorts : le premier pour remettre les poissons à l'eau, le second pour les calmer.

– Que se passe-t-il ? Paul, qui te pousse à faire ça ?

Avant même qu'il puisse répondre, Rachel vit le

corps du garçon se désintégrer sous ses yeux. Et, comme la dernière fois, toute trace de magie s'était volatilisée avec lui. Sur le pont des bateaux, les pêcheurs qui n'en croyaient pas leurs yeux dévisagèrent Rachel.

Quelques poissons avaient atterri à ses pieds. Tandis que leurs mâchoires s'ouvraient et se refermaient, Rachel aperçut un détail qu'elle aurait reconnu entre mille : des dents – des dents incurvées, noires et triangulaires de sorcière !

« Dragwena est morte, se dit-elle. Tu le sais. Elle est bel et bien morte. »

Et pourtant, aucun poisson sur la Terre n'avait jamais eu des dents pareilles. Leur forme triangulaire et leur couleur noire ne pouvaient signifier qu'une chose : la présence d'une autre sorcière.

Les trois enfants qu'elle avait rencontrés au cours de son périple s'étaient servis de leurs pouvoirs magiques sans faire de mal à personne. Ceux que Paul venait d'utiliser étaient du même genre que ceux qu'il avait employés avec le labrador, et il les avait utilisés de façon volontairement cruelle. Toutefois, elle était maintenant certaine que Paul n'en était en rien responsable. Rachel n'avait plus qu'une envie : s'éloigner des poissons qui continuaient à se tortiller sur le quai. Elle s'empressa donc de repartir chez elle et était déjà à mi-chemin quand elle sentit une nouvelle odeur lui piquer les narines. Une odeur qui venait d'une autre partie du monde. Elle tournoya dans le ciel, décidée à l'ignorer pour poursuivre son chemin, de plus en plus inquiète à l'idée de laisser Morpeth, Éric et leur mère sans protection, mais cette odeur refusait de se laisser oublier.

Suivant la magie à la trace, Rachel s'élança vers le sud. Elle franchit l'Équateur, poursuivit sa route vers l'hémisphère Sud en abandonnant la chaleur du soleil loin derrière elle et atterrit dans un cimetière, au Chili.

Dans cette partie du monde, il faisait nuit, c'était l'hiver et de la neige était tombée récemment. Rachel prit rapidement l'apparence du premier oiseau qu'elle associait à un temps glacial, un rouge-gorge, dans l'espoir de passer inaperçue. Ébouriffant ses plumes, elle regarda alentour. Le cimetière paraissait gigantesque. Des pierres tombales à l'abandon jonchaient le sol; d'autres se dressaient en formant des angles bizarres, comme si les âmes des défunts avaient voulu se faufiler vers un ailleurs plus accueillant. La pleine lune éclairait la ligne d'horizon et l'odeur de la magie était d'une intensité presque insupportable. « Ça ne peut pas être un autre enfant, songea-t-elle. Ce doit être une sorcière. Et si c'était un piège ? »

Elle sautilla avec précaution entre les tombes tapissées de mousse. Dans le cimetière, rien ne bougeait. Personne n'était en train de nettoyer les tombes ou d'arpenter les allées enchevêtrées et, comme aucun chemin ne permettait de se repérer, Rachel voleta nerveusement entre les arbres disséminés ici et là. Puis, elle se mit à prier le ciel pour percevoir un signe de vie, quel qu'il soit – une voix, ou ne serait-ce qu'une empreinte de pas qui lui prouverait que des gens venaient parfois dans cet endroit. Mais elle ne trouva rien. La neige qui recouvrait le sol donnait l'impression d'avoir toujours été là, et la lune semblait l'épier entre les tombes. Tout était calme, glacé et silencieux.

Au bout d'un moment, Rachel se sentit attirée vers une statue d'une beauté extraordinaire, érigée au beau milieu du cimetière : un ange de pierre. Il y en avait plusieurs autres ici et là, mais celui-ci était différent. Il avait l'air d'avoir été sculpté récemment et avait des traits si fins qu'il avait presque figure humaine.

Intriguée, Rachel voleta prudemment jusqu'à la statue de l'ange – une petite fille agenouillée par terre comme aurait pu l'être une vraie petite fille, mais sans ailes, et qui, au lieu de joindre les mains pour prier, croisait les bras avec l'air de s'ennuyer fermement.

Rachel regarda autour d'elle. Il n'y avait là ni enfants, ni sorcières, ni quoi que ce soit susceptible de lui faire peur ; rien qu'une force magique gigantesque, concentrée sur l'étrange statue. Elle abandonna sa forme de rouge-gorge, s'approcha à quelques centimètres du visage de pierre et tendit la main.

– Ne me touche pas, murmura l'ange.

Rachel se figea sur place et vit les paupières de pierre s'ouvrir lentement alors que le reste du visage restait impassible. L'espace d'un instant, les deux petites filles se regardèrent dans les yeux, un visage de pierre face à un visage de chair. Puis Rachel sentit que quelque chose explorait son esprit. Était-ce un salut amical, comme celui que lui avait réservé Yemi ? Non : il s'agissait d'un sort d'évaluation qui tentait de mesurer la force de ses pouvoirs magiques. Aussitôt elle l'en empêcha, et la petite fille de pierre écarquilla les yeux.

– Comment as-tu fait ça ? demanda-t-elle en essayant de dissimuler sa surprise.

Sa voix plate, saccadée et hostile semblait peu impressionnée par les dons de Rachel.

– Dis-moi comment tu as fait pour bloquer mon sort ? Vas-y, explique.

– Et si je refuse ?

– Je te ferai du mal. Je ne plaisante pas, dit la petite fille en guettant la réaction de Rachel.

– Du mal ? répéta celle-ci d'un air qui se voulait indifférent. Et pourquoi ferais-tu ça ?

– Parce que tu pourrais m'attaquer.

– Je ne sais même pas qui tu es.

– Une cible d'entraînement, peut-être, rétorqua l'enfant en haussant les épaules. On n'est jamais trop prudent. Tu es forte, comme moi, je le vois bien. As-tu déjà lancé des sorts à d'autres enfants ou fait des expériences sur eux ?

– Des expériences ? répéta Rachel en sentant son pouls s'accélérer.

– Oh, ne fais pas l'innocente ! Ne me dis pas que tu as des scrupules quand il s'agit d'autres enfants. Quelle gentille petite fille tu dois être... C'est vraiment décevant.

Elle s'extirpa de son corps de pierre et se redressa en tourbillonnant dans la neige, comme pour se présenter. Rachel vit alors qu'elles étaient à peu près du même âge et de la même taille. Pour le reste, elles étaient en tous points différentes. Pâles et anguleux, les doigts et les poignets menus de la petite fille dépassaient de son pull-over gris. Ses cheveux fins d'un blanc immaculé, presque transparents, retombaient mollement sur ses frêles épaules. Ses sourcils décolorés, très peu fournis, brillaient au clair de lune. Mais le plus étonnant chez elle était ses yeux : des yeux d'un bleu pâle délavé comme Rachel n'en avait encore jamais vus.

– Je m'appelle Heiki, dit la petite fille. Qu'est-ce que tu vas faire de moi, Rachel ?

– Comment connais-tu mon nom ?

– C’est un secret. Tu as peur ?

– Parce que tu t’attends à ce que j’aie peur ?

– Bien sûr, dit Heiki. Les autres enfants ont tous eu peur.

– Tu leur as fait du mal ?

– Seulement à quelques-uns, répondit-elle en riant. Pas beaucoup. La plupart sont lamentables, ils n’en valent même pas la peine. Est-ce que tu es comme eux ? Ou est-ce que tu préfères te battre ?

Rachel réfléchit. Qu’allait-elle faire de cette enfant ?

– D’où viens-tu, Heiki ? lui demanda-t-elle.

– Aucune importance. On ne t’a pas appris ça ? Nous ne sommes plus de nulle part. Les enfants comme nous vont où bon leur semble et font ce qu’ils veulent. T’es-tu déjà servie de ta magie contre des adultes ?

– Et toi ?

– C’est ça, mets-toi en colère ! fit Heiki avec un petit sourire satisfait. Tu me parais plus intéressante quand tu te fâches. Vas-y, grogne un peu. Grrr… Je préférerais te voir plus agressive.

– As-tu déjà fait du mal à des adultes ? reprit Rachel.

Heiki ne répondit pas, mais sourit de plus belle. A cet instant, Rachel prit conscience que quelqu’un d’autre était dans le cimetière, qui se tenait près de Heiki et l’observait. Elle ne voyait rien, mais elle sentait un regard la fixer et reconnut immédiatement une présence qui lui rappelait les moments passés avec Dragwena : une sorcière.

Elle recula de quelques pas en s’efforçant de maîtriser son tremblement. Heiki était-elle au courant ? Ou avait-elle été suivie en secret ?

– Qui t’a dit que les autres enfants étaient lamentables ? Une sorcière ?

– Que… que veux-tu dire par là ? rétorqua Heiki, décontenancée.

– Tu sais très bien de quoi je veux parler. D'une créature qui a quatre rangées de dents noires et un serpent, insista Rachel en se forçant à scruter l'espace vide qui se trouvait à la droite de Heiki.

– Elles sont affreuses, avoua-t-elle. Et faciles à repérer.

A sa réaction, Rachel constata avec horreur qu'elle reconnaissait sa description. Heiki et la sorcière étaient complices.

« Enfuis-toi ! Enfuis-toi vite ! » s'écrièrent les sorts de Rachel.

– Combien y a-t-il de sorcières ? demanda-t-elle, sans parvenir à contrôler le tremblement de sa voix.

Incapable de regarder plus longtemps le trou noir près de Heiki, Rachel fit un bond en arrière en hurlant :

– Ça suffit, montre-toi !

– Qu'est-ce qu'il y a ? Les tombes te font peur ?

– Je pense que tu ferais mieux de me dire ce que tu sais, dit Rachel en s'avançant assez près pour attraper Heiki par le bras. D'où viens-tu ? Tu n'es pas d'ici. Tu es loin de chez toi. Loin de tout abri. Tu ferais mieux de tout me dire.

– Et si je refuse ?

– Je te forcerai à parler.

– Vas-y ! s'écria Heiki, tout excitée. Tu n'as qu'à essayer !

Rachel lui lança un sort de paralysie. Sans lui faire de mal, il bloqua les défenses de Heiki et immobilisa son corps en ne laissant bouger que ses lèvres et son larynx.

– Je t'écoute, fit Rachel, qui essayait désespérément d'ignorer la présence de la sorcière.

– Qu'est-ce que tu fais ? cria la petite fille d'une voix aiguë en faisant appel à ses sorts pour se dégager.

A cette seconde, Rachel entrevit les capacités étonnantes de Heiki. Heureusement qu'elle ne contrôlait encore que partiellement tous ses pouvoirs !

– Dis-moi combien il y a de sorcières, et où elles sont.

– Tu ne me forceras pas à parler !

Cette fois, Rachel envoya un sort informateur dans l'oreille de Heiki afin d'entrer dans sa mémoire.

La fillette se mit à trembler des pieds à la tête.

– Qu'est-ce qui ne va pas ? s'alarma Rachel.

Ce sort était pourtant inoffensif...

– Non ! Pitié ! gémit Heiki.

– Je ne... commença à dire Rachel avant de se rendre compte que ce n'était pas à elle que l'enfant s'adressait.

– Non, non, ne fais pas ça ! implora Heiki. Pas tout de suite... Laisse-moi me battre avec elle ! Je peux m'en occuper toute seule. Je n'ai pas besoin d'aide. Laisse-moi...

Soudain, la main de Rachel se referma sur le vide. La voix de Heiki s'évanouit dans un râle de dépit et Rachel se retrouva toute seule au milieu des tombes désertes. Pendant quelques minutes, elle resta là debout, sentant la neige fondre sur sa peau brûlante. Mais, tout à coup, une autre voix résonna à son oreille :

– Bonjour, je m'appelle Calen.

Rachel ne distinguait aucun visage, mais un souffle faisait voltiger des flocons de neige au-dessus de sa tête.

– Je suis la chose dont tu as le plus peur au monde. Es-tu prête pour la suite ?

Rachel ne pouvait plus ni bouger ni même respirer.

– Je te conseille de pratiquer ta magie, poursuivit la voix. La prochaine fois que tu croiseras Heiki, elle n'aura pas besoin de mon aide.

Puis la voix mourut dans le vent, mais Calen avait laissé une trace de son passage : des flocons de neige. Une neige qui n'était pas blanche, mais grise, et tombait avec délectation sur Rachel et les tombes du cimetière.

9. Des jeux sans fin

Rachel repartit en volant d'un trait jusque chez elle. Quand elle arriva dans le jardin, Morpeth, Éric et sa mère coururent à sa rencontre.

– Qu'est-ce qui ne va pas ? lui demanda sa mère en voyant son air hagard. Que s'est-il passé ?

Elle la serra contre elle et la sentit trembler.

– Oh, en tout cas, tu es saine et sauve…

Rachel cligna des yeux en essayant de se ressaisir.

– Combien de temps suis-je partie ?

– Des heures, répondit Éric. Alors, qu'est-ce que tu as trouvé ? D'autres garçons qui martyrisent les chiens ?

– Pire, murmura Rachel.

Morpeth toucha ses longs cheveux bruns. Quelques flocons de neige grise qui n'avaient pas encore fondu laissèrent une trace huileuse sur ses doigts.

– Oh non, soupira-t-il. Dis-moi que je me trompe.

Rachel s'effondra sur l'épaule de sa mère avant de tout leur raconter en détail. Lorsqu'elle eut terminé son récit, il y avait déjà longtemps qu'ils avaient regagné le salon et tiré les rideaux. Rachel était assise sur le canapé, pelotonnée contre sa mère dans la pénombre. Pendant de longues minutes, tout le monde resta silencieux.

– Tu crois que la sorcière et cette Heiki vont venir te chercher ? demanda Éric au bout d'un moment.

– Oui, je le crois.

– Bientôt ?

– Sans doute.

– Ce soir ?

– Ou avant. Je n'en sais rien du tout, répondit Rachel en fixant le mur.

Son regard triste avait pris une couleur grise tachetée de noir.

Sans plus attendre, Morpeth envoya les prapsies faire le guet. Voyant Éric d'humeur morose, ils prirent leur tâche très au sérieux et voltigèrent entre les pièces en regardant à travers les fenêtres du rez-de-chaussée.

– Ces deux-là ne pourront rien faire contre une sorcière, dit la mère des enfants. Ni contre cette horrible Heiki.

– Ils feront de leur mieux, répliqua Éric, ils nous préviendront dès que possible. Pas vrai, les zoziaux ?

Les deux bébés corbeaux hochèrent la tête tout en allant inspecter une fissure suspecte au plafond.

Morpeth se gratta le menton.

– Au moment où Paul et Heiki ont disparu, as-tu remarqué chez eux la même forme de magie que celle de Calen ? demanda-t-il à Rachel.

– Oui, en effet, dit-elle, reprenant soudain espoir. Je suppose que c'est bon signe. Calen est peut-être la seule sorcière.

– Une seule nous suffirait ! Mais il ne faut pas trop se faire d'illusions, enchaîna Morpeth. La vraie question est de savoir pourquoi elle est ici. Calen t'a rencontrée, elle t'a dit son nom et a cherché à te faire peur. Je me demande pourquoi elle a fait ça. A moins qu'elle...

– A moins qu'elle sache ce qui est arrivé à Dragwena sur Ithrea, conclut Rachel, hébétée. Et qu'elle veuille se venger. Quant à cette petite fille étrange, Heiki, reprit-elle, la gorge serrée, je parie qu'elle a été entraînée pour se battre avec moi. Sinon, pourquoi Calen ne m'a-t-elle pas tuée dans le cimetière ? Elle n'aurait eu aucune difficulté.

Sa mère la serra contre elle, cherchant en vain des mots pour la rassurer.

– Nous te protégerons de toutes les façons possibles, assura Morpeth en venant rejoindre Rachel sur le canapé, mais j'ai besoin d'en savoir un peu plus sur ce que Calen va tenter de faire. Paul et Heiki sont apparemment sous ses ordres. Pourquoi ? Sont-ils entraînés dans le but de t'attaquer ensemble ? Ou bien Calen a-t-elle choisi des enfants doués de pouvoirs magiques pour une autre raison ?

– Je suis sûr que cette nouvelle sorcière est exactement comme Dragwena, ou même pire, dit Éric. Où est passé Larpskendya ? cria-t-il soudain d'un air rageur. Il avait promis d'être là pour nous. Il l'avait promis !

– Je n'en sais rien, confessa Rachel. Je n'arrête pas de lui envoyer des messages, mais il ne répond pas.

– Larpskendya ne nous abandonnera pas, déclara Morpeth avec fermeté. Mais pour l'instant, il faut trouver un moyen de survivre sans lui. Il doit bien exister une façon de se défendre...

Il se mit à faire les cent pas dans la pièce sous l'œil attentif des prapsies.

– Si on arrivait à surprendre Calen au moment où elle est en contact avec les enfants, on saurait mieux comment s'y prendre. Paul tente encore de lui résister, nous l'avons tous vu. Calen n'a pas encore réussi à le briser.

– Il est peut-être très résistant, observa Éric.

– Si Calen ressemble à Dragwena, peu importe qu'il le soit ou non, rétorqua Morpeth. Il ne tiendra pas longtemps. Il faut à tout prix l'aider, de même que les autres enfants.

– Ils ne vont pas être faciles à trouver, remarqua Rachel. Les enfants vraiment doués sont éparpillés aux quatre coins de la Terre.

– On devrait quand même y arriver, dit Éric avec un sourire malicieux. N'oubliez pas que les vacances se terminent demain. Les enfants qu'ont entraînés les sorcières ne doivent plus tenir en place !

– Qu'est-ce que tu veux dire ? demanda Morpeth.

– Il doit leur tarder de rentrer en classe et de tester leur magie sur leurs professeurs !

Ce soir-là, avant d'aller au lit, Éric donna des instructions très strictes aux prapsies pour qu'ils montent la garde devant toutes les fenêtres et les portes.

– Ils ne peuvent pas être partout en même temps, lui fit remarquer Rachel.

– Ah, tu crois ? Tu as oublié la vitesse à laquelle ils se déplaçaient sur Ithrea ? fit-il en claquant des doigts.

Aussitôt, les prapsies filèrent par les portes ouvertes de la maison avec une telle rapidité qu'ils passaient d'une pièce à l'autre en moins d'une seconde.

Éric finit par s'endormir sur le canapé. Quant aux autres, ils ne fermèrent pas l'œil de la nuit, assis tous les trois sur les coussins dans la pénombre du salon à échafauder des plans et à faire le guet, s'attendant à une attaque d'une seconde à l'autre. Mais rien ne se produisit. A l'aube, quand le soleil se leva, il était aussi resplendissant que d'habitude, comme si tout allait pour le mieux dans le meilleur des mondes.

Après avoir préparé des toasts et des œufs, ils prirent le petit déjeuner dans un quasi-silence. La mère des enfants était tellement préoccupée qu'elle ne vit pas les prapsies aspirer du ketchup dans l'assiette d'Éric.

– J'ai changé d'avis, annonça-t-elle subitement. Oubliez ce que j'ai dit cette nuit. Aucun de vous ne quittera cette maison. Je devais avoir perdu la tête pour avoir accepté de vous laisser partir.

– Maman, tu étais pourtant d'accord... Surtout qu'Éric et Morpeth seront à mes côtés. Nous voulons juste observer ce qui se passe pour en savoir plus, c'est tout.

– Mais vous n'avez pas idée de ce que vous allez découvrir ! Tu oublies que je suis votre mère, dit-elle simplement, les yeux pleins de larmes. Comment pourrais-je accepter de vous laisser franchir cette porte ? C'est impossible.

– C'est une décision difficile, reconnut gentiment Morpeth. Nous savons cependant avec certitude qu'une sorcière se trouve sur Terre. Si nous attendons sagement entre ces quatre murs, Rachel et Éric deviendront des cibles faciles.

Voyant que leur mère allait formuler son désaccord, il ajouta avec assurance :

– Calen a clairement fait part de ses intentions dans le cimetière. Sur Ithrea, la peur empêchait la plupart des enfants de se rebeller. Mais laissez-moi vous dire une chose : Dragwena n'avait pas pitié d'eux pour autant. En fait, elle n'avait que du mépris pour leur faiblesse et les éliminait encore plus vite.

La mère de Rachel posa sa tête sur l'épaule de sa fille, qui fit signe aux autres de les laisser seules un moment. Éric et Morpeth montèrent à l'étage afin de procéder aux derniers préparatifs du départ.

– Les prapsies ne peuvent pas venir avec nous, dit Morpeth. Ils sont trop bavards. Nous n'arriverons jamais à les faire taire.

– D'accord, grommela Éric à contrecœur. Je sais bien qu'il suffit qu'un chat se mette à bâiller pour qu'ils s'excitent comme des petits fous.

Il attira les prapsies dans sa chambre en leur murmurant des paroles d'encouragement, mais dès qu'ils comprirent qu'ils étaient enfermés, les deux bébés-oiseaux vinrent gratter désespérément à la porte.

De retour dans la cuisine, Éric et Morpeth trouvèrent Rachel et sa mère dans les bras l'une de l'autre.

– Allons-y, dit Rachel en se dégageant tant bien que mal. Maman est d'accord pour nous laisser partir à condition de venir avec nous.

– Non, ce serait une erreur, dit Morpeth en fixant le regard accablé de la mère. Rachel aura assez d'elle à s'occuper. Si elle doit vous protéger, ce sera un souci supplémentaire. De plus, si Calen ressemble à Dragwena, elle cherchera à s'en prendre à vous pour atteindre Rachel.

Il s'interrompit un instant pour se tourner vers Rachel.

– Cela vaut également pour ton père. Maintenant que nous connaissons les intentions de Calen, il vaut mieux qu'il reste le plus loin possible.

– Trop tard, dit leur mère. Je l'ai appelé hier. Il est déjà sur le chemin du retour.

Morpeth soupira.

– Je sais que la situation est difficile, mais il ne faut pas qu'il revienne ici. Dites-lui d'aller dans un endroit que ni vous, ni Rachel, ni Éric ne connaissez, un endroit dont vous n'avez jamais parlé dans cette maison.

– Si nous représentons un tel risque pour Rachel, rétorqua la mère d'un air furieux, la même chose vaut pour toi ! Tu es un homme tout ce qu'il y a d'ordinaire, désormais. Privé de tes pouvoirs magiques, tu risques de mettre la vie de Rachel en danger si tu l'accompagnes.

Morpeth ne trouva rien à répondre, mais Rachel prit la parole :

– Maman, j'ai besoin qu'il soit là. J'ai besoin de lui, plaida-t-elle en soutenant le regard désolé de sa mère. Morpeth a pris soin d'Éric et de moi sur Ithrea.

Lentement, sa mère hocha la tête, puis ils se dirigèrent tous les quatre vers l'entrée. Un instant, elle resta devant la porte, comme pour leur barrer le passage mais, finalement, elle renonça et les embrassa tour à tour en murmurant des mots inaudibles entrecoupés de sanglots. Puis elle ouvrit la porte et caressa la tête de ses enfants quand ils passèrent devant elle.

– Referme vite, lui dit doucement Rachel.

Elle n'en fit rien et resta là, la main crispée sur le montant de la porte, comme si le fait de la maintenir ouverte et de garder un œil sur ses enfants suffisait à les protéger.

– Je veillerai sur eux, promit Morpeth en refermant lui-même la porte.

Rachel jeta un regard inquiet alentour. Dehors, la carriole du laitier remontait la rue, suivie de près par un chien errant. Il était encore trop tôt pour que les enfants aient pris le chemin de l'école.

Ils se faufilèrent discrètement jusqu'au portail en scrutant le ciel pâle strié de nuages.

– La voie paraît libre, dit Morpeth. Tu as repéré des traces de magie ?

– Non, répondit Rachel. Mais ne restons pas là comme des idiots. Préparez-vous.

Morpeth se concentra en fermant les yeux. Éric ébaucha un sourire.

Comme convenu la nuit précédente, elle les transforma tous les trois en moineaux et les entraîna très haut au-dessus de la maison. Morpeth, un peu maladroit, faillit percuter un arbre de plein fouet. Éric, en revanche, se déplaçait avec beaucoup d'aisance, comme s'il avait l'habitude d'aller voler chaque jour après le petit déjeuner.

– Venez, dit Rachel. Dépêchons-nous !

Ils se mirent à voler en rase-mottes, plus vite que les autres oiseaux, mais pas trop cependant pour permettre à Rachel de détecter d'éventuelles traces de magie dans les environs. De chaque côté de son bec, ses membranes olfactives s'agitaient délicatement dans la brise légère.

– Brrr, ça fait un effet bizarre ! dit Éric en voyant sa sœur frémir des narines. Par quelle école allons-nous commencer ? La nôtre ?

– Non, allons plus loin. Il n'y a rien par ici.

Ils décrivirent des cercles au-dessus de plusieurs écoles et lycées mais, Rachel ne repérant rien d'anormal, ils poursuivirent leurs recherches dans d'autres villes.

Éric se mit subitement à lancer des trilles – un curieux gazouillis comme aucun moineau n'en avait encore jamais produit.

– Restez près de moi, dit Rachel, je viens de détecter quelque chose.

A plusieurs centaines de kilomètres de là, elle reconnut une odeur de magie, et elle les entraîna derrière elle. Éric ferma son bec lorsqu'ils arrivèrent au-dessus d'un grand lycée en brique rouge où tout avait l'air paisible. Rachel descendit néanmoins et s'arrêta en planant sur place au niveau des fenêtres du troisième étage.

– Qu'est-ce qu'il y a ? demanda Éric en se cognant contre son aile.

Dans la classe, tous les enfants étaient assis, l'air attentif.

– Je ne vois rien de bizarre ici, s'étonna Morpeth.

– Regarde bien, lui dit Rachel.

S'approchant davantage, Morpeth reconnut l'un des élèves.

– Paul !

Morpeth plissa ses yeux perçants de moineau. Paul et ses camarades regardaient le professeur, qui se tenait elle-même toute raide sur l'estrade, le dos tourné aux élèves. Sur le tableau de papier blanc, elle avait dessiné sa propre silhouette avec un crayon qu'elle serrait si fort dans sa main que les jointures de ses doigts étaient blêmes. Dans l'autre main, elle tenait un effaceur pointé en l'air. Derrière elle, sur le bureau, étaient posées ses chaussures, à côté desquelles se trouvaient également son pull-over soigneusement plié, plusieurs épingles à cheveux, un bracelet, des boucles d'oreilles et un mouchoir.

Morpeth observa le dessin sur le tableau. Les boucles d'oreilles et tout ce qui se trouvait sur le bureau avaient été effacés à grands traits rageurs.

– Qu'est-ce qui se passe ? chuchota Éric.

– Allons voir ça de plus près, décida Rachel.

Elle utilisa un sort de dissimulation pour leur faire traverser la vitre et les transporter dans un coin au fond de la classe.

– Encore une mauvaise réponse, mademoiselle ! entendirent-ils clamer Paul. Et vous prétendez être prof de maths ? Vous devriez vous en tirer mieux que ça, dit-il en faisant un clin d'œil à ses amis. Bon, qu'est-ce qu'on va vous faire retirer, cette fois-ci ?

Tous les élèves fixaient le professeur avec un mélange de crainte et de fascination. La plupart d'entre eux étaient bouche bée, ne sachant plus très bien quoi faire ou penser. Quelques-uns, plus courageux, s'opposèrent à Paul :

– Arrête ! lui lança une fille assise au premier rang. Ça suffit comme ça.

– Non, pas encore, répliqua-t-il. Qu'est-ce qui vous prend ? C'est juste pour s'amuser. Je ne lui fais aucun mal. Maintenant, retirez vos lunettes, dit-il en se retournant vers le professeur.

D'une main tremblante, la jeune femme effaça les lunettes sur le tableau. Puis, d'un geste théâtral, elle retira ses propres lunettes qu'elle déposa sur le bureau à côté de ses autres affaires.

– Tu vas le laisser continuer comme ça longtemps ? marmonna Éric en se tournant vers sa sœur. Fais quelque chose, sinon je m'en charge !

– Attends, dit Morpeth.

– Attends quoi ? riposta Éric d'un air indigné.

– Que ça empire. Rachel, as-tu senti la présence d'une sorcière ?

– C'est Calen, dit-elle en hochant la tête. Mais elle se cache.

– Tâchez de rester calmes, tous les deux, leur conseilla Morpeth.

– Rester calmes ? protesta Éric. Tu ne vois donc pas ce que Paul est en train de faire subir à ce professeur ?

– Pour l'instant, il n'a fait qu'entamer un peu sa dignité. Ça m'étonnerait que Calen s'en contente. Continuons à observer.

Paul se cala au fond de sa chaise.

– A présent, mademoiselle, que font quarante-sept multiplié par trois cent cinquante-cinq. Ce n'est pas trop compliqué.

– Je... je ne suis pas sûre de..., bredouilla la jeune femme en regardant le tableau. Paul, ne m'oblige pas à faire ça, je...

– Contentez-vous de répondre à la question, coupa-t-il en perdant toutefois de son assurance.

– Ça fait... dix-sept mille six cent quarante-deux.

Aussitôt, le professeur fit la grimace en réalisant qu'elle s'était trompée.

Paul avait l'air bizarre. Il se tourna vers les autres élèves pour solliciter leur soutien, mais n'en trouva aucun. Dans le silence, on entendait le professeur sangloter tout doucement.

– Bon, d'accord, j'ai compris le message, fit Paul en se détournant des regards accusateurs de ses camarades. J'arrête là.

La main du professeur, qui tenait toujours l'effaceur, retomba le long de son corps. Mais brusquement, d'un geste frénétique, elle brandit l'effaceur en direction du tableau et effaça la totalité de sa silhouette.

Paul, désemparé, balaya la classe d'un regard perplexe.

– Arrête, Calen, ce n'est pas drôle du tout !

La voix glaciale qui s'éleva résonna aux quatre coins de la classe :

– Ah bon ? Je trouve que si. Continue à jouer.

– Non, j'en ai assez, dit Paul en secouant la tête. Calen, je t'assure, je...

– Assez ? s'esclaffa la voix, tandis que les lunettes, les chaussures et les autres objets étaient projetés contre les murs. Et ça, ça te paraît assez ?

Tout à coup, un énorme serpent jaune s'enroula autour de la taille du professeur qui voulut se dégager, mais elle ne parvint pas à maîtriser les mouvements de son corps.

– Qu'est-ce que tu attends ? fulmina Éric.

Rachel interrogea Morpeth du regard.

– Ne t'énerve pas, dit-il, tout ceci est fait dans le but de l'effrayer. La sorcière veut pousser Paul à bout. Prépare-toi à intervenir, mais seulement s'il le faut.

Paul, effaré, regardait le serpent.

– Qu'est-ce que tu fabriques, Calen ? Ça ne fait pas partie du jeu qu'on avait prévu !

– Puisque tu arrêtes de jouer, libre à moi de changer les règles, répondit la voix.

Le serpent se tortilla en remontant le long du dos du professeur, glissa sur son cou, puis s'enroula autour de son torse et de ses genoux. En touchant le sol, il étira son corps semblable à celui d'un cobra, redressa la tête et fixa Paul droit dans les yeux.

– Continue à jouer, dit le serpent d'une voix mielleuse.

– Non ! Tu as dit que je pouvais faire ce que je voulais. Mais là, tu vas trop loin… Je ne joue plus.

– Mais moi je ne veux pas que tu arrêtes, dit le serpent. Fais venir le professeur ici.

Le serpent s'avança lentement jusqu'à ce que sa tête soit à quelques centimètres du nez de Paul.

– Tu m'entends ? Mais peut-être que je perds mon temps et que je ferais mieux de te punir !

– Non, je t'en supplie ! Ne fais pas ça. Je ferai ce que tu voudras.

– Vraiment ? fit le serpent en lui murmurant un ordre.

– Oh non, pas ça ! gémit Paul. Non, je ne peux pas. Ne me force pas…

– Tu as pourtant envie de le faire, reprit le serpent de sa voix suave. Tu m'as dit que tu détestais ce professeur. Maintenant, à toi de me montrer à quel point !

Paul s'écarta du serpent, qui le suivit au fond de la classe, tout près de l'endroit où Rachel, Éric et Morpeth étaient cachés.

– Ne me fais pas perdre mon temps, répéta le serpent avec impatience. Fais ce que je te demande. Qu'est-ce qui te retient ? Tu as une adulte sans défense à ta merci. Ne faiblis pas, Paul. Tu as presque fini. Rien qu'un petit pas de plus à franchir. C'est pourtant facile.

– Je… je ne peux pas, dit-il, la mort dans l'âme, en se tassant sur lui-même. C'est que… je ne suis pas…

Et il fondit en larmes, indifférent à ce qu'allaient penser de lui ses camarades.

– Arrête ! gronda le serpent.

Paul, incapable de retenir ses larmes, sanglota de plus belle.

– Tu n'es qu'un minable !

Lorsque le serpent prononça ces mots, un frisson parcourut ses anneaux. Une seconde plus tard, Calen apparut, toisant la classe d'un regard méprisant du haut de ses deux mètres et Nylo s'enroula autour de son cou. Les enfants se figèrent sur place dans diverses postures, incapables de faire un geste. Calen les ignora royalement et traversa la salle d'un air furieux, renversant les tables et les chaises sur son passage, puis elle se pencha sur le professeur pour annuler les sorts qui la forçaient à se tenir face au tableau. Prise d'un tremblement incontrôlable, la jeune femme se retourna, et à la seconde où elle aperçut la sorcière, ses jambes se dérobèrent sous elle. Amusée, Calen attendit tranquillement qu'elle ait regagné sa chaise.

– Je n'ai pour vous que du mépris, dit-elle alors. Tout ce que vous avez appris à ces enfants, c'est à respecter les faibles.

Le professeur redressa timidement la tête. Pendant quelques instants, elle resta là, horrifiée, à dévisager l'affreuse créature qui la toisait mais, brusquement, reprenant un peu d'assurance, elle posa ses mains à plat sur le bureau pour s'empêcher de trembler et regarda droit en face les yeux tatoués de la sorcière.

– Allez-vous-en. Personne ne veut de vous ici.

Calen la fixa une seconde, puis elle s'approcha du tableau et sortit ses griffes en arrachant tous les papiers.

– Savez-vous ce que je peux vous faire ?

– Je peux facilement l'imaginer, répondit le professeur.

Son corsage était tout fripé, ses yeux encore rougis par les larmes, mais sa voix resta ferme.

– Paul n'a pas envie de vous suivre. Pas plus que les

autres enfants ici présents. Qui que vous soyez, retournez d'où vous venez.

De rage, Calen enfonça sa griffe à travers le mur.

– Je ne demanderais pas mieux ! s'exclama-t-elle en regardant Paul d'un air furieux. Mais avant cela, il faut que ce garçon apprenne à obéir sans discuter.

La sorcière se tourna vers le professeur.

– Il est temps de donner à vos chers élèves un nouveau genre de leçon !

– Qu'allez-vous faire ?

– Oh, rien de compliqué, rassurez-vous. Les enfants ne comprennent les menaces que si elles sont simples. Levez-vous.

La jeune femme, qui ne disposait d'aucun pouvoir magique pour se défendre, s'exécuta aussitôt.

– Avancez jusqu'à la fenêtre, ordonna Calen.

Sans hésiter, le professeur repoussa sa chaise et s'approcha de la baie vitrée.

– Laisse-la tranquille ! s'écria Paul.

– Ah, un peu de résistance, enfin ! se félicita Calen. Eh bien, arrête-moi, si tu le peux ! Quant à vous, dit-elle au professeur, ouvrez la fenêtre et grimpez sur le bord.

Cette fois encore, la jeune femme obéit. Elle tourna la poignée, ouvrit la fenêtre en grand et contempla la cour en béton qui se trouvait à plus d'une dizaine de mètres en contrebas.

– Qu'est-ce que vous attendez ? demanda la sorcière en agitant sa griffe avec impatience. Allez, vite, je ne veux plus vous voir ici.

– Mademoiselle, écartez-vous de la fenêtre ! cria Paul en plissant les yeux pour envoyer un sort et la refermer.

– C'est ça, dit Calen. Résiste-moi. C'est donc comme ça qu'il faut procéder avec toi ? En te provoquant ? Très bien. Faisons un concours de sorts.

Le professeur poussa un petit cri étranglé, puis rouvrit la fenêtre et monta sur le bord étroit.

– Rachel ! s'écria Éric. Qu'est-ce que tu attends ? Il faut lui venir en aide !

– Prépare-toi, dit Morpeth.

Le professeur plia les genoux et se hissa sur la pointe des pieds, prête à se jeter par la fenêtre.

– Allez-y, sautez ! l'encouragea la sorcière.

– Non ! hurla Paul en plongeant vers son professeur pour la retenir par les jambes.

Il la rattrapa juste à temps, mais la jeune femme, les yeux noyés de larmes, le repoussa et sauta dans le vide.

Lorsqu'elle disparut, les élèves fermèrent les yeux, prêts à entendre le bruit que ferait son corps en s'écrasant sur le sol. Mais rien. Ceux qui se trouvaient le plus loin de Calen se penchèrent par la fenêtre.

Leur professeur était debout au milieu de la cour, les yeux levés vers eux, indemne, mais tremblant de tous ses membres, ne comprenant visiblement pas pourquoi elle ne s'était pas écrasée sur le sol.

– J'ai essayé de… C'est moi qui ai fait ça ? fit Paul en clignant des yeux d'un air hébété.

– Bien sûr que non, répondit la sorcière sur un ton dédaigneux. Ce serait trop t'en demander…

Et soudain, elle annula le sort qui rendait Rachel, Éric et Morpeth invisibles.

Éric réagit sans réfléchir. Il se rua entre les bureaux des enfants stupéfaits et sauta sur le dos de Calen en lui bourrant le visage de coups de poing. La sorcière ne prit même pas la peine d'esquiver. Au contraire, elle laissa Éric taper sur son nez aux narines tailladées et ses arcades sourcilières osseuses, visiblement très intéressée par la sensation que lui procuraient les coups. Finissant par se lasser, elle l'envoya promener d'une simple pichenette, comme s'il s'agissait d'un vulgaire insecte.

Paul la dévisagea, l'air abasourdi.

– Qui a sauvé le professeur ? C'est lui ?

– En partie. C'est elle qui a fait le reste, dit Calen en se tournant vers Rachel. Tu as tué ma sœur. Je vais devoir faire de gros efforts pour me retenir de t'anéantir.

Son corps se mit à trembler, mais ce n'était pas de peur. Tout le monde dans la classe put voir qu'elle se contrôlait de toutes ses forces pour réfréner son envie d'écraser Rachel sur-le-champ. Instinctivement, son corps s'était préparé au combat. Le sang lui monta à la tête, donnant à son visage une teinte écarlate, ses griffes s'allongèrent, les ligaments de ses bras et de ses jambes se gonflèrent et ses yeux, la seule partie vulnérable de sa tête, se réduisirent à la taille d'une fente et reculèrent au fond de leurs orbites. Puis ses quatre bouches s'avancèrent, les dents noires mourant d'envie de se planter dans la chair de Rachel.

Malgré cela, Calen se contrôla.

– Combien êtes-vous ? demanda Morpeth. Combien y a-t-il de sorcières ici ?

– Une serait déjà trop pour toi ! se moqua Calen avant de reporter son attention sur Rachel. Cette fois, il n'y a pas de Magicien pour venir à ton secours. Et sache que ton jeune ami a trouvé un nouveau foyer.

Sur ces mots, elle passa ses larges épaules entre les montants de la fenêtre et s'envola en emportant Paul sous son bras.

– Yemi ! murmura Rachel quand elle réalisa ce que la sorcière venait de dire.

Abandonnant Éric et Morpeth, elle se propulsa jusque chez lui à toute vitesse. Lorsqu'elle arriva en Afrique, tout essoufflée, elle regarda à travers l'une des fenêtres ouvertes de la hutte. Une moitié de la pièce était plongée dans l'obscurité. Des sanglots lui parvinrent dans la pénombre. Dans la partie éclairée de la hutte, elle aperçut Fola, la main posée sur l'épaule de la personne qui pleurait pour la consoler.

– Il est parti, dit-elle à Rachel. Il a été emporté. Par ça.

Fola découvrit alors ses dents puis, cherchant un moyen de se faire clairement comprendre, elle plaça ses poignets de part et d'autre de ses joues en pointant les doigts et en les agitant.

Immédiatement, Rachel envoya ses sorts informateurs sur la trace de Yemi et de Calen, ou de tout ce qui ressemblait de près ou de loin à une sorcière, mais elle ne trouva rien. Alors qu'elle se laissait dériver dans le ciel à toute vitesse et avait déjà parcouru la moitié du globe, elle prit conscience de quelque chose d'encore plus sinistre : l'odeur de la magie de Yemi n'était pas la seule à avoir disparu, il n'y avait plus la moindre trace de magie nulle part.

Les enfants qui possédaient les pouvoirs magiques les plus forts avaient tous été enlevés.

10. L'enfant le plus doué

Sur les sentiers et sur les routes, au seuil de leur maison ou dans leur lit, partout dans le monde, les sorcières avaient enlevé des enfants. Aucun continent n'avait été épargné. Les sorcières en emportèrent certains dans leurs bras musclés ; les autres, ceux capables d'apprendre rapidement les rudiments du vol, s'envolèrent à leurs côtés, sans savoir où elles les entraînaient. Au cours du voyage, lorsque les plus jeunes avaient regardé la sorcière, ils n'avaient vu qu'un autre enfant plus audacieux, plus libre – et plus persuasif – que tous ceux qu'ils avaient jusqu'alors connus. Aux plus grands, les sorcières ne s'étaient pas donné la peine de dissimuler leur véritable apparence, si bien qu'ils les avaient suivies dans un état de complète stupeur ou avaient été entraînés de force au nord de la planète.

Arrivés dans le fief des sorcières, les tours-œil furent la première chose qu'ils aperçurent : cinq édifices disposés en cercle qui s'élançaient fièrement vers les plus hauts nuages. Chaque enfant fut confié à une sorcière formatrice qui le déposa dans sa tour. Là, on les déshabilla pour leur faire revêtir une combinaison unisexe vert émeraude, dans le cas des plus jeunes enfants, il devint dès lors très difficile de distinguer les filles des garçons. L'entraînement commença sans tarder par la pratique des sorts les plus simples : vol, détournement de volonté, dissimulation et autres tactiques élémentaires d'attaque et de défense. La plupart des enfants obéissaient parce qu'ils mouraient de peur.

Néanmoins, ayant étudié le fonctionnement des rapports entre enfants et adultes, Calen accorda un peu de temps aux plus jeunes pour jouer et se reposer, allant même jusqu'à leur prodiguer quelques encouragements et à leur donner des ordres avec douceur.

Les sorcières, elles aussi, avaient beaucoup à apprendre.

Finalement, Heebra en personne vint inspecter les soixante-dix-huit enfants sélectionnés et formés par ses sorcières.

Debout, au garde-à-vous, ils devaient subir un test d'endurance dans les neiges polaires. Au cœur de l'été, dans la région arctique, le soleil brille jour et nuit, et les enfants avaient suivi la courbe qu'il avait décrite dans le ciel pendant un long moment. Les vents glacés, si froids qu'ils faisaient geler le sang des humains, les cinglaient violemment, mais ils s'appliquaient à ne pas trembler et à ne pas manifester le moindre signe de mécontentement.

– Ce sont ceux de la classe supérieure ? s'enquit Heebra.

– Oui, répondit Calen. Les plus doués de chaque pays. Les meilleurs enfants.

Heebra vola entre les rangs alignés en ordre irréprochable, à l'affût d'un quelconque signe de faiblesse.

– Depuis combien de temps sont-ils ici ?

– Un peu plus de dix-sept heures.

– Sans manger ni dormir ?

– Et sans bouger, confirma Calen.

– Même celui-là ? demanda Heebra en montrant un bébé à la peau noire.

– Oui, il s'appelle Yemi. Du moins le pense-t-on car c'est le mot qu'il répète le plus souvent. C'est le plus jeune de la bande.

Assis par terre, l'air tout joyeux, Yemi empilait des petits tas de neige entre ses jambes écartées. Tandis qu'Heebra l'observait, plusieurs gros papillons jaunes perchés sur ses orteils se retournèrent en fixant la sorcière ; leurs ailes étaient aussi larges que la figure du bébé.

– Il a apporté ces insectes d'Afrique avec lui, expliqua Calen. Ils n'arrêtent pas de grandir et de se transformer et ils se développent au fur et à mesure que Yemi apprend à utiliser sa magie. Hier, ils étaient deux fois moins gros.

Yemi tendit les bras vers Heebra pour qu'elle le prenne.

– Qu'est-ce qu'il veut ? demanda-t-elle.

– C'est leur façon à eux d'attirer l'attention.

Elle se pencha pour attraper Yemi dans sa griffe et le souleva à bout de bras au niveau de son visage. Calen découvrit quatre rangées de dents, prêtes à mordre.

– Tu ferais une très mauvaise mère d'humain ! se moqua Heebra.

– Sa peau douce est tellement appétissante, s'excusa Calen en rentrant ses dents.

Heebra huma l'air glacial en regardant Yemi attentivement.

– Cet enfant dégage une sorte de splendeur. Il pourrait être dangereux.

– Il est trop jeune pour représenter une menace, dit Calen.

Elle fit alors jaillir de ses mâchoires un flot d'araignées qu'elle déposa entre les jambes du bébé. Yemi les ramassa, le regard rempli d'admiration, et montra les plus grosses d'entre elles à ses papillons.

– Notre véritable apparence ne le dérange pas, reprit Calen. En fait, contrairement aux autres, rien ne semble l'effrayer.

Heebra examina le visage confiant du bébé.

– L'intensité de ta magie le fascine, elle l'attire comme un aimant. Il faut le surveiller de près et l'entraîner à l'écart des autres pour les empêcher de l'influencer. Sa mère lui manque-t-elle ?

– Naturellement.

– Alors, garde-le près de toi. Apprends à devenir une mère de substitution convenable.

– Tu penses vraiment qu'il possède quelque chose de spécial ?

– Ça ne fait aucun doute, répondit Heebra avec assurance.

Yemi chatouilla la cheville de Calen.

– Plus tard, lui dit-elle en se dégageant.

– Qu'est-ce qu'il veut ? demanda Heebra, amusée.

– Il veut jouer. C'est comme ça qu'ils apprennent.

– Montre-moi ça.

Calen laissa Yemi attraper un de ses pieds-griffes noirs et noueux. Il s'y accrocha fermement à deux mains et ferma très fort les yeux, prêt à s'envoler.

Après être montée lentement à quelques mètres du sol, Calen le repoussa d'un coup de pied et Yemi se mit à descendre en planant tant bien que mal, plus comme une feuille ballottée par le vent que comme un avion, mais réussit à atterrir sans trop de dommage. A la seconde où il toucha le sol, il tendit les bras pour recommencer.

– Hier, il ne pouvait pas voler du tout, dit Calen. Ses progrès sont tout à fait remarquables.

Heebra acquiesça d'un signe de tête, puis se retourna vers les autres enfants.

– Dois-je comprendre qu'ils ont tous passé le premier stade de l'entraînement ?

– Certains savent déjà très bien voler. Et, comme tu le vois, le froid ne leur pose plus de problème.

– Oui, ils paraissent plutôt disciplinés, constata Heebra. Comment obtenir d'eux qu'ils nous soient fidèles ?

– De toute façon, ils ont peur de nous, répondit Calen. Ce qui nous permet pour l'instant de les contrôler. Mais, curieusement, certains refusent de faire du mal aux adultes, même quand on les y encourage.

Son regard se posa sur Paul, qui était en rang avec les autres, les épaules affaissées ; seuls ses cheveux en brosse le distinguaient des autres enfants.

– En revanche, d'autres peuvent être charmés. Quelques-uns ont même eu des expériences singulières que nous pourrions exploiter, ajouta Calen en souriant à Heiki, qui la regardait d'un air hautain. Cette petite, par exemple, je prends particulièrement soin d'elle. Les autres demandent encore un peu de travail, mais Heiki paraît fiable à tous points de vue. Elle réussirait la plupart des examens intermédiaires que passent nos apprenties sur Ool.

– Tu en es certaine ? s'étonna Heebra. Très bien, je vais la tester. Mais si elle échoue, c'est toi qui seras punie.

De sa place, Heiki essayait de suivre la conversation entre les deux sorcières qui semblaient parler d'elle. Tant mieux. Car, contrairement aux autres, Heiki souhaitait se faire remarquer. Au début, elle avait trouvé l'apparence des sorcières franchement repoussante ; mais plus elle passait de temps avec Calen, plus elle était fascinée. Il émanait d'elle une puissance naturelle, une autorité qu'elle imposait de manière fière et désinvolte. Ses gestes avaient une souplesse, une vivacité, une douceur… une sorte de grâce. Elle parlait avec tendresse à son serpent-âme, Nylo qui l'idolâtrait littéralement et se promenait sur sa poitrine librement en reflétant la moindre de ses humeurs.

Dès les premiers jours, Calen avait accordé une attention particulière à Heiki. Parfois, elles restaient ensemble durant des heures à bavarder comme des sœurs, quasiment d'égale à égale, discutant des mérites des autres filles et des garçons. Heiki avait déjà retenu les noms des enfants les plus impressionnants : Siobhan, Paul, Veena, Xiao-hong, Marshall, sans oublier l'étrange Yemi. Les autres ne l'intéressaient pas, mais elle n'avait pas encore décidé s'il y en avait parmi eux à qui elle pourrait faire confiance.

Calen se glissa à côté d'elle.

– A toi de prouver que j'ai raison d'avoir confiance en toi, dit-elle d'une voix enrouée. Prouve que tu es la meilleure, et je te récompenserai comme promis.

– Je ne te décevrai pas. Est-ce que je vais passer un examen ? Qu'est-ce que je vais devoir… ?

– Tu verras bien. Prépare-toi.

D'un seul coup, Heiki se sentit arrachée du sol et se retrouva toute seule au milieu d'un champ de neige immaculé à proximité des tours-œil. Peu à peu, toutes les sorcières se rassemblèrent au bout du champ, leurs grandes robes noires gonflées par le vent. La plupart d'entre elles caressaient un ours polaire – le seul animal au cuir assez dur pour supporter les écorchures de leurs griffes. Les autres enfants étaient réunis aux pieds des sorcières chargées de leur entraînement.

– Les ours vont se jeter sur toi, expliqua Heebra. Le test consiste à les esquiver. Si tu commets une erreur, sache que tu n'auras pas de seconde chance. Tu as compris ?

Heiki acquiesça et s'abstint de poser des questions de crainte qu'Heebra interprète ça comme une faiblesse. « Une seule chance, songea-t-elle. Il ne faut pas la gâcher. »

Elle se mit à trembler, mais réalisa d'un seul coup que c'était normal : lui faire peur faisait aussi partie de l'épreuve.

– La majorité des sorts que t'a enseignés Calen seront ici inutiles, l'informa Heebra. Tu ne pourras ni voler ni te transporter d'un point à un autre pour échapper aux ours. Trouve un autre moyen de traverser le champ de neige.

Dès que la sorcière eut fini de parler, les ours se dressèrent sur leurs pattes arrière et se répartirent dans le champ à des distances rigoureusement égales. Il ne restait aucun espace où se faufiler.

« Je peux y arriver, se dit-elle cependant. Je suis plus forte que les autres. »

La première rangée d'ours avança en se balançant d'un pas lourd. Puisqu'elle ne pouvait ni voler ni se transporter, Heiki décida de lancer un sort pour blesser l'ours le plus proche. Mais celui-ci ne fit qu'accélérer l'allure. Elle s'enroula alors dans une rafale de vent. Les ours continuèrent à marcher vers elle sans la perdre de vue. A toute vitesse, Heiki passa en revue les sorts dont elle disposait. Puis elle créa une réplique de son image qu'elle plaça à des centaines d'endroits dans le champ. Les premiers ours étaient maintenant tout près d'elle, assez près en tout cas pour qu'elle sente les relents de poisson de leur haleine.

Malgré elle, la panique l'envahit. Il devait pourtant bien y avoir une chose qu'elle avait le droit de faire !

Lorsqu'elle se tourna vers Calen pour chercher conseil, elle rencontra un regard sans expression.

C'est alors que Heiki aperçut Yemi. Sans se faire voir des sorcières, il s'était laissé flotter au-dessus du champ.

Heebra et Calen se consultèrent. Elles n'avaient pas prévu cela mais ne firent rien pour le sortir de là.

Yemi se laissa dériver au gré du vent, semblable à un ballon gonflable, et atterrit au milieu des ours. L'animal le plus proche se pencha vers lui en montrant les crocs, abaissa sa lourde tête et... se figea. Ne sachant trop que faire, il enfonça ses pattes dans la neige pour éviter d'écraser le bébé, le renifla et, quand Yemi lui tendit sa petite main potelée, il la lécha délicatement.

« Il est imprégné de l'odeur de la sorcière, songea Heiki. L'odeur de Calen. » Était-ce une pure coïncidence ? Ou savait-il que c'était le meilleur moyen de rester en vie ? Yemi s'éleva au-dessus de la neige et flotta tranquillement entre les ours en direction de Calen. Repoussant tous les papillons sur ses jambes, il se posa lourdement sur le gros cou de la sorcière et couvrit son visage rouge et osseux de baisers.

Heebra se retourna vers Heiki.

– Tu n'as pas le droit de copier Yemi, lui dit-elle. Trouve un autre moyen d'arriver jusqu'à nous.

Aussitôt, les ours se retournèrent d'un air malin face à Heiki, mais cette fois, elle était fin prête.

Soudain, une sorcière qui se tenait à côté d'Heebra sursauta en voyant son serpent orange se dérouler et quitter son cou pour se propulser vers Heiki. Folle de rage, elle voulut récupérer son serpent-âme, mais Heebra l'en empêcha.

– Attends... Voyons si l'enfant est capable de le commander.

Le serpent atterrit dans les mains moites de sueur de la petite fille. Désemparé et furieux, il tenta de lui échapper, visiblement troublé par ce contact à l'odeur si peu familière et, quand Heiki voulut l'enrouler autour de sa gorge pour le calmer, comme elle avait vu les sorcières le faire, le serpent s'agaça plus encore. De façon aussi rusée qu'experte, ses anneaux commencèrent à se resserrer pour l'étouffer. Heiki poussa un hurlement en essayant d'arracher le serpent de son cou, mais son emprise était tenace. Si seulement elle avait pu utiliser un sort !

Les anneaux du reptile se resserrant de plus en plus fort, Heiki tremblait de tout son corps et était sur le point de perdre connaissance. Que faire ? A quoi aucun autre enfant n'aurait jamais pensé ?

Subitement, elle se détendit. Oubliant la douleur, elle se força d'abord à détendre son cou, puis à penser que le contact du serpent sur sa peau lui était agréable. Le reptile, surpris, relâcha un peu son étreinte et Heiki continua à se concentrer sur des pensées positives tout en caressant doucement le serpent sous le menton. Puis elle explora son esprit jusqu'à ce qu'elle découvre son nom, Dacon, et le répéta plusieurs fois : Dacon... Dacon... Ce qui finit par susciter le respect amusé du reptile, dont les yeux couleur pêche se plantèrent droit dans les siens.

– Traverse le champ, lui ordonna Dacon. Les ours te prennent maintenant pour une sorcière, ils ne t'attaqueront pas. Et si jamais ils essaient, je te défendrai.

Heiki avança prudemment. Les ours qui grognaient se tassèrent sur eux-mêmes en courbant la tête. Sans cesser de murmurer des paroles apaisantes au serpent-âme, Heiki rejoignit Heebra et s'arrêta juste devant elle, le regard brillant de défi. Calen, à ses côtés, rayonnait de fierté.

Lorsque la sorcière dont elle avait volé le serpent le reprit d'un geste brusque, Heiki ressentit un petit pincement au cœur, comme si on venait de lui retirer quelque chose d'infiniment précieux.

– Tu aurais voulu le garder ? lui demanda Heebra d'une voix douce.

C'était exactement ce dont Heiki avait envie. Elle avait un mal fou à se séparer de Dacon.

– Tu es en effet très impressionnante, reconnut Heebra. Calen ne t'a pas surestimée. Le moment est venu de te récompenser.

Heiki fixait le serpent-âme doré de la sorcière. Il émanait de lui une aura magique d'une telle intensité qu'elle avait envie de fuir, mais elle était déterminée à recevoir sa récompense.

– Je voudrais...

– Je sais ce que tu veux.

Heebra plongea la main sous sa robe d'où elle sortit un fin serpent gris, avec des yeux d'un roux très pâle qu'elle installa délicatement autour des épaules de Heiki.

– C'est un nouveau-né, expliqua Heebra. Voyons si tu lui plais.

Le serpent se tortilla contre la peau de la petite fille en cherchant une position confortable.

Heiki, trop émerveillée pour parler, resta immobile, espérant de toutes ses forces que le serpent allait se plaire en sa compagnie.

– Il est à toi, désormais. Occupe-t'en bien.

– Est-ce que... ça veut dire que je suis devenue une sorcière ? bredouilla Heiki. Comme Calen me l'avait promis.

Heebra éclata de rire.

– Non, pas encore ! Mais c'est un début. Caresse ton serpent. Il ne mordra pas – du moins, pas toi. Alors, que ressens-tu ?

Le serpent accueillit sa caresse en soupirant d'aise. Mais quand Heiki lui passa la main devant les yeux, il resta sans réaction.

– Oh… il est aveugle ?

– Oui. Tous les serpents-âmes naissent ainsi, répondit Heebra. Utilise ta magie. Au fur et à mesure que tes talents s'amélioreront, ceux de ton serpent en feront autant.

– Je peux lui donner un nom ?

– Bien sûr. Mais ce n'est pas la tradition. Quand ta magie se développera, ton serpent apprendra à parler. Il te dira alors son nom et c'est également lui qui te donnera un nom de sorcière. Nous avons toutes été baptisées par nos serpents. Aucun enfant d'humain n'a jamais connu pareil honneur.

– Oh, je voudrais progresser le plus vite possible, s'enthousiasma Heiki. Que dois-je faire ?

– Faire couler le sang sans éprouver le moindre remords.

– Je suis prête, rétorqua Heiki, le regard brillant.

– Ça, j'en doute fort. Mais peut-être es-tu prête pour une moindre tâche.

– Je ferai tout ce que vous voudrez.

– Parfait. Je veux que tu tues un spécimen de ton espèce.

– Un spécimen de mon espèce ?

– Un enfant.

– D'accord, je le tuerai, déclara Heiki sans hésitation.

– Tu ne me demandes pas pourquoi ?

– Si vous voulez que je le tue, je le ferai, un point c'est tout. Comment s'appelle l'enfant en question ?

– Il y en a trois. La première s'appelle...

– Rachel !

Heebra hocha la tête.

– Je le savais ! s'écria Heiki en frappant de joie dans ses mains et en dansant dans la neige. Oh, quelle belle journée ! Quelle magnifique journée !

Heebra lui raconta ce qui s'était passé sur Ithrea. Elle lui parla également de la guerre ancestrale avec les Magiciens. Heiki l'écouta avec grand intérêt. Plus le récit progressait, plus elle se sentait proche des sorcières. Elles étaient décidément extraordinaires ! Subjuguée, elle buvait littéralement les paroles d'Heebra qui lui faisait une description détaillée de la planète d'Ool. Heiki aurait donné n'importe quoi pour voler à l'intérieur d'une tempête-tourbillon ou se battre en défendant sa tour-œil. La sorcière la mit ensuite en garde contre Éric, qui possédait le don de détruire les sorts ; mais quand elle commença à lui décrire les pouvoirs de Rachel, Heiki l'arrêta.

– S'il te plaît, ne m'en dis pas plus. Je les découvrirai par moi-même. Je ne veux bénéficier d'aucun avantage.

– Très bien. Voilà une réponse digne d'une vraie sorcière ! Explique-moi comment tu comptes vaincre Rachel.

Heiki réfléchit à ce qu'elle avait appris.

– La trouver sera facile. Je connais déjà l'odeur de sa magie. Je ne l'attaquerai pas tout de suite. Je chercherai d'abord à mieux la connaître, en changeant d'apparence et d'odeur pour qu'elle ne fasse pas le lien avec notre rencontre au cimetière. Je m'arrangerai ensuite pour la mettre à l'aise et gagner sa confiance ; comme ça, elle me révélera ses sorts.

– Rachel a très peu de faiblesses.

– Je finirai bien par les découvrir. Est-ce qu'elle peut soigner ses blessures ? Ou celles d'autres personnes gravement atteintes ?

– Oui. Pourquoi ?

– Oh, pour rien. Juste une idée comme ça...

Heiki réalisa que le fastidieux test d'endurance était enfin terminé et que le reste des enfants avaient rejoint leurs groupes d'entraînement habituels.

– Je peux emmener d'autres enfants avec moi ? demanda-t-elle. J'aurai besoin de leur aide pour m'occuper d'Éric. Je ne sais pas encore très bien comment je vais m'y prendre avec lui... J'y réfléchirai en route. Nous mettrons sans doute des heures avant d'arriver, vu que je suis la seule à pouvoir me transporter.

– Emmène qui tu veux. Je te nomme chef des enfants.

Heiki sourit avec fierté avant de partir choisir son équipe.

Heebra fit signe à sa fille d'approcher.

– Tu as fait un bon choix. Heiki est une enfant indépendante et passionnée. On dirait qu'elle a passé sa vie à nous attendre pour qu'on lui fixe un but. Croit-elle sérieusement à ta promesse de la transformer en sorcière ?

– Oui, répondit Calen dans un sourire. Elle a tellement envie d'y croire !

– Dommage que les autres ne soient pas aussi soumis.

– Tu crois vraiment que Heiki peut vaincre Rachel ?

– Je ne crois rien du tout, répondit Heebra avec une moue dédaigneuse. Rachel est trop exceptionnelle pour qu'on la prenne à la légère. Laissons Heiki décider d'une stratégie, à laquelle je donnerai ou non mon approbation. Quand elle partira, tu la suivras sans te faire voir, et tu emmèneras Yemi avec toi, mais tu devras le surveiller de près et te méfier de lui.

– Me méfier d'un bébé ?

– Il n'a rien d'un bébé humain ordinaire.

Elles se retournèrent pour regarder Heiki qui était en train de sélectionner les membres de son équipe. Prudente, elle rassembla certains des enfants les plus doués et d'autres qu'elle jugeait à même de suivre ses ordres sans discuter.

Cela fait, elle commença à élaborer un plan en faisant de grands gestes pour être sûre de bien se faire comprendre.

– Apparemment, nous n'avons plus besoin de chercher à les convaincre, se réjouit Calen. La jeune Heiki se montrera aussi exigeante et tyrannique que n'importe quelle sorcière !

11. L'embuscade

Un petit poisson rouge rida la surface sombre de l'étang.

– Tu as entendu ça ? s'écria l'un des prapsies en frémissant d'excitation.

– Chut ! fit l'autre, tu vas réveiller Éric.

– Mais tu as entendu, oui ou non ?

– Oui, j'ai entendu !

Telles des flèches, ils filèrent de la salle de bains à la chambre qui donnait sur le jardin.

Perchés joue contre joue sur le rebord de la fenêtre, ils scrutèrent l'étang.

– Là ! cria l'un d'eux à tue-tête. Un démon sous-marin !

– Un démon nain, oui ! On prévient Éric ?

– Ne sois pas bête, espèce de mutant !

– C'est toi qui es bête ! Chut ! Écoute !

– Quoi ?

– Il y a des ombres.

Tous deux sentirent une présence magique approcher de la maison.

– Qu'est-ce que c'est ? J'ai peur.

– Je ne vois rien. Je ne les vois pas. C'est peut-être derrière la maison. Allons voir !

– Après toi, dit son compagnon en faisant une gracieuse courbette.

– Non, après toi, rétorqua l'autre, et ils s'envolèrent en même temps.

Du salon, ils jetèrent un coup d'œil anxieux dans la rue.

– Tu as vu ? Les ombres avancent en se cachant.

– Elles ont peur de nous !

Les prapsies n'arrêtaient pas de cligner des yeux avec nervosité. L'un d'eux lécha le carreau pour enlever la buée ; l'autre colla son petit nez rond contre la vitre nettoyée. Ensemble, tout tremblotants, ils observèrent la rue déserte.

– C'est quoi comme genre de choses ?

– Ça vole. C'est sûrement des oiseaux. Vilains oiseaux, à cette heure-ci, ils devraient être au lit !

– Des gros vilains oiseaux tout fous ! fit l'autre prapsy dans un gloussement hystérique.

– Si on allait leur parler ?

– Tais-toi et écoute !

– Ils se faufilent par ici, tu as vu ?

– Oui, j'ai vu !

Les bébés corbeaux agitèrent leurs ailes dans l'espoir d'effrayer les ombres noires.

Dehors, neuf grandes silhouettes surgirent furtivement du ciel obscur, puis plongèrent en direction de la maison.

– Éric ! Éric ! hurlèrent les prapsies en volant au premier étage. Rachel !

Ouvrant tout grands les yeux, Rachel entendit un bruit de verre brisé au rez-de-chaussée : quelque chose, ou quelqu'un, venait de s'introduire dans la maison. « Il y a deux fenêtres cassées, lui transmirent ses sorts informateurs. Une dans le salon, l'autre dans la cuisine ». Elle entendit ensuite des morceaux de bois tomber sur le tapis, suivi d'un bruit de pas étouffés.

Éric se réveilla en sursaut dans le lit qu'il avait installé dans la chambre de sa sœur.

– Que se passe-t-il ?

– Chut ! Ne fais pas de bruit.

Rachel essaya de deviner qui s'était introduit dans la maison. Les sorcières avaient des corps énormes et lourds, or les personnes qui venaient d'atterrir ici étaient beaucoup plus légères.

– Je crois que ce sont des enfants, dit-elle.

Les prapsies vinrent sautiller devant la porte de la chambre. Éric les fit entrer, puis enfouit leurs têtes frémissantes sous la couette.

– Morpeth et maman montent la garde en bas ! rappela Éric à sa sœur. Viens vite !

– Attends ! dit-elle en le rattrapant par le bras.

– Lâche-moi ! Je veux descendre !

– Obéis ! insista Rachel sans le lâcher.

Quatre autres personnes venaient de pénétrer dans la maison, à travers les fenêtres brisées, et de se poser en douceur. « Bel atterrissage ! songea Rachel. Les deux pieds exactement en même temps. » Ces enfants utilisaient des pouvoirs magiques pour voler et, visiblement, ils n'en étaient pas à leur première expérience.

– C'est un piège, dit-elle à son frère. Ne fais surtout pas de bruit. Ils ne savent peut-être pas qu'on est là.

– Mais que vont devenir Morpeth et maman ? Je ne les entends plus !

En bas, des pieds piétinèrent des morceaux de verre brisé, et Éric lui-même distingua clairement des pas dans le salon. Dans le lit, les prapsies s'embrassèrent pour se réconforter.

– Qui que ce soit, on ne peut pas dire qu'ils essaient de nous prendre par surprise, fit Éric en se précipitant vers la cage d'escalier. Morpeth, où es-tu ?

– Je vais bien ! répondit sa voix rauque. Ta mère aussi. Descendez dans la cuisine.

Éric remonta la couette sur les bébés-oiseaux et leur murmura quelques paroles d'apaisement :

– Dormez, les zoziaux ! Allez, fermez vite les yeux !

Aussitôt, les prapsies firent semblant de dormir pour lui faire plaisir.

Éric et Rachel filèrent au rez-de-chaussée où leur mère et Morpeth, indemnes, étaient debout près de la table de la cuisine. Derrière eux, un garçon aux cheveux en brosse faisait le guet devant la fenêtre brisée.

– Paul ! s'exclama Éric, stupéfait.

Huit autres enfants se trouvaient également dans la cuisine, où les rideaux avaient été tirés. Tous avaient le regard rivé sur l'énorme lune, comme s'ils n'arrivaient pas à s'en détacher.

Paul se tourna vers Rachel, l'œil larmoyant.

– Ah, c'est toi, c'est donc bien toi ! murmura-t-il. Je croyais qu'on ne te retrouverait jamais. Tu n'imagines pas ce que nous avons enduré pour arriver jusqu'ici.

– Où est Calen, ton horrible sorcière ? lui demanda Éric.

– Elle a… elle a renoncé à s'occuper de moi. Mais ça m'est égal, bredouilla-t-il, l'air néanmoins déçu. Je n'étais pas assez doué. Pas assez fort… Aucun de nous ne l'était, ajouta-t-il en montrant ses camarades.

Rachel se rendit compte que les enfants avaient l'air complètement perdu. Heiki n'était pas parmi eux.

– Il y a combien de sorcières ? demanda-t-elle en pensant : « Pourvu qu'il n'y en ait qu'une. »

– Cinq, répondit Paul.

Rachel essaya de garder son calme. A cette nouvelle, Morpeth resta imperturbable, mais il lui prit la main.

– Pourquoi surveillez-vous la fenêtre ? demanda-t-il.

– Nous sommes poursuivis.

– Par les sorcières ?

– Parce que tu crois qu'on les intéresse ? répliqua Paul avec un petit rire amer. Nous sommes les rejetés.

– Mais alors, qui vous poursuit ?

– D'autres enfants plus doués. Les favoris.

– Mais pour quelle raison ? s'étonna la mère des enfants.

– Je vois que vous n'avez aucune idée de ce qui se passe. Les sorcières nous ont forcés à nous battre pour voir quels étaient les meilleurs, et ceux qui n'étaient pas assez forts ont été éliminés, expliqua Paul en regardant ses compagnons qui s'empressèrent de baisser la tête. Comme nous avons perdu trop de combats, elles ont fait de nous des cibles d'entraînement.

– Mais pour qui ? demanda Éric.

– Pour les favoris, pardi ! Ils nous ont déjà rattrapés une fois. Ils nous ont un peu malmenés, et puis ils nous ont laissés repartir avec un peu d'avance. La prochaine fois, ils n'hésiteront pas à nous achever, mais nous ne pouvons pas leur échapper, la plupart volent plus vite que nous. Hé, il ne nous reste plus beaucoup de temps ! Ils sont…

– Ils sont là, chuchota une petite fille en s'écartant de la fenêtre.

Dehors, une nouvelle bande d'enfants venait de s'aligner sur les toits, sans prendre la peine de se cacher. Assis ou à genoux, le regard plein d'assurance, ils fixaient Rachel d'un air effronté.

– Comment nous avez-vous trouvés ? demanda Morpeth qui observait Paul avec attention.

– Tous les enfants connaissent cette adresse. Et puis, l'odeur de la magie de Rachel n'est pas difficile à repérer. Tu as laissé des traces un peu partout, précisa-t-il en se tournant vers elle.

Dans la nuit noire, un enfant cria le nom de Paul, qui s'éloigna de la fenêtre.

– Acceptes-tu de nous aider, oui ou non ? demanda-t-il à Rachel.

Morpeth remarqua que les blessures de Paul et de ses camarades n'avaient rien de grave et se limitaient à quelques bosses et égratignures superficielles.

– On ne dirait pas que vous vous êtes battus, observa-t-il.

– C'est uniquement parce que Ciara les a repoussés ! hurla Paul sur la défensive.

– Raconte-moi ça, fit calmement Morpeth. Je t'écoute.

– Ciara est suffisamment douée pour affronter les meilleurs, mais elle refuse de le faire. C'est grâce à elle si nous avons pu partir avec pas mal d'avance. Du coup, les sorcières s'en sont prises à elle. Peut-être même qu'elles l'ont déjà tuée…

– Il vaudrait mieux s'éloigner des fenêtres, suggéra la mère de Rachel.

– Non, dit Morpeth avec fermeté. Nous nous défendrons mieux si nous gardons un œil sur eux, comme sur ceux qui sont à l'intérieur.

– Tu ne crois pas à l'histoire de ce garçon ? C'est pourtant bien lui, Paul, qui a résisté à Calen ?

– Je ne sais encore pas trop qui croire, avoua Morpeth en se tournant vers Rachel. Envoie tes sorts informateurs en reconnaissance. Si les sorcières sont en train d'attaquer ou ont attaqué quelqu'un récemment, ils devraient en trouver la preuve.

Rachel s'exécuta. Elle sentit des sorts puissants entrer en action à une distance très lointaine, ceux d'une enfant qui faisait de son mieux pour résister à une violente attaque.

– Deux sorcières, balbutia Rachel. Deux sorcières contre une enfant. Elles se battent. La petite fille n'a aucune chance...

– Loin d'ici ? demanda Éric.

– A des centaines de kilomètres.

– Si j'étais plus près, je pourrais détruire les sorts, dit-il en tapant du poing sur la table. Rachel, est-ce que tu peux arriver à temps pour la sauver ?

– Mais je dois rester ici. Je ne peux pas vous laisser !

– Oh, je t'en prie, supplia l'une des filles. Tu ne peux pas laisser Ciara se battre toute seule !

De loin, Rachel sentait la douleur de Ciara. Elle ne savait plus que faire : laisser une petite fille inconnue affronter toute seule les sorcières ou laisser sa mère seule avec Éric et Morpeth pour se défendre contre la magie des favoris ?

– Morpeth, dis-moi ce que je dois faire.

– Vas-y. Ciara ne pourra pas tenir longtemps et nous arriverons à défendre la maison pendant quelque temps, j'en suis certain. D'ailleurs, si cinq sorcières veulent notre mort, que tu sois là ou non ne les fera pas renoncer. Va rejoindre cette petite avant qu'il ne soit trop tard.

Rachel jeta un coup d'œil à sa mère, qui hocha puis secoua la tête, terrorisée.

– Attends une seconde ! chuchota Morpeth à l'oreille de Rachel. Pourrais-tu placer sur moi un repère olfactif que tu pourrais suivre ?

– Oui, bien sûr.

– Alors, fais-le.

Rachel fabriqua le sort en toute hâte en rendant l'odeur difficile à détecter.

Et soudain, tout au loin, elle sentit les défenses de l'enfant se briser d'un coup. Après un dernier regard déchirant à sa famille, elle se transporta dans l'espace pour rejoindre le lieu du combat.

Dès que Rachel disparut, Paul se cacha le visage dans les mains.

– Je suis désolé. Pardon...

– Plutôt bien joué ! commenta un autre garçon en lui donnant une bourrade dans l'épaule.

C'était la première fois que ce garçon au teint pâle, un peu plus âgé que Paul, prenait la parole.

– Heiki se doutait que tu serais le meilleur pour les convaincre. Et elle avait raison. Moi qui pensais que tu allais tout faire rater...

– Marshall, personne ici ne doit être blessé, dit Paul en relevant légèrement la tête. C'est ce qui a été convenu.

– Nous verrons, fit le garçon d'un ton dédaigneux. Puis il fit signe aux enfants qui attendaient dehors et, immédiatement, ils se ruèrent dans la maison en criant le nom de leurs amis qui se trouvaient déjà à l'intérieur.

– Comment as-tu pu faire ça ? fulmina Éric. Comment as-tu osé faire une chose pareille ?

De grosses larmes roulèrent sur les joues de Paul.

– Je ne… je n'ai pas…

– Oh, tais-toi un peu ! grommela Marshall en le poussant du coude.

Morpeth attira Éric et sa mère près de lui tout en réfléchissant à ce qu'il allait faire pour les protéger.

– Je suppose que cette sorcière, Calen, est avec vous, fit Éric en regardant Marshall. Vous n'auriez pas eu le courage de faire ça tout seuls.

– Maintenant que Rachel est partie, nous n'avons plus besoin d'aide.

– Parce que tu crois que je vais vous laisser faire ? riposta Éric en tendant les bras. Je vais détruire tous vos sorts les uns après les autres.

– Ah oui ?

Deux des enfants, leur force décuplée par leurs pouvoirs magiques, attrapèrent la mère d'Éric par les bras et les jambes.

– Nous savons tout sur tes dons, reprit Marshall. Voilà comment les choses vont se passer : toi et Morpeth allez venir avec nous et ta mère restera ici. Si tu essaies de détruire nos sorts, nous avons ordre de tuer Morpeth pendant le voyage. Et au cas où tu tenterais quoi que ce soit, plusieurs enfants resteront ici pour s'occuper de ta mère.

– Si jamais vous lui faites quoi que ce soit…

– Nous ferons comme nous voudrons.

– Ton numéro n'est pas très au point, remarqua Morpeth en regardant Marshall au fond des yeux. Tu es sous les ordres de quelqu'un, mais de qui ? Quels sont tes ordres en ce qui concerne la mère d'Éric ?

– En quoi ça te regarde ? Heiki se moque pas mal d'elle, ou de toi, d'ailleurs. C'est pour Éric qu'elle a des projets.

– Leur mère ne les intéresse pas, confirma Paul en redressant la tête. Mais qu'est-ce que c'est que ces projets pour Éric ? Je ne me rappelle pas en avoir entendu parler.

– Heiki ne te fait pas confiance pour tout, répliqua Marshall.

– Écoute-moi, lui dit alors la mère d'Éric en soutenant son regard. Je sais que je ne t'impressionne pas... pas plus que les autres adultes. Et j'imagine que le fait que nous n'ayons pas de pouvoirs magiques t'apparaît comme...

– Un obstacle, termina Marshall. En effet. Les parents sont désormais inutiles.

– Qui a dit ça ? s'enflamma Éric.

– Heiki.

– Qui est-ce ? Une sorcière ?

– Non, une fille. Tu auras bientôt l'occasion de faire sa connaissance.

– On dirait qu'elle te fait peur ! enchaîna Éric avec mépris.

– Peut-être bien, marmonna Marshall.

A cet instant, ils entendirent deux souffles haletants qui les firent se retourner.

– Hé, qu'est-ce que c'est ? s'exclama l'une des filles d'un air intrigué.

Les prapsies, les ailes frémissantes, se tenaient sur le seuil de la cuisine et suivaient la scène, prêts à intervenir si quelqu'un s'avisait de toucher ne serait-ce qu'à un cheveu d'Éric.

– Nous sommes des mordeurs ! s'écria l'un d'eux en ouvrant sa petite bouche rose dépourvue de dents.

– Oh, ils parlent ! s'émerveilla la petite fille. J'en veux un !

Plusieurs enfants se bousculèrent pour les attraper, mais les prapsies s'esquivèrent à toute vitesse.

– Fiche-leur la paix ! cria Éric en se plantant devant Marshall. Tu n'as qu'à te battre avec moi, espèce de lâche ! A moins que tu aies peur ?

– Tu ne me fais pas peur !

– Mais si, tu as peur, dit Morpeth en parlant suffisamment fort pour que tous les enfants l'entendent. Malgré tous tes beaux discours, tu trembles à l'idée de ce que les sorcières pourraient te faire. Car tu n'es toi-même qu'un apprenti. La tâche qu'on t'a confiée n'est rien d'autre qu'un examen de passage. Ton comportement... est placé sous haute surveillance.

Marshall jeta un regard furtif vers la fenêtre avant de se ressaisir. Puis il huma l'air autour de Morpeth.

– Tu n'as pas un gramme de magie, dit-il d'un ton moqueur. D'ailleurs, il paraît que tu n'es qu'un vieillard dans un corps de jeune homme. C'est curieux...

– Sans doute. Mais je suis ce que je suis. Et toi, Marshall, qu'est-ce que tu es exactement ?

Le garçon se contenta de hausser les épaules. A son signal, les deux enfants qui tenaient la mère d'Éric l'empoignèrent plus fermement, tandis que les autres poussaient Éric et Morpeth vers les fenêtres brisées.

Éric leva les yeux vers les cheminées qui se profilaient dans la rue.

– Où nous emmenez-vous ?

– Faire un beau voyage, répondit Marshall, comme s'il annonçait qu'ils partaient en pique-nique.

– Où ça ?

– Mieux vaut que tu n'en saches rien. Un long voyage dans le froid.

– Dans ce cas, il nous faut des vêtements chauds, se hâta de dire Morpeth en montrant le pyjama d'Éric et sa tenue d'été.

Sans attendre, il fila dans la chambre d'amis où la mère d'Éric le rejoignit, les mains tremblantes, et l'aida à sortir un pantalon et des chaussures. Elle trouva un manteau à la taille de Morpeth et passa devant les enfants pour monter en chercher un autre pour Éric.

– Bon, assez perdu de temps comme ça, dit Marshall quand elle revint les mains vides.

– Mais je n'ai rien trouvé. Laisse-moi regarder sous l'escalier. Je crois bien que...

– Dépêchez-vous, grogna Marshall.

Morpeth prit tout son temps pour s'habiller, sans cesser de surveiller Marshall du coin de l'œil.

– On ne t'a pas dit ce que tu devais faire si tu rencontrais un peu de résistance ? Quelles sont les instructions de ta sorcière ? Ou de Heiki ? Te débarrasser de moi et de leur mère en cas de difficulté ? Eh bien, alors, vas-y ! Es-tu prêt à nous tuer parce que nous avons enfilé quelques vêtements ?

Marshall ne répondit pas. La mère d'Éric revint avec un gros anorak qu'elle jeta sur les épaules de son fils. Puis elle lui enfila une paire de gants à elle, la seule qu'elle ait pu trouver, et se força à sourire d'un air rassurant.

– Venez ! ordonna Marshall à bout de patience. Allons-y !

– Non, pas encore, dit Morpeth. Si nous devons voler loin, ces vêtements ne suffiront pas. Nous avons besoin d'un sort pour nous garder au chaud.

– Alors là, ne compte pas sur moi ! railla Marshall. Je t'ai assez écouté comme ça.

Puis il se tourna vers les autres enfants.

– Vous savez tous ce que feront la sorcière et Heiki si nous ne remplissons pas notre mission. Amenez-les devant la fenêtre !

Stimulés par cette mise en garde, les enfants traînèrent Éric et Morpeth à l'autre bout de la pièce pendant que les deux autres retenaient la mère d'Éric.

Morpeth croisa son regard anxieux. Cette fois, il n'eut pas le cœur de lui promettre quoi que ce soit.

– Je ne les laisserai pas faire de mal à Éric, dit-il en désespoir de cause. Faites-moi confiance.

Les enfants finirent par les tirer jusqu'à la fenêtre et quand Marshall donna le signal, ils s'envolèrent pardessus les toits dans la nuit glaciale. Voulant rester près de leur maître, les prapsies les suivirent, mais les enfants les chassèrent. Ils restèrent donc un peu en retrait en insultant ceux qui lui tenaient les bras et les jambes.

Sachant que sa mère pouvait encore l'entendre, Éric se dévissa le cou pour crier à tue-tête :

– Attends Rachel ! Elle sera bientôt de retour !

Marshall vola jusqu'à lui.

– Ça m'étonnerait, fit-il d'un air narquois. Heiki n'a pas l'intention de la lâcher de si tôt.

Rachel, hors d'haleine, arriva au-dessus d'une épaisse forêt de chênes. Lorsqu'elle sentit les deux sorcières s'éloigner, elle descendit en piqué au-dessus des arbres. Arrivait-elle trop tard ?

Une petite fille gisait face contre terre, enroulée autour des racines d'un arbre, ses cheveux roux bouclés maculés de sang, mais elle était encore en vie. Rachel s'agenouilla près d'elle et, grâce à ses sorts guérisseurs, referma l'entaille que lui avaient faite les sorcières en la frappant dans le dos, puis elle répara son fémur brisé ; enfin, elle réduisit l'hématome qui gonflait son cou, à l'endroit où une griffe l'avait serré.

Quand elle vit dans quel état pitoyable se trouvait l'enfant, l'idée d'avoir été attirée dans un piège se dissipa dans son esprit.

Au bout d'un moment, la petite fille se redressa et s'assit contre l'arbre, la tête dodelinant doucement comme si elle avait le vertige.

– Tu ne crains plus rien, Ciara, lui dit Rachel avec douceur. N'aie pas peur.

– Où sont passées les sorcières ?

– Je n'en sais rien, mais elles ne sont plus dans les parages. Je ne sens plus leur présence. Je m'appelle Rachel, dit-elle en souriant.

– Nous avons tellement entendu parler de toi ! Tu es celle qui a réussi à vaincre la sorcière ! Ouah !

– J'ai eu de l'aide, répliqua distraitement Rachel en envoyant ses sorts repérer d'éventuels dangers. Pourquoi les sorcières ne t'ont-elles pas tuée ? Elles en avaient le temps.

– Qui sait ? fit Ciara, le regard brillant. Est-ce qu'on t'a dit qu'elles avaient entraîné une méchante fille pour te retrouver ? Moi, je l'ai rencontrée : elle est d'une cruauté effroyable, elle serait capable de t'arracher les yeux.

Rachel acquiesça d'un signe de tête.

– Où les sorcières ont-elles caché les enfants, pendant tout ce temps ?

– Près de l'Équateur. C'est là qu'elles les entraînent.

« Quelle drôle de petite fille ! » pensa Rachel en s'interrogeant sur Ciara. Elle n'avait posé aucune question sur Paul ou sur les enfants rejetés par les sorcières. Était-elle encore sous le choc de l'attaque ? Peut-être. Pourtant, elle avait l'air extrêmement calme. Oui, cette enfant faisait preuve d'un sang-froid étonnant, comme si elle était prête à tout.

– Il faut qu'on retourne chez moi, dit Rachel en expliquant rapidement ce qui s'était passé. Tu peux voler ?

– Bien sûr, dit la petite fille en se levant. Tu sais, je suis ta plus grande admiratrice ! Tu vas tuer cette Heiki, n'est-ce pas ?

Rachel envoya ses sorts informateurs à la recherche du repère qu'elle avait placé sur Morpeth. Curieusement, il n'était plus à la maison.

– Quelque chose ne va pas, dit-elle, dépêchons-nous.

– En route, je t'apprendrai tous mes sorts, fit la petite fille avec enthousiasme. Et toi, tu m'apprendras les tiens ?

– Nous verrons.

– Deux amies ! s'exclama la petite fille en tapant dans ses mains d'un air joyeux. A partir de maintenant, toi et moi sommes de vraies amies !

Rachel se mit à voler en toute hâte. La petite fille la suivit sans trop de difficulté.

– Tu es très douée, la complimenta-t-elle.

– Je suis nulle, oui ! Je ne peux pas changer de forme comme tu le fais, ni quoi que ce soit d'autre.

Comme Rachel se préparait à les transporter dans l'espace, la petite fille poussa un cri.

– Pardonne-moi, mais ça me fait tellement mal... S'il te plaît, ne fais pas ça...

– Il faut pourtant qu'on rentre. Si on se contente de voler, ça va nous prendre plus d'une heure.

– Non, je t'en prie, supplia la petite fille en se laissant aller dans ses bras. Tiens-moi, je me sens encore toute faible…

Rachel la prit sous son bras et vola le plus vite possible en attendant qu'elle récupère des forces.

Heiki sourit intérieurement. Tout paraissait presque trop simple. Rachel était certes impressionnante, mais elle était facile à berner, comme tous les autres. Beaucoup trop confiante. Il fallait reconnaître qu'elle-même était allée très loin pour la convaincre. Comptant sur les dons guérisseurs de Rachel, elle avait permis aux sorcières de lui infliger de terribles blessures avant de s'en aller.

« C'est là toute la différence entre nous, songea Heiki. Moi, je suis capable de supporter n'importe quelle douleur pour obtenir ce que je veux. Mais toi, Rachel, jusqu'à quel point pourras-tu la supporter ? »

– S'il te plaît, ne vole pas si vite, implora-t-elle d'une petite voix tandis qu'elles traversaient une fine couche de nuages. Si tu savais comme j'ai peur…

12. L'océan

Morpeth compta en tout vingt-sept enfants. Dix d'entre eux les tenaient par les bras et les jambes, en prenant soin de maintenir une distance suffisante entre lui et Éric. Les autres formaient un grand cercle autour d'eux. Marshall, à leur tête, assumait son rôle de chef. Paul, qui volait à ses côtés, jetait de temps en temps un regard apeuré en arrière. Il n'y avait aucune trace de la présence d'une sorcière… ni de Rachel.

Pendant quelque temps, ils se dirigèrent vers l'est, survolant en trombe des champs de blé qu'éclairaient les étoiles et la lune entourée d'un halo. Puis Marshall fit obliquer sa troupe en direction de l'Arctique. Laissant la terre ferme derrière eux, ils filèrent au-dessus des vagues déchaînées de la mer du Nord. Le vent, glacial et pénétrant, soufflait en violentes bourrasques. Grâce à leur magie, les enfants étaient soustraits à sa morsure, mais Éric et Morpeth n'avaient que des pantalons, des gants et des manteaux pour toute protection. Depuis son séjour sur Ithrea, Morpeth savait qu'il devait sans cesse bouger ses membres pour les empêcher de geler, ce qui n'était nullement le cas d'Éric, et le gros anorak de son père ne suffisait pas à le garder au chaud. Au bout de quelques minutes, Morpeth le sentit défaillir. Était-ce le destin que Heiki lui avait réservé ?

« Pas tant qu'il me restera un souffle de vie », décida-t-il.

– Éric a besoin d'être mieux protégé ! cria Morpeth dans le vent cinglant.

Marshall, qui l'avait entendu, ne répondit pas.

– A mon avis, Heiki préférera que la marchandise lui soit livrée vivante, reprit Morpeth. Si tu sabotes son plan et que nous mourons de froid pendant le voyage, elle ne sera pas contente.

– Je vais les isoler du froid, entendit-il dire Paul. Laisse-moi m'en occuper.

– Bon, d'accord, grommela Marshall. Mais alors, fais juste ce qu'il faut pour qu'Éric n'arrive pas gelé. Quant à Morpeth, qu'il se débrouille. Tu m'as compris ? Rien pour lui.

Paul mit en place une fine couche d'air chaud autour de la tête et du cou d'Éric. L'espace d'une seconde, son regard s'attarda sur Morpeth, mais il était visiblement trop effrayé pour passer outre les recommandations de son chef.

Luttant contre le froid, Morpeth serra les dents et supporta la douleur du mieux qu'il put. Il s'efforçait de remuer les doigts constamment et de garder l'image de Rachel à l'esprit. En observant les enfants, il vit qu'ils avaient l'air mal à l'aise. Heiki et les sorcières avaient dû leur présenter cette mission comme une sorte de jeu ou d'aventure merveilleuse mais la plupart n'étaient pas dupes. Alors qu'ils volaient de plus en plus haut dans l'air glacé, Morpeth les interrogea sur leurs familles et leurs amis en leur rappelant tout ce qu'ils avaient laissé derrière eux. Comme ils se sentaient manifestement tenus d'obéir aux ordres, ils ne répondirent pas, mais leur emprise se desserra quelque peu, puis ils se rapprochèrent imperceptiblement afin de le protéger des vents hurlants et se penchèrent pour mieux entendre ce qu'il disait.

La couche de chaleur installée par Paul permit à Éric de rester en vie, mais la morsure du vent continuait à lui transpercer le corps. Plusieurs fois, il perdit connaissance. Les prapsies, restés près de lui, cherchaient à se convaincre qu'il allait bien alors que des larmes gelaient sur leurs grosses joues de bébés.

– Réveille-toi, précieuse merveille !

– Allons, réveille-toi !

– J'ai peur. Éric est malade.

– Non, il dort.

– Tu crois ? Il est juste endormi ?

Ils auraient voulu l'abriter de leurs ailes, mais les enfants les chassaient à chaque fois qu'ils essayaient, et ils n'arrivaient même pas à le toucher.

A un moment donné, Éric se réveilla brièvement.

– Allez-vous-en, les zoziaux ! gronda-t-il. Vous pouvez voler plus vite que ces enfants ! Allez vous cacher, ils ne vous trouveront pas.

Têtus, les prapsies secouèrent la tête et continuèrent à le suivre, frémissant dans le vent et s'efforçant tant bien que mal de le protéger.

Morpeth et Éric étaient la plupart du temps trop loin l'un de l'autre pour se parler. Une seule fois, les enfants qui les transportaient se rapprochèrent suffisamment pour qu'ils aient le temps d'échanger quelques mots.

– Où nous emmènent-ils ? parvint à murmurer Éric.

– Je n'en sais rien.

– Où est Rachel ?

– Pas très loin derrière nous, j'en suis sûr. Elle va bientôt arriver. Reste aux aguets, et remue tes doigts.

– Morpeth, promets-moi de ne pas les laisser faire du mal aux prapsies, promets-le-moi !

– Je...

Morpeth ne sut quoi lui dire. Si les enfants décidaient de s'en prendre aux prapsies, il savait bien qu'il ne pourrait rien faire pour les en empêcher.

Tout à coup, sur l'ordre de Marshall, les deux groupes s'écartèrent l'un de l'autre et, pendant une heure encore, ils volèrent plein nord. Morpeth, épuisé, devait lutter de toutes ses forces pour ne pas s'endormir car il savait parfaitement ce qui se passerait ensuite – sur Ithrea, il avait vu des milliers d'enfants sombrer dans un doux sommeil avant de mourir gelés dans la neige.

Il éprouva de la pitié pour les enfants qui le portaient et qui semblaient vouloir l'aider, mais que la peur paralysait. La peur de qui ? Sûrement pas de Marshall. Morpeth l'avait vu perdre de sa superbe quand il avait pris la tête du groupe. Non, ils avaient peur de quelqu'un d'autre. Morpeth scruta la voûte céleste, mais en vain.

A cet instant, il entendit Paul intervenir :

– Descendons un peu plus bas, le vent sera moins fort !

Les enfants qui le tenaient approuvèrent, mais Marshall garda obstinément le silence.

Peu à peu, Morpeth sentit ses forces l'abandonner, sa tête s'affaissa sur sa poitrine, et des flots noirs argentés défilèrent sous ses yeux. Sans apporter la moindre chaleur, l'aube se leva finalement, teintant de rose la crête des vagues. Pendant quelques instants les enfants redescendirent, puis Morpeth sentit une odeur de sel et reconnut le cri lancinant des mouettes. Une blancheur aveuglante agressa ses yeux : la banquise.

Devant lui, aussi loin que portait son regard, s'étendait un continent gigantesque recouvert de neige. Où étaient-ils ? Au Groenland ? Au pôle Nord ? Morpeth s'obligea à faire bouger les muscles engourdis de son cou. Du coin de l'œil, il vit les enfants déposer Éric par terre, qui, le visage dans la neige, resta là sans bouger. Les prapsies, tremblant de froid, vinrent se poser sur sa tête et lui mordillèrent les oreilles pour tenter de le réveiller. Quelques instants plus tard, Morpeth fut déposé en douceur non loin de lui. Il se traîna dans la neige pour aller tâter le pouls d'Éric. Son cœur battait encore, mais très faiblement et ses lèvres et ses mains étaient affreusement gercées. Morpeth lui souleva la tête, lui retira ses gants et frotta ses mains entre les siennes pour le réchauffer.

– Réveille-toi ! dit-il en secouant Éric. Il faut te réveiller !

Les prapsies tournoyaient autour de Morpeth en l'encourageant à faire plus vite.

– Éric a assez dormi !

– Il est plus froid qu'un squelette !

Les enfants qui avaient transporté Éric et Morpeth montèrent à quelques mètres dans le ciel où ils restèrent à les observer d'un air solennel, tandis que les vents incessants de l'Arctique leur fouettaient la figure. Un instant plus tard, une dispute éclata entre Marshall, Paul et le reste de la bande.

– Descendez par ici ! leur cria Morpeth qui s'évertuait toujours à réveiller Éric. Venez voir ce que vous avez fait ! Aurais-tu peur, Marshall ?

– Pas du tout !

Hésitant, Marshall redescendit avec Paul sur la neige. Quand il aperçut la peau rougie d'Éric, ses lèvres craquelées et tuméfiées, ses doigts tout déformés, il détourna le regard.

– Laisser mourir quelqu'un n'est pas si facile, lui dit Morpeth. Il faut du temps avant qu'une sorcière arrive à persuader un enfant de s'en réjouir.

Paul, qui ne supportait pas de voir Éric dans cet état, s'approcha pour lui venir en aide.

– Ne le touche pas, espèce d'idiot ! cria Marshall. Tu vas nous attirer des ennuis.

– On ne peut pas le laisser comme ça… regarde ses doigts !

– Nous n'avons pas le droit de l'aider.

– C'est toi qui commandes, lui fit remarquer Morpeth. Qu'est-ce qui te fait hésiter ?

Marshall regarda en l'air avec nervosité.

– Tu es aveugle ou quoi ? Ici, ce n'est pas moi qui commande !

En suivant son regard, Morpeth devina ce qui se cachait dans le ciel : une sorcière, trop loin pour qu'on la voie, mais néanmoins bel et bien là, en train d'observer le comportement de chacun des enfants. « C'est la peur qui le fait hésiter », songea Morpeth, qui savait parfaitement à quel point la présence d'une sorcière était capable d'influencer les enfants. Tout à coup, il repensa à ses anciens amis et se demanda si les sorcières avaient également découvert Ithrea. Cette idée lui était insupportable…

– Seuls les plus forts survivront, dit alors Paul d'une voix lointaine. C'est ce qu'a dit Calen.

– Quels ordres as-tu reçus ? demanda Morpeth à Marshall. Nous laisser mourir ici ?

– Non. Je dois vous amener tous les deux jusqu'au Pôle, à condition que vous puissiez supporter le voyage. C'est ce que veut Heiki. Mais que vous surviviez ou non ne lui importe pas.

Morpeth se pencha vers lui en murmurant :

– Et c'est ça que tu veux toi aussi ? Tu crois que la sorcière qui t'a formé se satisfera de deux petites morts ? Laisse-moi te dire une chose, Marshall : ça ne lui suffira pas. Ceci n'est qu'un début. Elle t'obligera à tuer et tuer encore, sans jamais te laisser en paix. Il n'y aura jamais assez de morts à son goût.

– Hé, que se passe-t-il ? cria soudain une fille au-dessus d'eux.

– Je dois y aller, dit Marshall. Il ne faut pas qu'on me voie parler avec toi.

– Laisse-moi au moins le temps de ranimer Éric ! exigea Morpeth.

– C'est trop dangereux, dit le garçon en levant un regard inquiet. Il faut qu'on l'emmène comme ça.

– Éric n'est pas différent de toi, tu sais. Il est effrayé et se bat pour survivre. Vas-tu le laisser mourir dans ce vent glacé ?

Sans répondre, Marshall tapa du pied dans la neige pour se propulser vers le ciel et entraîna Paul avec lui.

– Réagissez ! leur cria Morpeth. Regardez-vous ! Ne sentez-vous pas vos propres forces ?

S'ils l'entendirent, aucun des enfants ne prit la peine de répondre, et Morpeth reporta son attention sur Éric. Il commença à creuser un trou pour l'abriter du vent, mais ses mains rencontrèrent bientôt une épaisse couche de glace. Alors il retira son manteau, emmitoufla Éric et se colla tout contre lui pour lui transmettre un peu de sa chaleur.

Au bout de quelques minutes, Éric entrouvrit les yeux. Les prapsies se mirent à piaffer de joie en roucoulant telles des colombes à ses oreilles.

– Seuls les plus forts survivront, marmonna Éric. Ce n'est pas ce que Paul a dit ?

– Nous sommes les plus forts, lui assura Morpeth.

Éric ne sentait plus ses orteils. Bizarrement, cela l'affolait plus que tout le reste.

– Parle-moi, vieil homme.

– Je suis là, je ne te quitterai pas.

– Où sont les prapsies ?

– Ils soufflent sur tes mains.

Parvenant enfin à s'asseoir, Éric regarda affectueusement les bébés-oiseaux.

– Je ne sens rien, dit-il en toussant. A vrai dire, je ne me sens pas très bien.

– Tiens bon. Rachel ne va plus tarder à arriver.

Éric hocha la tête, ne demandant pas mieux que de le croire, puis regarda les uniformes verts des enfants.

– Qu'est-ce qu'ils attendent, là-haut ? Pourquoi ne viennent-ils pas nous achever ?

– Parce qu'ils n'en ont aucune envie, dit Morpeth d'un ton grave. Ils préféreraient arrêter tout ça.

La dispute avait maintenant gagné l'ensemble du groupe, Paul, et tous les enfants qui avaient entendu Morpeth plaider avec ardeur.

Quand ils se turent, leurs regards se posèrent sur Morpeth et Éric, qui sentirent un sort les envelopper. Le vent cessa d'un seul coup, puis une brise tiède remplaça les rafales glaciales.

– Non ! protesta une voix furieuse.

Calen surgit de sa cachette en transperçant le ciel. Toutes griffes dehors, elle fonça droit sur eux, et Morpeth crut d'abord qu'elle allait les mettre en pièces. Mais la sorcière se maîtrisa, passa devant chaque enfant et menaça de les punir en leur donnant de nouveaux ordres.

Très vite, les vents glacés recommencèrent à tournoyer de plus belle autour d'Éric et de Morpeth.

– Nous n'avons pas dit notre dernier mot, marmonna Éric. Je ne vais pas attendre Rachel sans rien faire. Il me reste ça, dit-il en tendant ses pauvres doigts gonflés. Les enfants restés à la maison s'en sont sûrement déjà pris à maman, alors inutile de rester là à attendre qu'ils nous achèvent. Aide-moi à me lever.

Morpeth l'assit, puis Éric leva ses mains engourdies.

– Allez, dit-il en soufflant sur le bout de ses doigts, ce n'est pas le moment de me laisser tomber !

Là-haut, Calen donna des instructions à quatre des enfants. S'écartant des autres, ils descendirent en piqué dans le ciel.

Aussitôt, Éric pointa le doigt et ils dégringolèrent tous les quatre en tourbillonnant sur eux-mêmes. Lorsqu'ils s'écrasèrent dans la neige, ils appelèrent le reste des enfants à la rescousse en réalisant qu'ils n'étaient plus capables de voler.

– Ne vous occupez pas d'eux ! lança Calen.

A son signal, d'autres enfants descendirent vers le sol.

Mais cette fois, ils s'envolèrent dans plusieurs directions et arrivèrent de partout en zigzaguant dans tous les sens.

Éric réussit à en faire tomber deux.

– Vite ! Tourne-moi ! dit-il à Morpeth.

Mais avant même qu'il ait pu réagir, le reste de la bande s'abattit sur eux. Morpeth envoya un coup de poing dans le nez d'un premier assaillant, mais les autres les frappèrent de toutes leurs forces et les envoyèrent valser dans la neige. Brusquement, ils remontèrent dans le ciel, trop haut pour qu'Éric puisse les atteindre.

Éric et Morpeth se relevèrent tant bien que mal et s'assirent dos à dos. Les prapsies n'arrêtaient pas d'effectuer des va-et-vient entre eux et les enfants pour les abreuver d'injures.

– Et maintenant ? fit Éric en plissant les yeux.

Sur l'ordre de Calen, les enfants s'étaient massés devant le soleil, et Éric entendit plusieurs d'entre eux pleurnicher.

– Ils vont foncer sur nous tous ensemble, réalisa Éric. Attends, qu'est-ce que c'est que ça ?

C'était Yemi.

Sortant du nuage où s'était cachée Calen, le bébé se laissa flotter tranquillement en direction des enfants, entouré de ses éternels papillons devenus énormes, aussi gros que des chats.

– Va-t'en ! lui cria Calen. Retourne là-bas !

Yemi hésita, puis continua à dériver, attiré par des éclats de voix effrayées. Ses papillons s'élancèrent, semblables à d'immenses et lents oiseaux jaunes, et s'éparpillèrent parmi les enfants, effleurant leurs visages ravagés de larmes comme pour les consoler, puis ils envahirent le ciel, si gigantesques et si nombreux que le petit groupe disparut quasiment derrière leurs ailes.

Agacée, Calen se fraya un chemin jusqu'à Yemi et le repoussa. Les papillons le suivirent à contrecœur en courbant leurs antennes.

– Ce doit être le bébé dont Rachel nous a parlé, s'émerveilla Éric. Tu as senti la force de son pouvoir ?

Morpeth acquiesça, le regard rivé sur le petit Yemi qui se tortillait comme il pouvait entre les griffes de la sorcière, mécontent d'être ainsi rabroué.

Une fois le bébé maîtrisé, Calen repartit hurler sur les enfants qui, cette fois, se sentirent trop terrifiés pour discuter. Serrés les uns contre les autres, ils se placèrent de façon à former un énorme poing, puis, tous ensemble, ils se laissèrent tomber en fonçant tout droit sur leur cible.

Éric ferma les yeux.

– Et maintenant, qu'est-ce qu'on fait ?

– On survit, répondit Morpeth en se préparant à encaisser les premiers coups.

A cette seconde, les enfants s'abattirent sur eux telle une tornade de grêlons.

13. La bataille

Rachel rentra chez elle en portant Heiki qui pesait de tout son poids dans ses bras.

En chemin, Heiki avait tout fait pour la ralentir. Chaque fois que Rachel avait voulu les transporter dans l'espace, elle avait fait semblant de souffrir le martyre. Et chaque fois que Rachel avait essayé de voler plus vite, elle s'était mise à sangloter de façon hystérique, sous prétexte que l'attaque des sorcières l'avait traumatisée. Pour la réconforter, Rachel l'avait serrée dans ses bras et avait volé lentement, en se laissant porter par les vents nocturnes.

Au cours du voyage, Heiki lui montra plusieurs des sorts qu'elle connaissait – rien de très compromettant, juste de quoi la mettre en confiance. Rachel en fit autant, mais Heiki sentit qu'elle veillait à ne rien lui révéler de ses armes défensives les plus subtiles. « Tant mieux ! » se dit-elle, préférant que le combat ne soit pas trop facile. Elle s'arrangea pour faire durer le voyage et laisser le temps à la bande chargée de ramener Éric et Morpeth de se mettre à l'abri. Les derniers kilomètres s'avérèrent plus délicats – il tardait à Heiki de voir comment Rachel allait réagir à la surprise qu'elle lui avait préparée.

Une bouffée d'air frais matinal s'engouffra à travers les fenêtres béantes de la maison.

La mère de Rachel était dans le salon, en train de parler avec le garçon et la fille chargés de la surveiller.

– Qu'est-ce que vous fabriquez ? s'écria Heiki. Et les punitions ? Vous étiez censés vous occuper d'elle dès qu'Éric et Morpeth seraient partis !

– Ils ont changé d'avis, rétorqua la mère de Rachel d'une voix ferme.

Puis elle entraîna ses gardiens et se précipita vers sa fille tout en surveillant Heiki du coin de l'œil. Le garçon et la fille se cachèrent derrière son dos.

– Ce doit être Heiki, dit-elle. J'ai entendu parler de sa méchanceté. Fais attention à elle.

Heiki sourit et, d'un seul coup, ses boucles rousses, ses taches de rousseur et ses pleurnicheries disparurent pour laisser place à des yeux d'un bleu délavé.

– La fille du cimetière ! réalisa Rachel, ébahie, avant de se tourner vers sa mère. Mais où sont… ?

– Ne la quitte surtout pas des yeux ! Morpeth et Éric ont été emmenés de force. Ces pauvres enfants ignorent où, mais elle, elle le sait. C'est elle qui a tout organisé.

Rachel se mit en colère.

– Si jamais tu leur as fait du mal…

– Trop tard !

Rachel huma l'air à la recherche du repère olfactif qu'elle avait placé sur Morpeth. Il menait dehors et s'arrêtait brusquement au-dessus de la maison.

– Dis-moi où tu les as fait emmener !

– Parce que tu crois que je vais te le dire ? fit Heiki avec malice. Il va d'abord falloir qu'on se batte. Allez, une petite bagarre, rien qu'entre nous ! Les deux meilleures enfants. Aucune sorcière n'interviendra, je te le promets.

Rachel sonda les environs. Aucune sorcière ne se trouvait à proximité ; sur ce point, Heiki n'avait pas menti, preuve qu'elle était certaine de triompher. En examinant les yeux de la petite fille entraînée par les sorcières, Rachel ne put s'empêcher d'être effrayée.

– Arrête tes simagrées, lui dit-elle. J'ai du mal à croire que tu veuilles tout ceci. Ce sont les sorcières qui te poussent à agir ainsi.

– C'est faux. Les sorcières veulent ta mort, mais il me tardait de me battre avec toi.

– Mais pourquoi ? demanda Rachel, interloquée. Qu'est-ce que je t'ai fait ?

– Rien. Je veux seulement savoir qui de nous deux est la plus forte.

Devant l'air perplexe de Rachel, Heiki ajouta :

– Tu ferais mieux de t'y faire ! Le monde à venir sera magique. Alors, oublie les adultes. Les mères, les professeurs et les grands-mères ne comptent plus. Calen m'a dit que les sorcières allaient pousser les enfants à se battre entre eux, et que seuls les meilleurs seraient autorisés à affronter les Magiciens.

Un bref instant, alors qu'elle examinait le visage anguleux de la petite fille, Rachel eut une vision très claire de l'avenir : les adultes seraient probablement éliminés d'emblée, les enfants les moins forts écartés, et les plus doués, réunis en une élite formée à haïr les Magiciens, se retrouveraient sous la coupe d'une poignée d'enfants impitoyables… comme Heiki.

« Non, songea Rachel en pensant à son père. Il ne faut pas que cela arrive. »

– On ferait mieux de commencer tout de suite, reprit Heiki. Morpeth et Éric sont peut-être encore en vie, mais ils ne résisteront plus très longtemps.

– Dis-moi où ils sont !

– Non.

– Si !

– Tu n'as qu'à m'obliger à le faire !

Immédiatement, des sorts d'attaque se présentèrent à l'esprit de Rachel, qui les repoussa. Il lui fallait avant tout éloigner Heiki de sa mère et retrouver la trace de Morpeth.

Elle jeta un coup d'œil anxieux à sa mère, puis décida de se transporter ailleurs.

Mais rien ne se produisit. Devant son air stupéfait, Heiki éclata de rire. Quand Rachel essaya de nouveau, elle prit tout à coup conscience qu'un sort inconnu, un sort de contre-transportation lancé par Heiki, la retenait là.

Faisant alors appel à un sort de vol moins complexe, Rachel s'échappa par la fenêtre et s'envola dans le ciel qu'illuminaient les premières lueurs de l'aube, avançant vite mais pas trop pour permettre à Heiki de la suivre. Dès qu'elle quitta la ville et survola la campagne, elle décida de mettre la rapidité de Heiki à l'épreuve. Ses sorts de vitesse prirent le contrôle, mais elle avait beau filer à toute allure, Heiki ne se laissait pas distancer.

– On ne me sème pas comme ça ! fit-elle en souriant. Je connais un sort particulièrement méchant que j'ai bien envie d'essayer. Ce serait dommage de ne pas l'utiliser, vu que Calen et moi l'avons inventé exprès pour toi ! On l'a appelé le chasseur-limace-multisignal. Voyons un peu ce que tu en penses !

– Non, ne...

Heiki entrouvrit les lèvres et souffla le sortilège vers Rachel.

Le chasseur était bel et bien vivant. Semblable à une limace tachetée de noir, il se tortilla consciencieusement hors de sa bouche. Rachel n'eut pas besoin de demander à ses sorts d'intervenir. Ils s'avancèrent aussitôt sous la forme d'un amas complexe de défenses, en cherchant frénétiquement diverses combinaisons capables de venir à bout du chasseur.

– Tu ne pourras pas l'arrêter, dit Heiki. En tout cas, pas assez vite. Alors, que vas-tu faire ?

Les sorts informateurs de Rachel se renseignèrent sur le chasseur. Tandis qu'il avançait droit sur elle, elle comprit qu'elle ne pourrait pas l'esquiver, ni s'en éloigner, ni même se transporter assez vite pour échapper à sa morsure. « Tu n'as plus qu'une solution, lui soufflèrent ses sorts. Devenir rien. Un chasseur a besoin d'une proie. »

Devenir rien ? Qu'est-ce que cela voulait dire ? Elle était un être de chair et de sang qui respirait, transpirait... Comment faire pour... devenir rien ?

Le chasseur agitait sa queue de limace et fonçait sur elle. Il était maintenant tout près.

D'un seul coup, Rachel s'immobilisa en plein ciel. Heiki, qui la suivait, se figea également et elles restèrent là toutes les deux, accrochées aux nuages, immobiles. Le chasseur se troubla une seconde, puis se jeta sur Rachel en la visant droit au cœur.

« Cache-toi ! » lui crièrent ses sorts.

Tâchant de ne pas céder à la panique, Rachel masqua les signaux qu'elle diffusait. Elle dissimula l'odeur de sa magie et la buée blanche de son souffle haletant, puis elle priva son corps et ses vêtements de toute couleur, jusqu'à ce qu'elle devienne presque transparente et que l'on aperçoive le ciel bleu pâle à travers son visage.

Malgré cela, le chasseur continua à la poursuivre.

« Comment fait-il pour me détecter ? » se demanda Rachel, comprenant tout à coup qu'un certain nombre de signaux l'aidaient à se guider, et notamment son cœur. Son pauvre cœur qu'elle ne pouvait pas empêcher de battre, mais dont elle pouvait supprimer les petites vibrations, ce qu'elle se hâta de faire ainsi que d'immobiliser ses mèches de cheveux gonflés par le vent. Ses yeux grands ouverts étaient tout secs, et elle mourait d'envie de cligner des paupières. Mais elle se força à n'en rien faire. Quant aux nuages qui projetaient des motifs lumineux et se reflétaient dans ses yeux, elle les immobilisa.

Peu à peu, le chasseur ralentit, il ouvrit sa bouche brûlante tout près de son œil gauche... et attendit.

Rachel resta impassible, sans faire de geste ni de bruit.

Le chasseur regarda à droite puis à gauche, l'air déboussolé. Où étaient passés les signaux ? Repérant soudain une source de chaleur, il se retourna. Là, derrière lui, il sentit une peau parsemée de taches de rousseur, une haleine humide, du mouvement...

– Non ! hurla Heiki, comprenant d'un seul coup ce qui se passait.

Comme le chasseur avait été dressé pour se montrer impitoyable, le cri de Heiki ne fit que l'encourager. Avant qu'elle ait pu le repousser, il se faufila jusqu'à ses jambes et la mordit sauvagement, brûlant sa chair et ses os jusqu'à ce que ses chevilles ressemblent à du métal en fusion. Le temps que Heiki parvienne à repousser son attaque, la moitié inférieure de son corps se retrouva carbonisée, fumant dans l'air glacé.

Rachel la regarda, horrifiée, puis elle vit que l'incroyable Heiki avait déjà réussi à contrôler une grande partie de ses brûlures. D'ici peu, elle serait suffisamment remise pour recommencer à lancer des sorts. Rachel en profita pour se transporter vers les mers polaires. Maintenant une distance importante entre elle et Heiki, elle déploya ses membranes olfactives pour rechercher la trace de Morpeth, qu'elle finit par trouver.

Rachel suivit le faible signal vers le nord et survola les profondeurs de l'océan. Le fait qu'elle ait senti sa trace voulait-il dire que Morpeth était encore vivant ? Soudain, elle pensa à Éric, et la vision de son petit visage blême inanimé s'imposa à son esprit. Non… !

Elle franchit l'océan à la vitesse d'un boulet de canon.

Heiki n'était pas très loin derrière car, contrairement à Rachel qui n'avait pour guide qu'une faible trace, elle savait exactement où se trouvaient Morpeth et Éric. Dépassant Rachel, elle obliqua vers la mer de Norvège qu'elle traversa à bonds de géant avec une parfaite précision. Alors, sans même prendre la peine de se cacher, elle attendit.

Rachel faillit la percuter de plein fouet mais, par chance, elle la repéra au dernier moment et se posta à la verticale des vagues pour observer son adversaire. Les jambes calcinées de Heiki frémissaient, sa peau se craquelait au contact de l'air glacial, mais ses blessures guérissaient à vue d'œil. Heiki paraissait même très à son aise, et des mèches de ses fins cheveux blonds volaient au vent. Quand elle ouvrit ses paumes, Rachel aperçut les nouvelles armes qui s'y cachaient : des sorts mortels que Heiki avait l'air de considérer comme de charmants animaux de compagnie.

– Tu es prête pour la suite ?

Rachel la contempla. Son visage, déformé par l'excitation, avait une expression brutale, quelque chose de terrifiant et d'inhumain. Pourtant, si Rachel voulait avoir une chance de retrouver Éric vivant, il fallait à tout prix qu'elle échappe à ces sorts mortels. Mais même si elle parvenait à tous les repousser, il lui faudrait beaucoup trop de temps...

« Avant d'être envoûtée par une sorcière, tu as pourtant dû être différente, songea Rachel. Il doit bien exister un moyen de te convaincre… »

Prudemment, elle se laissa flotter vers Heiki, les mains et la bouche grandes ouvertes pour montrer qu'elle ne dissimulait aucune arme.

– Tu renonces déjà ? demanda Heiki.

– Non, je veux juste bavarder un peu avec toi.

– Très bien, rétorqua-t-elle en riant, je t'écoute.

– Si tu gagnes le combat, quelle récompense t'ont promise les sorcières ?

– Quelque chose de spécial.

– Je parie que je peux deviner : elles ont promis de faire de la petite Heiki une sorcière.

– Co… comment le sais-tu ?

– Elles m'ont proposé la même chose, dans un autre monde.

– Et tu as refusé ? s'exclama Heiki, éberluée. Tu n'as pas voulu ?

– Les massacres auxquels j'aurais dû me livrer en échange ne me plaisaient pas.

Heiki haussa les épaules.

– Seuls les meilleurs survivent. Inutile de jouer les âmes sensibles.

Rachel l'observa attentivement.

– Pourquoi as-tu ordonné à ces enfants de punir ma mère ? Elle n'est pas de taille à lutter. En quoi est-ce un défi ?

– Les parents sont des nuls, répondit Heiki avec véhémence.

– Il est clair que tu ne les apprécies pas, dit Rachel en se rapprochant. Pour quelle raison ? Pourquoi les détestes-tu à ce point ?

– Ils n'ont aucun pouvoir magique. Les sorcières...

– Non, ce n'est pas ça, l'interrompit Rachel. C'est autre chose. Qu'est-ce que tu refuses de me dire ?

Heiki parut soudain très mal à l'aise.

– Cette haine pour les adultes n'a rien à voir avec les sorcières, reprit Rachel, en faisant un bond dans l'obscurité. Tu détestais les parents bien avant qu'elles ne viennent te chercher !

Heiki garda le silence.

– Que s'est-il passé ? insista Rachel. Qu'ont bien pu faire tes parents de si épouvantable ?

– Je ne te dirai rien.

– Ils t'ont maltraitée ? poursuivit Rachel en s'approchant cette fois tout près de la petite fille. Non, ce n'est pas ça non plus. Que t'est-il arrivé ? Tu n'arrives pas à le dire ? C'est trop douloureux ?

– Ça suffit, tais-toi !

– Tu as été abandonnée, c'est ça ?

Heiki tressaillit comme si elle venait de recevoir un coup de poing en pleine figure.

– Tais-toi ! hurla-t-elle.

– Les sorcières t'ont promis de te venger des adultes ? C'est donc la seule raison à tout ça ?

Le visage de Heiki s'assombrit, et ses lèvres tremblèrent d'émotion. Alors, pour la première fois, Rachel la vit telle qu'elle était vraiment : une petite fille abandonnée, manipulée par Calen pour s'en prendre au monde entier.

– Tu n'aimes personne, murmura Rachel, parce que personne ne t'aime.

– Comment oses-tu me… ?

Les larmes inondèrent son visage crispé par la colère, si brusquement et avec tant de force que Rachel ne put s'empêcher de lui tendre la main pour la consoler.

Heiki la repoussa et cacha son visage derrière ses mains pour ne pas montrer ce qu'elle ressentait.

– Les sorcières m'aiment bien, dit-elle tout bas au bout d'un moment. Calen m'aime beaucoup.

– Non, ce n'est pas vrai. Elle se sert de toi, c'est tout.

Heiki se frotta les yeux en ravalant ses larmes.

– Je n'ai que faire de ta pitié ! marmonna-t-elle. Je suis différente, meilleure que les autres enfants. Calen me l'a dit !

Rachel avait cru entrevoir un soupçon d'espoir dans le ressentiment de la petite fille, mais le bref instant de faiblesse auquel Heiki s'était laissée aller était passé.

– Elles ne feront jamais de toi une sorcière. Calen te ment.

– Tu te trompes. Je suis déjà une sorcière !

Le regard fier, Heiki caressa son cou autour duquel était enroulé un serpent gris.

– Regarde !

En examinant de près le petit serpent, Rachel comprit tout de suite qu'il s'agissait d'un faux. Il parvenait tout juste à respirer et à ouvrir ses yeux roux, comme si le peu de vie qu'il possédait était déjà en train de lui échapper. Quand elle souleva sa tête toute molle, le serpent n'essaya même pas de l'en empêcher.

– Regarde-le bien, dit Rachel. Tu crois vraiment que le serpent de Calen a été un jour comme celui-ci ? Elles t'ont donné ce jouet décharné pour t'amadouer. Ce n'est qu'une mauvaise blague de sorcière.

– Non, ce n'est pas vrai, se récria Heiki, les joues en feu. S'il est encore tout petit et tout faible, c'est parce que... parce que c'est un bébé et que ma magie n'est pas encore assez puissante !

– Il n'y a aucun rapport entre ta magie et ce jouet. Je vais d'ailleurs te le prouver.

Rachel s'empara du serpent. Aussitôt, sa mâchoire retomba grande ouverte et ses couleurs s'évanouirent. Blanchâtre, à moitié raide, il reposait inanimé dans la main de Heiki qui bondit en arrière en poussant un cri. Avec beaucoup de tendresse, elle observa son serpent, caressa délicatement ses écailles et lui souffla dans les narines dans l'espoir de le ramener à la vie. Mais quand elle vit qu'il ne réagissait pas, elle se tourna vers Rachel, folle de rage.

– Tu l'as tué !

– Non, dit Rachel avec franchise. Tu as bien vu, je l'ai à peine touché. Un vrai serpent sait se défendre. Rien de vivant ne meurt ainsi. Tu ne comprends donc pas ?

– Tu es prête à dire n'importe quoi, n'est-ce pas ? rugit Heiki d'une voix hargneuse. Je me suis laissé troubler, mais je vois très bien où tu veux en venir. Tu as peur de te battre !

– Non, je t'assure, ce n'est pas ça du tout...

– C'était un bébé ! s'écria Heiki en continuant à caresser affectueusement le cou flasque de son serpent. Il avait besoin d'apprendre, comme moi, voilà tout ! Peut-être qu'on ne m'en donnera plus jamais d'autre...

Elle se tut un instant, et son regard s'assombrit tandis qu'elle s'efforçait de maîtriser sa colère.

– Tu ferais mieux de te sauver, Rachel. Va retrouver Éric. Vas-y ! Ça ne changera rien. Même si tu arrives avant moi, les autres t'arrêteront. Ils connaissent ton apparence et l'odeur de ta magie. Je leur ai donné l'ordre de te tuer sur-le-champ. Et ils font tout ce que je leur demande, ajouta-t-elle avec un sourire féroce.

– Est-ce que... ?

– Non, je ne veux plus t'écouter ! Je t'accorde quelques secondes d'avance pour...

– Tu es certaine de vouloir te battre ? demanda Rachel en lui coupant la parole. Si c'est le cas, tu as intérêt à ne pas perdre. Et à ne commettre aucune erreur. Calen ne te le pardonnerait pas.

Heiki courba le serpent tout raide pour le remettre autour de son cou, puis lui murmura quelques mots rassurants. Rachel comprit qu'elle n'avait aucune chance de la faire changer d'avis. Si caresser ce corps sans vie lui plaisait, elle n'arriverait jamais à la convaincre.

– Je t'accorde deux secondes, dit alors Heiki.

Rachel l'attira vers elle et écarquilla ses yeux d'où jaillit une lumière argentée étincelante. L'espace d'un instant, Heiki se laissa prendre au dépourvu. Rachel en profita pour lui arracher son serpent qu'elle jeta par-dessus la mer et, dès que Heiki plongea dans le vide pour le rattraper, elle se transporta dans l'espace.

C'était toujours quelques précieuses secondes de gagnées…

A présent, Morpeth n'était plus très loin. Mais où diable se trouvait-il ?

Soudain, elle reconnut un bruit isolé : un cri de mouette, suivi du fracas des vagues qui venaient se briser sur le rivage. La terre était en vue.

Rachel parcourut à toute vitesse la dernière portion d'océan. Une étroite plage de cailloux s'étendait devant elle et des morses batifolaient au bord de l'eau, derrière lesquels se dressaient de hautes falaises de glace. Elle les survola et découvrit un immense tapis de neige, le début d'un continent gigantesque qui s'étendait vers le nord, puis elle finit par distinguer des petits points verts. Les points se firent bientôt plus gros, puis se dotèrent de membres avant de devenir distinctement des enfants, des dizaines d'enfants en train de se laisser tomber comme des pierres pour en attaquer deux autres qui gisaient sur le sol.

– Morpeth ! Éric !

Se propulsant vers eux, Rachel traversa une fine couche de nuages. Heiki, qui se trouvait derrière, la rattrapa aussitôt, imitant chacun de ses gestes avec une précision étonnante. Elles descendirent toutes les deux ensemble, si vite qu'aucun œil humain normal n'aurait pu suivre leur course.

Rachel se dirigea tout droit sur le groupe d'enfants. Mais Heiki fut la première à atterrir.

14. La victime

Une silhouette familière aux longs cheveux bruns marcha d'un pas assuré vers Morpeth.

– Rachel !

Fou de joie, il tituba tant bien que mal à sa rencontre.

Un peu plus loin, une autre petite fille venait d'atterrir. Menue, les cheveux d'un blond presque blanc, elle ressemblait trait pour trait à la description qu'avait faite Marshall de la fameuse Heiki.

– Rachel, attention ! cria Morpeth. Elle est derrière toi !

Mais l'enfant brune l'ignora et s'adressa au groupe.

– Attaquez-la, comme je vous l'ai montré !

Les enfants échangèrent des regards hésitants avant de bondir sur la fille brune.

– Qu'est-ce que vous faites ? hurla-t-elle en essayant de leur échapper.

Marshall arriva le premier sur elle et lui fit un croche-pied. Dès qu'elle s'effondra dans la neige, le reste de la bande se jeta sur elle en lui maintenant les bras cloués au sol.

– Non ! cria Morpeth. Laissez-la !

Tenant à peine sur ses jambes, il avança d'un pas chancelant pour les repousser.

– Éric ! supplia-t-il. Viens m'aider !

Éric se releva péniblement. Une fois debout, il fit quelques pas dans la neige... dans la direction opposée !

– Qu'est-ce que tu fais ? s'écria Morpeth. Viens par ici !

Mais Éric l'ignora. Du bout du pied, il retourna un petit tas de neige sous lequel gisaient les prapsies, les plumes ébouriffées couvertes de glace, l'air désemparé, mais pas gravement blessés.

– Laisse-les ! reprit Morpeth. Fais quelque chose ! Viens aider ta sœur !

Éric continua tranquillement à examiner les bébés-oiseaux. Il lissa leurs plumes, actionna leurs ailes pour vérifier qu'ils n'avaient rien de cassé, puis pinça le bout de leurs petits nez tout roses.

– Éric ! Mais qu'est-ce que tu... ?

– Ce n'est pas Rachel, murmura Éric. Calme-toi.

Morpeth aurait pourtant juré que c'était elle ; elle possédait même l'odeur de sa magie.

– Tu es sûr que... ?

– Fais-moi confiance, dit tout bas Éric.

Assise en tailleur dans la neige, la fille aux cheveux blond blanc était restée à l'écart de la bagarre.

Pour la première fois, Morpeth l'observa avec attention et elle lui rendit son regard en esquissant un pauvre sourire. Le visage n'était pas celui qu'il connaissait, mais il aurait reconnu ce sourire entre mille. Se retournant vers la fille brune, il comprit alors que ce n'était pas Rachel, mais Heiki.

Un échange d'apparences...

Les enfants eux aussi s'étaient laissé prendre au piège et étaient en train de s'attaquer à Heiki. Pendant un temps extraordinairement long, elle leur résista, réussit à s'asseoir et à distribuer des coups de pied à la ronde, puis tenta de fuir en se traînant dans la neige. Mais avant que son esprit embrumé ait pu lancer un sort de déplacement – ou comprendre la ruse de Rachel – la bande sauta de nouveau sur elle en la plaquant au sol. Et peu leur importa alors de savoir s'ils lui faisaient ou non du mal. La terreur les aveuglait. Quelque part là-haut dans le ciel, Calen les observait, prête à sanctionner la moindre hésitation. Sans compter que Heiki les surveillait également...

Ils l'apercevaient, un peu à l'écart, attendant calmement qu'ils aient exécuté ses ordres. N'avait-elle pas exigé qu'ils se montrent sans pitié ? Aussi les enfants s'acharnèrent-ils aveuglément sur leur proie, utilisant tour à tour leurs poings, leurs pieds et leurs sorts. Autour d'eux, la neige avait commencé à se transformer en une bouillie grisâtre, mais ils continuèrent à frapper sans relâche, attendant que Calen ou Heiki leur disent d'arrêter.

– Ça suffit comme ça, tu ne crois pas ? plaida Morpeth auprès de la fille blonde.

Des larmes coulèrent de ses yeux bleu pâle, avec une douceur qui paraissait presque incongrue sur son visage dur et buté.

– Pas encore. Je ne peux prendre aucun risque. Tu n'imagines pas la force de Heiki.

Au bout de quelques secondes, pendant lesquelles le seul bruit perceptible fut celui des poings qui s'écrasaient, Rachel annula les sorts d'échange en criant :

– Arrêtez !

La vraie Rachel, les cheveux bruns flottant au vent, était assise dans la neige. Les enfants n'en crurent d'abord pas leurs yeux. Mais peu à peu, la vérité leur apparut, et ils cessèrent de taper. A pas chancelants, ou en rampant, ils relâchèrent Heiki, pressés de s'éloigner.

Rachel baissa la tête pour ne pas voir ce qu'ils lui avaient fait.

Les enfants formèrent un grand cercle autour de leur victime. Mais elle n'avait que faire d'autant d'espace. Elle était recroquevillée dans la neige rougie de sang, étendue sur le dos, gravement blessée.

– Est-elle encore... vivante ? demanda Paul.

– Oui ! répondit Heiki qui trouva la force de se relever en s'appuyant sur un coude.

Tous les enfants reculèrent, toujours aussi effrayés malgré l'état épouvantable dans lequel se trouvait leur chef.

– Mettez-moi debout, ordonna-t-elle.

Les enfants hésitèrent, et la plupart d'entre eux se tournèrent vers Rachel pour savoir quoi faire.

– Si... vous... n'obéissez... pas, dit Heiki en cherchant son souffle, je veillerai... à ce que... les sorcières... vous tuent... tous... Je...

Sa tête retomba mollement dans la neige.

– Aidez-moi ! supplia-t-elle d'une voix misérable.

Plusieurs enfants, Paul à leur tête, partirent rejoindre Rachel.

Dès qu'elle vit ce qui se passait, Calen surgit du ciel. D'une griffe, elle attrapa Marshall et deux autres enfants par le cou et les hissa dans les airs.

– Bande d'asticots incapables ! fulmina-t-elle en s'adressant aux enfants. Suivez-moi tous ! Sauf elle, ajouta-t-elle en montrant Heiki. Laissez-la ici.

Les plus âgés du groupe tendirent les bras et s'envolèrent en jetant un regard désespéré à Rachel. Lentement, ils rejoignirent Calen et la suivirent en direction du nord.

– On ne peut rien faire pour les retenir ici ? demanda Éric à sa sœur.

– Non, laissons-les partir, répondit-elle, découragée. Je suis trop faible pour faire quoi que ce soit pour l'instant. Et vous aussi.

– Je me sens très bien, protesta Éric.

– Regarde-toi, tu tiens à peine debout.

Il voulut se lever et retomba aussitôt ; ses genoux gelés refusaient de le porter. Les prapsies s'empressèrent de déployer leurs plumes duveteuses sur ses mains pour les réchauffer.

Par petits groupes, les enfants qui étaient restés là se levèrent et allèrent ramasser leurs quatre camarades dont Éric avait détruit les sorts en plein vol. Puis, l'air triste et dépenaillés, ils formèrent une colonne avant de filer vers le ciel. Les plus jeunes se montrèrent plus réticents à partir, serrés les uns contre les autres, ils s'approchèrent de Rachel et se blottirent contre ses jambes. Mais au bout d'un moment, ils finirent par se résigner et, main dans la main, ils s'envolèrent tous ensemble, leur regard mélancolique fixé sur le Pôle.

– Pourquoi ne restent-ils pas ? marmonna Éric, irrité. Ils doivent pourtant savoir que rien de bon ne les attend là-bas !

– Bien sûr, dit Rachel. Mais ils savent aussi que je n'ai pas assez de force pour affronter toutes les sorcières. Que peuvent-ils faire d'autre, à part suivre Calen et espérer qu'ils ne seront pas trop sévèrement punis ?

Aucun des enfants n'était resté pour porter secours à Heiki. Avec des mouvements saccadés, tel un oiseau qui n'aurait plus qu'une aile blessée pour regagner son nid, elle réussit à actionner tant bien que mal son bras gauche. Son bras droit, qui était cassé, pendait mollement sur le côté.

« Voilà une victime facile, pensa Rachel. Un simple sort suffirait à l'anéantir. »

– Tu la laisses s'échapper ? s'étonna Éric. Après tout ce qu'elle a fait ?

– Il y aura toujours une nouvelle Heiki quelque part, murmura Rachel, la voix tremblante d'émotion. Faut-il que je tue tous ceux qui s'en prennent à moi ? Et que faire de tous ces enfants qui ont déjà été en contact avec les sorcières ? Eux aussi représentent un danger. N'est-ce pas justement ce que ferait Heiki : les pourchasser sous prétexte qu'ils sont une menace ?

Éric s'abstint de tout commentaire.

Morpeth se traîna jusqu'à Rachel et la serra contre lui. Ensemble, ils regardèrent Heiki passer au-dessus d'eux, semblable à une ombre brisée.

– Je vais t'aider, lui cria soudain Rachel. Laisse-moi faire !

– Non ! rétorqua Heiki. Je n'ai que faire de ton aide. Je me débrouillerai pour rentrer toute seule !

– Même si tu y arrives, quel genre d'accueil crois-tu que Calen va te réserver ?

Sans répondre, Heiki monta péniblement dans le ciel. Le groupe d'enfants, déjà loin devant, creusait l'écart qui les séparait d'elle au fur et à mesure qu'ils s'éloignaient dans la clarté du matin polaire.

– Je n'arrive pas à croire qu'elle veuille rattraper les

autres, alors que Calen n'a rien fait pour l'aider, observa Éric.

– Elle ne connaît pas les châtiments des sorcières, dit calmement Morpeth. Elle n'a pas la moindre idée de ce que Calen va lui faire.

A cet instant, il entendit au-dessus de lui un battement d'ailes.

– Un bébé tourbillonnant ! s'émerveilla l'un des prapsies.

C'était Yemi, suspendu aux ailes de ses papillons. Pendant tout ce temps, il avait attendu patiemment que Calen revienne. Où allait-elle avec ces enfants qui n'arrêtaient pas de pousser des cris ? Ils lui faisaient peur, et il craignait qu'ils fassent du mal à Calen. Quand elle s'était envolée, il était d'abord resté sagement dans son coin, comme il le lui avait promis, mais ensuite il s'était affolé. Et tout à coup, il avait repéré au sol une trace de magie familière qui l'avait rempli de bonheur. Il était alors descendu en flottant pour aller à sa rencontre.

Rachel était debout dans la neige, entourée d'une nuée de papillons qui l'encerclaient et se posaient sur sa tête, ce qui agaça profondément les prapsies. Deux des plus gros papillons, dont les ailes tournoyaient comme les pales d'un hélicoptère, déposèrent Yemi délicatement à côté d'elle.

Rachel lui tendit les bras. Mais avant que Yemi ait pu la rejoindre, un cri strident effraya les deux gros papillons qui rabattirent leurs ailes sur leurs yeux. Abandonnant les autres enfants, Calen fendit le ciel à toute vitesse en appelant Yemi. Certains papillons agitèrent joyeusement leurs antennes en se tournant vers la sorcière, mais la plupart se pressèrent contre Rachel.

– Viens, Yemi ! s'écria Calen. Ne m'oblige pas à me fâcher !

Le bébé s'immobilisa à quelques centimètres des bras de Rachel, mal à l'aise. Quelques papillons le tirèrent vers le bas par le bout des orteils, d'autres vers Calen. Yemi les regarda longuement tour à tour.

– Ne le force pas, conseilla Morpeth à Rachel. Tu es trop fatiguée pour affronter Calen.

– Je le sais bien.

Néanmoins, elle ne put s'en empêcher et ouvrit plus grands les bras pour inviter Yemi à venir la rejoindre. Reprenant de l'assurance, il descendit un peu et sourit en voyant ses papillons. Mais au moment où il toucha les doigts tendus de Rachel, une bourrasque de vent transporta l'odeur de Calen jusqu'à ses narines – une odeur féminine, douce, légèrement musquée et distinctement humaine : l'odeur de sa mère.

Profondément troublé, Yemi jeta un coup d'œil vers Rachel, puis vers Calen, tandis que ses papillons planaient sur place en battant maladroitement des ailes.

– Yemi, viens ici !

Il reconnut la voix bourrue de sa mère qui sortait des quatre bouches de Calen.

– Ce n'est pas ta mère, lui dit Rachel.

– Suis-moi ! hurla-t-elle.

– Maman ! Maman ! gémit Yemi.

– Non ! s'écria Rachel.

Et elle se hâta de diffuser une nouvelle odeur – celle de Fola, mêlée à celle des bleuets et d'autres fleurs qu'elle se rappelait avoir sentis en Afrique.

– Va vite voir ta sœur, insista-t-elle. Tu te souviens d'elle ? Retourne chez toi, Yemi ! Dans ta vraie maison !

Le bébé la dévisagea quelques secondes en faisant cligner ses beaux yeux bruns.

Puis, sans un regard pour Calen, il se transporta dans l'espace, d'un seul et immense bond qui l'emmena aussitôt à des milliers de kilomètres plus au sud. Rassurée sur l'endroit où il était parti, Rachel applaudit de joie en lançant un regard de défi à la sorcière.

– Un point pour toi, concéda Calen. Mais combien de temps crois-tu que Yemi supportera une famille aussi banale ? Il me reviendra bientôt.

Sur ces mots, elle fit volte-face et reprit la tête de sa troupe épuisée qu'elle entraîna vers le nord.

Éric était encore sidéré par l'ampleur du déplacement que Yemi venait d'effectuer. Il n'avait jamais vu chez personne un sort d'une puissance ou d'une précision aussi impressionnantes, pas même chez Dragwena.

– Ce bond n'avait vraiment rien d'ordinaire, dit-il. Non seulement Yemi s'est servi de sa magie, mais il a utilisé les pouvoirs des autres enfants pour l'aider.

– Non, ce n'est pas possible, répliqua Rachel, incrédule. Même une sorcière ne peut pas le faire.

– C'est pourtant bien ce qu'il a fait, insista Éric. Il a pris ce qu'il voulait, un peu à chaque enfant, mais pas trop. Rien d'exagéré. Juste ce dont il avait besoin.

– Yemi a des dons très particuliers, renchérit Morpeth. Ses pouvoirs magiques paraissent très différents de ceux des autres enfants.

– Oui, approuva Éric, ses sorts sont vraiment étranges. Ils ne ressemblent ni aux tiens, ni à ceux de Rachel, ni à ceux des sorcières.

L'espace d'une seconde, Rachel, émerveillée, pensa à Larpskendya.

Puis elle frissonna, cette éventualité lui semblant tout à coup trop inespérée.

– Tu veux dire que sa magie ressemble à celle d'un… Magicien ? demanda-t-elle timidement. A celle de Larpskendya ?

– Mais non, pas du tout, rétorqua Éric dans un soupir. La magie de ce bébé ne ressemble à rien de ce que nous avons vu jusqu'à présent.

Alors que le dernier enfant disparaissait à l'horizon, Éric plongea la main dans la poche de son gros manteau qui bougeait toute seule.

– Coucou, les zoziaux !

Les prapsies sortirent joyeusement la tête.

Éric avait les mains si engourdies qu'il ne sentait pas leurs plumes. L'un des prapsies frotta sa tête duveteuse contre ses doigts.

– Mince, alors ! s'écria le bébé corbeau en les léchant d'un air dégoûté.

– Oh, ne fais pas ta chochotte, lui dit son compagnon. C'est quand même Éric.

– Je sais. Mais on dirait un bâton glacé. Ce que tu peux être désagréable !

– Tais-toi, tu n'es qu'un petit gazouilleur !

– Et toi, un vilain affreux aux lèvres fendues !

– Mes lèvres sont fendues ? s'affola le prapsy en se tournant vers son maître pour qu'il le rassure.

Éric tira sur la manche de son manteau pour leur frotter les joues à tous les deux et leur éviter le contact de ses doigts froids.

– Elles sont un peu gercées, mais ça va. En fait, vous avez l'air tous les deux en pleine forme. Vous êtes resplendissants, on dirait des aigles !

Les bébés-oiseaux se mirent à chantonner de plaisir.

– Bon, il est temps de soigner tes engelures, boucle d'or ! dit Rachel en se tournant vers son frère.

Éric lui sourit.

– Occupe-toi d'abord du vieil homme. L'âge passe avant la beauté.

– Tu ne souffres pas trop ? demanda Rachel à Morpeth en examinant ses doigts gonflés.

– Je ne sens plus rien, dit-il dans un sourire. Je peux attendre. Soigne ton frère...

– C'est sans doute parce que tu es un dur.

– Ça, je ne te le fais pas dire !

Rachel soigna les engelures de son frère. Les sorts dont elle avait besoin étaient assez élémentaires, mais comme elle était exténuée, il lui fallut un bon moment avant d'en avoir terminé. Elle s'occupa ensuite de Morpeth.

– Garde tes forces, lui dit-il.

– Pourquoi ? Qu'y a-t-il de plus important à faire que te soigner ?

Morpeth, qui avait encaissé les coups destinés à Éric, souffrait de profondes entailles dans le dos. Après avoir anesthésié la sensation de brûlure, Rachel répara les petits vaisseaux éclatés sous la peau, puis elle enveloppa tout le monde d'une chaleur isolante que même les vents polaires agressifs ne parviendraient pas à transpercer. Pendant quelques instants, ils restèrent là à fixer le nord, en proie à la faim, à la fatigue et à une terrible angoisse.

– Quel endroit épouvantable ! dit soudain Éric en tentant d'apercevoir quelque chose dans la blancheur immaculée qui s'étendait à l'infini. Je parie que les sorcières en raffolent.

Rachel leur raconta ce qui s'était passé à la maison.

– Si vous voulez, je peux vous ramener là-bas, proposa-t-elle. Vous seriez plus en sécurité.

Éric refusa d'un signe de tête.

– Pas question ! Je n'ai pas envie que les sorcières ou qui que ce soit aient un prétexte pour s'en reprendre à maman…

Et brusquement, il tapa du pied dans la neige.

– Mais bon sang, où est passé Larpskendya ?

– Il va bientôt arriver, dit tout bas Rachel. Il va venir.

– Si nous voulons retrouver le repaire des sorcières, il vaudrait mieux suivre les enfants sans tarder, leur dit Morpeth. Avant que leur trace ne s'estompe ou soit volontairement dissimulée.

– Excellente idée, murmura Éric, résigné. Je suis impatient de rencontrer ces cinq sorcières !

Morpeth les regarda longuement tour à tour.

– Il y a une autre solution. On peut chercher un endroit tranquille où se cacher et survivre en attendant l'arrivée de Larpskendya.

– Non, dit Rachel. Les enfants seraient à la merci des sorcières et…

Tout à coup, elle repensa à Paul et se demanda combien de temps il faudrait à Calen avant de s'emparer définitivement de son esprit.

– Je ne vais quand même pas les laisser faire tout ce qu'elles veulent ! reprit-elle. Il faut au moins trouver leur base.

Le regard braqué vers le nord, tous les trois s'armèrent de courage avant de se remettre en route. Le vent avait recommencé à mugir, amenant avec lui une tempête de neige qui leur cinglait la figure.

– Je sens encore l'odeur de Heiki, dit Éric. Comme

elle est blessée, sa trace est facile à suivre, c'est comme si la magie découlait d'elle.

Rachel envoya ses sorts informateurs en reconnaissance. A leur retour, elle fut surprise de sentir les larmes lui monter aux yeux.

– Heiki a de plus en plus de mal à suivre les autres, expliqua-t-elle. Elle fait ce qu'elle peut pour les rattraper, mais elle n'en a pas la force. Et ses blessures sont trop graves pour que je puisse la soigner.

– Tu crois qu'elle se doute qu'on la suit ? demanda Éric.

– Non, ça n'a aucun rapport avec nous. Elle cherche toujours à impressionner les sorcières et fait tout son possible pour masquer ses faiblesses, en particulier à Calen.

– Mais pourquoi se donne-t-elle tout ce mal ? s'étonna Éric. Elle ne comprend pas que cette sorcière l'a déjà oubliée ?

Rachel échangea un regard complice avec Morpeth. Sur Ithrea, elle avait dû mobiliser toute sa volonté pour résister aux charmes de Dragwena, mais elle n'avait eu à résister que quelques jours. Heiki, elle, avait passé beaucoup plus de temps en compagnie des sorcières, si bien qu'elle avait fini par succomber au charme diabolique de Calen.

15. Les renforts

Heiki traîna son corps endolori jusqu'au pôle Nord.

Trop faible pour se transporter dans l'espace, elle vola le plus loin possible, et quand elle fut à bout de force, elle continua à avancer en boitillant, ses chevilles ne s'étant pas encore complètement remises de la morsure du chasseur. Bientôt contrainte de ramper dans la neige, il lui fallut plus d'une heure pour parcourir les derniers mètres balayés par les vents qui la séparaient du repaire des sorcières.

Calen l'accueillit avec un regard méprisant.

– Pourquoi es-tu revenue ici ? Ta punition ne t'a pas suffi ?

Heiki s'agenouilla dans la neige, le regard honteux.

– S'il te plaît, aide-moi. Je t'en prie. J'ai mal…

– Tu as échoué, dit froidement Calen. Une sorcière ratée n'a pas droit à une seconde chance.

– Je ferai tout ce que tu voudras, promit Heiki. Ne m'abandonne pas.

– Je t'avais demandé de me faire honneur. Tu n'en as même pas été capable.

– Je t'en supplie. Accorde-moi une dernière chance...

Calen empoigna Heiki par les cheveux et l'emporta comme un vieux paquet de chiffons entre les tours.

– Que... que va-t-il m'arriver ?

Calen ne répondit pas. Voyant que la petite fille jouait avec son bébé serpent tout raide, elle le lui arracha et le lança par terre. Heiki fondit en larmes. Elle aurait voulu les empêcher de couler, mais elle était si lasse qu'elle ne prit même pas la peine de les essuyer.

– Tu... tu vas me tuer ?

– Tu te poses encore la question ?

Calen vola jusqu'à sa tour-œil et laissa tomber Heiki violemment sur le sol.

Un peu plus tard, Calen fut convoquée par sa mère. Inquiète, elle gagna la tour d'Heebra, s'attendant à être sévèrement punie pour l'échec cuisant de sa protégée. Nylo se tortillait anxieusement contre sa gorge.

Heebra se tenait devant la fenêtre-œil et regardait dehors. Pendant plusieurs minutes, elle ne prêta pas attention à sa fille puis, finalement, elle prit la parole :

– Heiki, ta préférée, l'enfant que tu as personnellement formée, a été vaincue.

Calen baissa la tête en signe d'humiliation.

– Tu t'es également trompée au sujet des autres enfants de ce monde, poursuivit Heebra. On peut leur donner des ordres, mais la plupart d'entre eux sont arrogants et imprévisibles.

– Si j'avais plus de temps...

– Plus de temps ? tonna Heebra en se retournant vers sa fille. Il faudra une éternité avant que ces enfants forment une armée loyale, capable de s'en prendre aux Magiciens !

– Mais alors..., balbutia Calen qui tripotait machinalement son serpent, tu penses qu'on ferait mieux de... repartir ?

Les quatre mâchoires d'Heebra se tordirent en un affreux rictus, exprimant tour à tour la colère et l'amusement.

– Et abandonner ce monde merveilleux aux Magiciens ? Je ne le pense pas, non. J'ai un nouveau plan : nous allons attirer Larpskendya ici au plus vite.

– Je ne comprends pas...

– Larpskendya a toujours représenté la plus haute récompense. J'ai toujours su que, si nous arrivions à le tuer, nous aurions tôt fait d'écraser l'Ordre des Magiciens. Or pour la première fois, je bénéficie d'un avantage. Pendant que les deux filles se battaient, j'ai rétabli le lien qui relie Rachel à Larpskendya. Il ne peut pas communiquer avec elle, mais il voit tout ce qui effraie sa chère protégée ; il le voit à travers ses yeux, précisa Heebra dans un sourire. Heiki a rempli son rôle. Je me doutais que Rachel aurait le dessus. Il n'empêche que leur petite bagarre a dû épouvanter le gentil Larpskendya !

– Mais il est trop prudent pour s'aventurer ici.

– Non, non, il viendra. Il volera au secours de sa Rachel, tu peux en être sûre. Une de nos sorcières-éclaireuses m'a déjà fait savoir qu'il s'était mis en route pour protéger sa tueuse de sorcières adorée.

Les bouches de Calen s'affaissèrent et restèrent grandes ouvertes.

– Sommes-nous prêtes à le recevoir ? Il ne va sûrement pas venir tout seul.

– Mais si ! exulta Heebra. Les Griddas ont encore mieux travaillé que je ne l'espérais. Comme nous les avons envoyées un peu partout, les Magiciens ont été contraints de se disperser pour les affronter. A l'heure actuelle, Larpskendya est complètement isolé, sans personne pour l'aider.

Elle approcha Mak de ses narines et respira sa puissante odeur d'un air ravi.

– Mais la meilleure nouvelle, c'est que Larpskendya est blessé. Une Gridda l'a attaqué dans le monde de Leppos ! J'ai pris soin de donner l'ordre aux sorcières des environs de le harceler et de l'affaiblir tout au long de son voyage vers la Terre. Elles ne lui laisseront aucun répit. Quand il arrivera, Larpskendya sera exténué.

– Tu en es sûre ? fit Calen, l'air dubitatif. Ses pouvoirs sont immenses. Aussi forte sois-tu, serons-nous assez de quatre autres sorcières pour…

– Quatre ? s'esclaffa Heebra avec un rire moqueur. Parfait, c'est signe que tu n'as pas détecté l'arrivée des renforts. Et que Larpskendya n'y verra que du feu lui aussi.

– Les renforts ? fit Calen en regardant autour d'elle.

– Je les ai fait venir dès que j'ai imaginé le piège que j'allais lui tendre.

D'un geste, Heebra fit soudain apparaître des centaines de Grandes Sorcières qui envahirent le ciel de toute leur splendeur, leurs robes noires flottant au vent. L'expression stupéfaite de Calen sembla l'amuser.

– Combien sont-elles ?

– Sept cent cinquante-six, sélectionnées parmi les meilleures. Elles viennent tout juste d'arriver. Elles sont en pleine forme et meurent d'envie de se battre. Je te les confie, Calen. Celles qui le souhaiteront peuvent se construire une tour-œil, mais veille à ce que nos nouvelles sœurs restent soigneusement cachées. Rachel s'attend à ne trouver que cinq sorcières et doit continuer à le croire. Plus question de commettre la moindre erreur.

– Mais Larpskendya va se douter d'un piège, argua Calen. Il va se méfier, observer nos positions, et refusera de se montrer avant d'être prêt.

– Sans doute. Aussi devons-nous tout faire pour le décourager. Quand Rachel verra les plaisirs que je réserve aux autres enfants, Larpskendya parcourra les derniers kilomètres à toute vitesse. Ce qui finira de le vider de son énergie.

– De quels plaisirs s'agit-il ? demanda Calen, intriguée.

– Je veux que tu fasses construire une grande prison, que tu y enfermes les enfants, que tu leur fasses peur... et que Rachel les voie.

– Leur faire peur ? Mais comment ?

– Commence par exécuter Heiki. Je veux que tu fasses d'elle un exemple. Si sa mort ne pousse pas Larpskendya à intervenir, tue un autre enfant, peu importe lequel, ça m'est égal.

Calen hocha la tête.

– Et comment veux-tu que j'exécute Heiki ?

– Comme tu voudras. Non, attends, j'ai une idée. Choisis une méthode que tous les enfants reconnaîtront, d'où qu'ils viennent.

– Une de leurs méthodes d'exécution ?

– Ou quelque chose de plus simple, peut-être. Discute avec les plus jeunes. Découvre à quel genre de jeux ils aiment jouer, et inspire-t'en pour les effrayer. Ce que nous voulons à présent, c'est qu'ils soient tous paralysés par la peur. N'hésite surtout pas. Terrorise ces enfants, et arrange-toi pour que Rachel en soit témoin. Fais tout ce qu'il faut pour que Larpskendya se hâte d'arriver.

– Et ensuite ? Comment nous débarrasserons-nous de Rachel ?

– Une fois qu'elle m'aura permis de capturer Larpskendya, nous nous occuperons d'elle toutes les deux, chacune à notre manière.

Calen s'élança hors de la tour-œil pour transmettre ses ordres.

Heebra traversa la salle d'une longue glissade et alla s'asseoir. Du haut de sa tour-œil méticuleusement dissimulée, elle pouvait surveiller les environs à des dizaines de kilomètres à la ronde. Rachel, Éric et Morpeth approchaient, cachés dans un sort très rudimentaire. Heebra savait exactement où ils se trouvaient. Elle avait volontairement écarté les sorcières et les ours polaires du périmètre de sécurité afin de permettre aux enfants d'arriver sans encombre jusqu'à la base. Le piège allait bientôt se refermer.

Pour la première fois depuis son arrivée sur la Terre, Heebra s'autorisa à se détendre. Dehors, le paysage lui paraissait de plus en plus enchanteur. La neige qui tombait sur cette partie du monde n'était pas très abondante, mais elle ne fondait pas. Ses sorcières pourraient s'installer ici sans grande difficulté. La première étape consisterait à remplacer la lumière repoussante du soleil par la délicieuse obscurité d'Ool, ensuite, il ne resterait plus qu'à faire tomber la neige éternellement.

Ces choses pouvaient cependant attendre. Folle d'impatience, Heebra imagina Larpskendya, ivre de fatigue et de douleur, fendre l'espace en voyant ce qui se passait à travers le regard de Rachel et s'efforcer d'arriver à temps pour arrêter le massacre.

Mais il ne pourrait pas l'empêcher. Pas cette fois. Car elle-même et des centaines de ses Grandes Sorcières les plus intrépides étaient prêtes à l'accueillir.

16. L'emprisonnement

Dissimulés dans un sort qui les rendait invisibles, Rachel, Éric et Morpeth suivirent Heiki et assistèrent à ses retrouvailles avec Calen. Ils pénétrèrent ensuite dans l'enceinte des sorcières, sans se rendre compte que des centaines d'yeux tatoués observaient leurs moindres gestes.

– On se croirait sur Ithrea, murmura Éric.

– Tu peux parler normalement, lui dit sa sœur. Nos voix sont inaudibles.

– Je préfère quand même ne pas parler trop fort.

Les prapsies ne tenaient pas en place. Ils n'arrêtaient pas de sautiller en levant les yeux au ciel et de tirer leur petite langue rose pour attraper des flocons de neige d'un air méfiant.

– Pourquoi est-ce qu'ils s'agitent comme ça ? demanda Rachel à son frère.

– Ils sont un peu nerveux, c'est tout.

– On dirait que ça sent la sorcière ! s'exclama l'un des prapsies en reniflant.

– Vilaines donneuses de chair de poule ! fit l'autre avec une moue dégoûtée.
– Taisez-vous un peu, les zoziaux. Je suis là, vous ne craignez rien, assura Éric en lissant leurs plumes.
– Non, écoutons plutôt ce qu'ils racontent, dit Morpeth. N'oubliez pas qu'ils ont vécu des siècles sur Ithrea et qu'ils servaient d'animaux de compagnie à Dragwena. Combien y a-t-il de sorcières, vous pouvez nous le dire ? demanda-t-il en les caressant sous le cou.
– On les a vues, ces sales bonnes femmes !
– Mais combien sont-elles ? s'impatienta Morpeth.
– Beaucoup, beaucoup !
– Trop pour pouvoir les compter ?
Les deux bébés-oiseaux jetèrent un bref coup d'œil vers le ciel.
– Tiens, là, regarde ! firent-ils en chœur en se couvrant le visage.
Devant eux venaient d'apparaître les tours des sorcières. Cinq tours de plus de quatre cents mètres de haut, disposées en un cercle parfait. La lumière vert émeraude qui s'échappait au sommet des fenêtres-œil était si puissante qu'elle transperçait le mince rideau de neige.
– Il n'y a aucun endroit pour se cacher, remarqua Morpeth. Mieux vaut ne pas trop s'approcher.
– Si on veut savoir ce qui se passe, il va pourtant falloir, rétorqua Rachel.
Prudemment, elle les entraîna vers la tour la plus proche. Ses sorts essayèrent de la convaincre du contraire et, soucieux de la garder en vie, l'engagèrent à se transporter plus loin dans l'espace. Puis ils la supplièrent de se déguiser, d'abandonner Éric et Morpeth, et de déguerpir en vitesse. Mais Rachel continua à

voler sans tenir compte de leurs conseils de plus en plus pressants.

Arrivés au-dessus du champ de neige qui s'étendait entre les tours, ils se posèrent.

– Sales bonnes femmes ! s'écrièrent les deux prapsies.

Au même moment, les sorcières sortirent de leur cachette. Moulées dans leur robe noire, trois d'entre elles surgirent entre les fenêtres-œil, virevoltant avec une telle rapidité qu'elles donnaient l'impression d'être partout en même temps. L'une d'elles, Calen, passa juste au-dessus de Rachel sans lui accorder un regard.

– Elles ne peuvent pas nous voir, dit Rachel pour se rassurer.

– A moins qu'elles fassent semblant, suggéra Morpeth.

Éric aperçut soudain un nouveau bâtiment.

– Qu'est-ce que c'est ? Ce n'était pas là tout à l'heure.

Un édifice en glace commençait à émerger au centre des tours ; il comportait déjà trois étages et continuait de monter. Deux sorcières survolèrent l'édifice pour transmettre des ordres. Les étages s'accumulaient progressivement, mais Morpeth ne comprenait pas comment. Il lui fallut plusieurs minutes avant de réaliser à quoi correspondaient les formes floues qui entassaient les blocs de glace.

– Ce sont les enfants qui le construisent !

Ils étaient des dizaines à s'activer dans tous les sens et se déplaçaient à toute vitesse pour construire des murs et des plafonds, sous le regard vigilant des sorcières qui ne leur accordaient pas une seconde de répit. Médusés, Morpeth, Éric et Rachel les regardèrent construire le bâtiment qui fut achevé en moins d'une heure.

– A quoi ça va servir ? demanda Éric.

– Sûrement à quelque chose de précis, répondit Morpeth. Mais cet endroit n'est pas fait pour s'amuser. On dirait... une prison. Vous avez vu ? Chaque pièce est juste assez grande pour qu'un enfant s'y tienne debout et n'a qu'une fenêtre. Regardez, elles sont toutes orientées dans la même direction : vers nous.

Rachel réprima un frisson. Était-ce une pure coïncidence ? Oui, certainement...

– Ils ont terminé, dit Éric. Alors, qu'est-ce qu'on fait ?

– On attend, répondit Rachel.

Les sorcières firent entrer chacun des enfants dans une cellule et ils se postèrent devant les fenêtres en regardant devant eux d'un air mélancolique.

Au début, Rachel crut que c'était elle qu'ils regardaient, puis elle réalisa qu'ils observaient quelque chose en bas de l'édifice. Au pied de la prison de glace, deux sorcières attendaient de part et d'autre d'une petite entrée. L'une d'elles était Calen. Elle ouvrit la porte, et une silhouette se traîna dehors, celle d'une petite fille, visiblement mal en point et grièvement blessée : Heiki.

A pas chancelants, elle avança en tirant des morceaux de bois et un rouleau de corde sur la neige.

– Qu'est-ce que c'est ? fit Éric, cherchant à comprendre de quoi il s'agissait.

– Je n'en sais rien, répondit Rachel en plissant les yeux elle aussi. Ces bouts de bois ont l'air très lourds. Elle a beau s'aider de sa magie, elle a du mal à les porter.

Morpeth scruta les petits visages crispés des enfants emprisonnés.

– On leur a expliqué ce qui allait se passer, dit -il, comprenant tout à coup. Chaque enfant jouit d'un angle de vue imprenable.

– Pour voir quoi ? demanda Éric, interloqué.

– Pour être témoin du sort réservé à Heiki.

A deux reprises, Heiki laissa tomber son fardeau et s'arrêta pour se reposer. Chaque fois, Calen vola vers elle et la frappa sur les chevilles en la forçant à avancer, après quoi, elle se posta un peu plus haut dans le ciel pour que tous les enfants aient une vue parfaite et chuchota ses instructions à l'oreille de Heiki.

Cette dernière acquiesça, puis entreprit d'assembler un à un les bouts de bois.

– Oh non, pas ça ! murmura Éric en devinant tout à coup ce qu'elle construisait.

Une potence...

Rachel frémit avec une telle violence qu'elle faillit tomber. Elle s'était attendue à beaucoup de choses, mais pas à ça. Un sentiment de pitié et de profonde angoisse l'envahit. Immédiatement, ses sortilèges de déplacement dans l'espace s'agitèrent, n'attendant plus qu'un signal de sa part pour l'emmener loin d'ici.

Heiki venait de terminer d'assembler le trépied et le châssis. Après une brève pause, elle ramassa la corde enroulée dans la neige qu'elle accrocha à la potence. Calen l'obligea à tirer plusieurs fois sur la corde pour en vérifier la résistance. Puis la sorcière saisit le bout de la corde, en fit un nœud coulant et se le passa autour du cou afin de s'assurer qu'il n'était pas trop lâche. Rachel tenta vaguement de trouver une défense ; mais contre cinq sorcières, ses sortilèges ne pouvaient strictement rien faire.

« Va-t'en ! Va-t'en ! » lui crièrent-ils.

A présent, la potence était prête. Heiki s'appuya lourdement contre le poteau et, à l'instant où elle leva les yeux vers le nœud coulant, le peu de détermination qui lui restait l'abandonna. Elle se couvrit le visage à deux mains et fondit en larmes, alors que jusque-là elle avait continué à tout faire pour impressionner Calen. Sachant toutefois que les sorcières ignoraient la pitié, elle redressa la tête, avec l'infime espoir que cette attitude de défi qu'avait tant appréciée Calen pourrait encore changer le cours des choses, mais la sorcière ne lui prodigua pas le moindre encouragement. Désormais certaine de ce qui l'attendait, Heiki se laissa tomber à genoux et baisa l'ourlet de la robe noire de Calen en implorant sa grâce.

– Je t'en prie, je t'en supplie, ne me...

– Jamais de seconde chance, lui rappela sèchement Calen.

D'une main, elle empoigna Heiki par les cheveux pour la montrer aux enfants enfermés dans la prison de glace. Heiki se contorsionna en tentant de lui échapper, mais Calen ne fit que resserrer davantage son étreinte.

Morpeth observait les autres enfants qui, immobiles derrière les fenêtres, fixaient tous Heiki d'un regard affolé, même les plus jeunes. Ils avaient manifestement reçu la consigne de ne pas détourner les yeux. Paul et Marshall étaient dans des cellules voisines, pétrifiés de peur.

– Il faut arrêter tout ça, marmonna Morpeth. Trouve une solution... il faut absolument que...

Rachel hocha vigoureusement la tête, bien qu'elle n'eût pas la plus petite idée de ce qu'elle allait pouvoir faire.

Calen fit passer le nœud coulant autour du cou frêle de Heiki.

– Écoute-moi, murmura Éric en se penchant vers sa sœur, Calen utilise deux sorts pour contrôler la corde. Je les ai repérés. Je crois pouvoir les détruire tous les deux. Si toi, tu…

Morpeth lui donna une petite tape sur l'épaule.

– Si tu attaques Calen en même temps, poursuivit Éric, je…

De nouveau, Morpeth lui tapota l'épaule.

– Qu'est-ce que… ?

D'un seul coup, Éric sentit ses poils se dresser sur sa nuque.

Au-dessus d'eux, des petites lueurs clignotaient dans le ciel : les Magiciens venaient d'arriver !

17. Le piège

Vingt Magiciens arrivèrent les uns derrière les autres, formant un cortège majestueux et imposant.

Un par un, ils descendirent des nuages, vêtus de somptueuses robes de couleur pourpre, turquoise et vieil or. Au fur et à mesure qu'ils approchaient, ils déclinèrent leurs noms d'une voix légère :

– Areglion ! Tournallat ! Hensult ! Serpantha !...

Si ces noms ne disaient rien aux enfants, les sorcières, elles, reculèrent de stupeur. Calen, affolée, s'écarta de la potence.

– Mère ! cria-t-elle en levant la tête. Tu avais promis que Larpskendya viendrait seul !

Hensult et Serpantha, qui avaient une apparence d'homme mais étaient aussi grands que les sorcières, prirent position au milieu du ciel. Impassibles, ils attendirent que l'air se mît à vibrer de plus en plus fort, au point d'infliger une torture insupportable aux oreilles des sorcières.

Un dernier magicien, vêtu d'une robe couleur crème

et dont les yeux multicolores rayonnaient d'une étrange beauté, venait d'arriver.

– Larpskendya ! s'écria Rachel, le cœur bondissant de joie.

Le Grand Magicien la fixa d'un air grave plusieurs secondes en signe de reconnaissance, puis il rejoignit les autres Magiciens et, tous ensemble, ils s'éparpillèrent dans la neige en entourant Heiki.

Larpskendya s'avança jusqu'à la potence, ramassa l'enfant qui tremblait de tout son corps et sécha ses larmes.

Heiki, qui s'attendait à être punie, sentit ses pensées se brouiller de manière bizarre quand Larpskendya la souleva dans ses bras puissants puis la garda contre lui, sans dire un mot, jusqu'à ce qu'elle ait cessé de trembler.

Il effleura alors son bras cassé qui se remit en place aussitôt. Médusée, Heiki leva les yeux, sans parvenir toutefois à croiser le regard du Magicien. C'était tout juste si elle arrivait à parler.

– Pourquoi... pourquoi venez-vous m'aider ?

Larpskendya parut surpris.

– Et pourquoi ne le ferais-je pas ?

– Après tout ce que j'ai fait...

– N'as-tu pas suffisamment été punie comme ça ? Veux-tu l'être plus encore ?

– Non, répondit Heiki dans un murmure, mais j'ai fait des choses si épouvantables...

– Et tu aurais pu faire pire encore, dit le Magicien d'une voix ferme. A cause de toi, une épreuve encore plus dure nous attend. Acceptes-tu de m'aider, Heiki ?

Avant qu'elle ait pu répondre, la voix de Calen retentit. Elle semblait s'être remise de l'arrivée des

Magiciens, mais Nylo était toujours aussi piteusement recroquevillé sur sa poitrine.

– Vingt Magiciens ? railla-t-elle. Ce n'est pas assez ! Combien de sorcières es-tu capable d'affronter en combat singulier, Larpskendya ? Cinq ? Cinquante ?

Elle leva sa griffe et une centaine de nouvelles tours-œil se mirent à scintiller dans le ciel, d'où surgirent d'innombrables sorcières qui sortirent un poignard incurvé de leur robe noire.

Si les Magiciens de Larpskendya étaient affolés, ils n'en laissaient rien paraître.

– Ça ne t'impressionne pas ? reprit Calen. Alors, en voilà quelques autres !

Cette fois, six cent cinquante-six nouvelles tours apparurent.

Les sorcières en jaillirent en si grand nombre qu'une ombre gigantesque recouvrit tout à coup le champ de neige. Morpeth se dévissa le cou pour apercevoir ce qu'il y avait derrière, mais il n'y avait rien d'autre à voir que les sorcières qui étaient partout, autour de lui et au-dessus de lui, entourées d'un halo de lumière verte aveuglante.

Éric, désespéré, contemplait le ciel.

– A mon avis, Larpskendya ne pourra jamais venir à bout d'autant de sorcières, dit-il en mettant les prapsies à l'abri sous son manteau. Nous allons devoir nous battre avec lui.

– Attends qu'il nous en donne le signal, conseilla Rachel en lui prenant la main. Larpskendya nous montrera quoi faire.

Les sorcières prirent la position de combat qui leur avait été assignée dans le ciel et se déployèrent autour des Magiciens par petits groupes composés de sorcières unies par les liens du sang, une combinaison qui s'avérait des plus redoutables lors d'un affrontement. Dès qu'elles furent en place, leurs serpents vinrent leur lécher le visage, selon le signe traditionnel annonçant l'imminence du combat, mais elles ne passèrent pas tout de suite à l'attaque.

Larpskendya paraissait toujours aussi calme.

– Accomplis ta triste besogne, Sorcière ! dit-il à Calen. Toi et ton espèce ne saurez jamais rien faire d'autre. Nous sommes prêts.

Il donna la main aux autres Magiciens pour former un cercle, au centre duquel se retrouva Heiki.

– Peut-être que Rachel et ses amis veulent se joindre à vous, railla Calen avec malice.

A ces mots, elle annula le sortilège d'enveloppement, exposant Rachel, Éric et Morpeth à tous les regards. Les enfants enfermés dans la prison de glace les dévisagèrent, stupéfaits. Les sorcières, elles, semblaient beaucoup s'amuser.

– Reste où tu es, dit Larpskendya à Rachel.

Il consulta ses amis Magiciens avant de dire quelques mots à Heiki. Un court instant, elle discuta avec lui, puis, après avoir jeté un regard désemparé à Rachel, elle commença à marcher vers elle.

– Mince, alors ! C'est incroyable ! grommela Éric. Larpskendya l'envoie vers nous !

– Laisse-la faire, répliqua sa sœur en croisant le regard serein de Larpskendya. S'il doit combattre autant de sorcières, il est évident qu'il ne pourra pas la protéger.

– Et c'est nous qui allons devoir le faire ? s'insurgea Éric. Après tout ce qu'elle a fait !

Heiki, la tête basse, avança dans la neige d'un pas

traînant. Incapable de se résoudre à se placer au côté de Rachel, elle s'arrêta près de Morpeth d'un air gêné. Rachel lui fit comprendre d'un bref hochement de tête qu'elle tolérait sa présence, mais rien de plus. Toutes sortes de sentiments contradictoires l'assaillaient. C'était ce que voulait Larpskendya, mais pouvait-elle faire confiance à Heiki ?

Les Magiciens se rapprochèrent les uns des autres en se postant dos à dos.

– Tu es certaine de vouloir ce combat ? lança Larpskendya d'une voix forte à Calen. Tes Grandes Sorcières sont pratiquement toutes là. Même si vous triomphez, combien d'entre vous seront encore en état de défendre la planète d'Ool contre les Griddas ? Je n'arrive pas à croire qu'Heebra ait fait la bêtise de les lâcher dans la nature.

– Tu n'as qu'à lui dire ça toi-même ! s'esclaffa Calen. Nous t'avons réservé une dernière surprise !

Toutes les sorcières se joignirent à elle dans un grand éclat de rire, puis s'écartèrent de façon à ouvrir un passage dans le ciel.

Les prapsies commencèrent alors à pleurnicher dans les poches d'Éric, faisant un bruit qu'ils n'avaient encore jamais fait auparavant.

– Qu'est-ce que c'est ? demanda Rachel qui cherchait un moyen d'aider les Magiciens.

– Tu... tu ne sens pas ? fit Éric en retenant son souffle.

Les gémissements des prapsies, de plus en plus aigus, se transformèrent en cris stridents.

Tout à coup, Rachel en comprit clairement la raison : une gigantesque éruption de magie.

– Ça vient droit sur nous, fit Éric en serrant les dents.

D'un seul mouvement, tout le monde – les sorcières, les Magiciens et les enfants – leva les yeux.

Tout là-haut dans le ciel, une nouvelle tour venait d'apparaître, si immense que les enfants durent se tordre le cou pour l'apercevoir en entier. La fenêtre-œil attira le regard de Rachel comme un aimant. Une ombre énorme se profilait derrière la vitre et, un instant, l'ombre se tourna vers elle. Puis elle s'avança et s'arrêta en la fixant droit dans les yeux, avec un regard si insistant qu'elle n'arrivait plus à respirer. Rachel, qui avait déjà fait face aux sortilèges mortels de Dragwena, sentait que cette ombre pourrait la tuer sans difficulté. Et c'était exactement ce qu'elle voulait faire : l'éliminer !

Rachel réussit à détourner la tête et, en voyant Larpskendya pris d'un léger frisson, elle comprit alors que le Grand Magicien n'avait pas prévu cette apparition.

Heebra, la chef des sœurs d'Ool, surgit de la tour et, d'un bond, parcourut la distance qui la séparait des Magiciens. Elle resta un instant devant Larpskendya, ravie de son désarroi et, après lui avoir fait la révérence, s'adressa à lui avec courtoisie :

– Je te souhaite la bienvenue, Larpskendya. Nous voici enfin face à face ! dit-elle en posant le regard sur sa robe chatoyante, puis sur les autres Magiciens. Mais peut-être pourrait-on se dispenser de ces illusions ?

Elle lui toucha l'épaule, et tous les Magiciens disparurent comme par enchantement. Larpskendya resta seul, assis dans la neige, vêtu de sa robe toute déchirée. Heebra renifla un grand coup.

– Cette misérable guenille est-elle vraiment celle du célèbre Larpskendya ? Je m'attendais à mieux.

Espérais-tu éblouir mes sorcières et les obliger à se soumettre grâce à ta ruse ? Ou cherchais-tu seulement à différer l'attaque ?

Larpskendya garda le silence. Ses épaules s'affaissèrent, et pour la première fois Rachel se rendit compte qu'il était sérieusement blessé. Trois larges entailles barraient sa gorge, provenant de griffes de sorcières plus grosses que Rachel n'en avait jamais vues. Les plaies, visiblement récentes, étaient encore sanguinolentes.

– Je vois que mes Griddas se sont bien occupées de toi ! se réjouit Heebra. Mais je savais bien que tu survivrais. Tu as toujours été un digne adversaire.

– Je ne suis pas ton ennemi, répliqua le Magicien.

– Tu as quand même tué des sorcières, tu ne vas pas le nier ?

– Uniquement quand elles ne me laissaient pas d'autre choix. Je n'y prends aucun plaisir.

– Dommage pour toi ! Personnellement, ta mort me procurera un immense plaisir, dit-elle en fixant les blessures sur son cou. Tu as pris la vie de ma fille. Combien de temps vais-je te faire souffrir pour la venger ?

Larpskendya ne répondit pas, sachant que les mots seraient impuissants à changer quoi que ce soit.

– Il n'est plus temps de t'abriter derrière ton silence. J'ai très envie d'être un peu violente, et je veux que tu en sois le témoin.

– Ce que tu veux, c'est ma mort, rétorqua Larpskendya d'une voix neutre. Laisse les enfants tranquilles.

– Il faudra plus que ta mort pour me satisfaire. Je compte tuer tous les enfants ici présents. Leur vie ne signifie rien à mes yeux.

– Épargne-les, dit alors le Magicien. Si tu le fais, je me soumettrai.

– Tu te rendras ? Sans même combattre ? demanda la sorcière d'un air surpris.

– A condition que tu promettes de ne pas faire de mal aux enfants.

– Ne la crois surtout pas, Larpskendya ! cria Éric. Elle nous tuera de toute façon !

– Fais-lui confiance, chuchota sa sœur, sans quitter des yeux le Magicien.

Heebra hésita. Larpskendya cherchait à protéger les enfants, comme prévu, mais elle n'aurait pas cru qu'il se rendrait aussi facilement. Elle l'observa un long moment. Malgré son état de faiblesse, le Magicien arriverait probablement à anéantir plusieurs centaines de ses meilleures sorcières avant qu'elles n'aient raison de lui. Les sorcières étaient impatientes de se battre, mais Heebra jugeait préférable d'éviter l'affrontement. « Mets sa détermination à l'épreuve, se dit-elle. S'il s'agit d'une nouvelle ruse, comme celle des faux Magiciens, tu le verras bien. »

– D'accord, j'accepte ta proposition. Mais venger l'honneur de Dragwena exige que soit versé le sang. Je vais donc épargner tous les enfants, sauf deux. Donne-moi Éric et Rachel. C'est ma condition.

Il y eut un long silence. L'expression de Larpskendya ne trahissait pas ses pensées.

– D'accord, murmura-t-il finalement. Fais ce que tu veux d'Éric et de Rachel.

Les enfants n'en crurent pas leurs oreilles. Ils dévisagèrent le Grand Magicien d'un air scandalisé et se mirent à pleurer. Éric, lui, commença à insulter le Magicien en hurlant à tue-tête, aussitôt imité par les prapsies. Morpeth était tellement abasourdi qu'il n'arrivait pas à croire ce qu'il venait d'entendre. Heiki elle-même secoua la tête, ne sachant plus que penser. En tout cas, si Heebra tenait sa promesse, elle survivrait à tout cela...

Seule Rachel continuait à fixer Larpskendya avec une foi inébranlable et, quand il lui rendit son regard, ce fut avec une détermination qui réclamait d'elle tout son courage.

– Promets-tu d'obéir à mes sorcières sans résister ? demanda Heebra, en relevant le menton du Magicien du bout de son ongle vert.

– Sans résister.

Heebra fit signe aux sorcières qui gardaient la prison de glace de libérer les enfants, puis Larpskendya se laissa conduire à l'intérieur. Redoutant un piège, la sorcière continua à surveiller le ciel d'un œil inquiet. Quelque chose lui avait-il échappé ?

– Emmenez-le tout en haut, ordonna-t-elle. Dépêchez-vous. Et attachez-le solidement.

Environ un tiers des sorcières escortèrent Larpskendya à l'intérieur de la prison. D'abord elles n'osèrent qu'à peine le toucher, mais comme il ne manifestait toujours aucune résistance, elles firent preuve de davantage d'audace. Après lui avoir attaché les poignets et les chevilles, elles le bâillonnèrent à l'aide d'un bandeau-sort pour l'empêcher d'envoyer des sortilèges. Ceci fait, elles le traînèrent dans l'escalier avec des grognements de joie puis le hissèrent marche après marche jusqu'au sommet. Grimpant de plus en plus vite, elles resserrèrent les liens qui lui emprisonnaient les chevilles et les poignets jusqu'à les faire saigner.

Rachel se sentit incapable de regarder.

– Oh, Larpskendya ! se lamenta Éric, dont la colère avait laissé place à un sentiment de vide et de total abandon. Qu'as-tu fait là ?

Calen vola jusqu'à la fenêtre derrière laquelle se trouvait le Grand Magicien et appuya son poignard acéré contre sa gorge.

– Je vais m'occuper de lui ! cria-t-elle, la voix tremblante d'excitation.

– Non ! tonna Heebra. Laisse-le d'abord voir mourir ses petits protégés. Commence par la fille.

Morpeth, qui cherchait désespérément un moyen de défendre Éric et Rachel, se tourna vers les enfants rassemblés par petits groupes. Les vêtements tout dépenaillés, le regard désespéré, ils étaient blottis les uns contre les autres dans la neige. Morpeth fixa Paul et Marshall qui croisèrent son regard. Ils avaient honte, réalisa Morpeth, mais ils étaient trop effrayés pour prendre le risque d'encourir le châtiment des sorcières.

– Nous avons une tueuse de sorcières parmi nous, clama Heebra. Qui veut affronter Rachel ?

Des centaines de sorcières se manifestèrent à grands cris. Heebra en choisit dix au hasard qui formèrent un demi-cercle et attendirent le signal.

Aussitôt, Morpeth vint se placer devant Rachel et Éric se mit derrière elle afin de protéger ses arrières tout en essayant d'éloigner les prapsies, mais ils restèrent cramponnés à ses poches en tirant la langue à Heebra.

– Approchez, bande d'affreuses sorcières ! brailla Éric. Venez autant que vous voulez !

– Attends ! fit alors une voix.

C'était celle de Heiki. Le teint blanc comme neige,

elle se faufila en tremblant de peur entre les corps énormes des sorcières. Lorsqu'elle eut rejoint Rachel, elle se tourna vers Heebra, l'air affolé, mais en la regardant bien en face, puis elle chercha la main de Rachel, qui l'attrapa par le poignet.

Morpeth leur fit joindre les mains de façon à former un fragile bouclier.

Heebra, la griffe en l'air, s'apprêtait à donner le signal de l'attaque lorsqu'un petit bruit transporté par le vent vint la distraire. Un bruit si incongru dans cette atmosphère lourde et menaçante que tout le monde le remarqua.

C'était un gloussement de rire.

Yemi venait d'arriver. Flottant entre les tours des sorcières, il se laissait ballotter d'avant en arrière comme si c'était la chose la plus agréable du monde. Lorsqu'il se rapprocha des enfants que gardaient les sorcières, il leur montra la nouvelle danse qu'il avait apprise : dressé de toute sa hauteur, il se trémoussa sur la pointe des pieds en agitant les bras. Et ses papillons se trémoussèrent avec lui.

– Que fait-il ici ? demanda Heebra d'un ton furieux à sa fille.

– Je… je ne comprends pas, s'excusa Calen. Je ne lui ai pas demandé de venir… Il devrait être chez lui, dans sa famille. J'ai pourtant laissé d'innombrables sortilèges pour le retenir là-bas…

– Fais-le partir ! ordonna Heebra en jetant un regard soupçonneux à Larpskendya.

Calen s'envola de la prison pour intercepter Yemi, mais elle ne réussit pas à l'attraper. Chaque fois qu'elle tendait ses griffes, il s'échappait en riant de plus belle.

– On ne joue plus, lui dit-elle. Viens ici.

Mais Yemi continua à la fuir et à échapper à son emprise.

Heebra hocha la tête d'un air approbateur.

– Il vole maintenant avec une précision et une habileté dont tu n'es même pas capable, Calen.

Rachel s'accrocha à Morpeth. Éprouvant un mal fou à contrôler ses émotions, elle s'évertuait à ignorer Yemi depuis son arrivée. La magie bienveillante du bébé l'enveloppait d'un courant chaud, mais elle se forçait à lui renvoyer des ondes d'une froideur sans équivoque pour le repousser. Pourtant, elle aurait voulu le serrer dans ses bras, mais il fallait à tout prix qu'il soit loin d'ici au moment où les sorcières donneraient l'assaut...

– Laisse-le, dit Heebra à sa fille, voyant qu'elle n'arriverait jamais à rattraper le bébé. Inutile de le contrarier.

Puis elle toisa Rachel de toute sa hauteur.

– Es-tu prête à te défendre ?

Au lieu de répondre, Rachel se tourna vers Larpskendya, et le Grand Magicien lui rendit son regard, brûlant d'envie qu'elle lise dans ses yeux.

– Inutile d'espérer de l'aide de ce côté-là, railla Heebra. Avec ce bandeau-sort sur la bouche, il est aussi impuissant que le reste de vos adultes !

Rachel scruta les yeux multicolores de Larpskendya dans lesquels elle vit se former l'image de Yemi, puis elle eut la vision de ce que le Magicien attendait d'elle. Non, ce n'était pas possible... elle avait dû mal interpréter...

– Non ! cria-t-elle. Je refuse de faire ça !

Les yeux du Grand Magicien s'emplirent de larmes.

Mais son regard, dur et insistant, semblait supplier Rachel de lui faire confiance.

Sur un signe d'Heebra, les sorcières chargées de massacrer Rachel ouvrirent toutes grandes leurs mâchoires, laissant jaillir des sortilèges mortels de leurs innombrables bouches.

Éric eut le temps de détruire les deux premiers, mais l'onde de choc du troisième le projcta en l'air en même temps que Heiki, et ils retombèrent dans la neige à une dizaine de mètres, inconscients. Un instant plus tard, les prapsies sortirent des poches d'Éric en roulant comme des pierres.

Morpeth plaqua Rachel au sol et s'allongea sur elle pour encaisser un maximum de coups, mais les sortilèges mortels se faufilèrent en le repoussant sauvagement pour atteindre Rachel qui, dès qu'elle fut frappée, fondit en larmes. Mais ce n'était pas à cause de la douleur. Elle ne sentait rien, elle avait détourné le sortilège de sa cible à la seconde où il l'avait touchée.

Alors, sans quitter des yeux le Magicien, elle renvoya les attaques lancées par les sorcières, y compris les plus mortelles, en direction de Yemi.

18. L'enfant papillon

Au moment où les premiers sorts mortels effleurèrent le bébé, ses papillons subirent une transformation. Leurs ailes jaunes dentelées qui battaient une seconde plus tôt à un rythme nonchalant se déployèrent autour du bébé en formant un bouclier aussi dur que l'acier : Yemi ne sentait strictement rien.

Immédiatement, la majorité des sorcières cessèrent leurs attaques, sauf deux qui avaient attendu longtemps pour se battre, et que ce fût contre Rachel ou Yemi leur était parfaitement égal. Soudain, l'une d'elles fut projetée en arrière, poussa un hurlement et enfouit ses yeux fumants dans la neige ; la seconde tomba à genoux, le poumon perforé.

– Arrêtez, imbéciles ! ordonna Heebra. Vous ne voyez donc pas ce qu'il fait ?

Calen écarquilla les yeux, médusée.

– Il leur renvoie leurs propres sorts !

Les attaques ayant cessé, tout le monde regarda vers l'endroit où se trouvait Yemi.

Pendant quelques instants, il resta invisible à cause de la vapeur qui s'élevait de la neige, entrée en ébullition sous la chaleur des sortilèges mortels, mais quand la brume se dissipa, chacun put voir que le bébé était indemne. Les attaques n'avaient même pas réussi à entamer sa bonne humeur. Toujours aussi curieux, il s'amusait à attraper les volutes d'air chaud qui s'échappaient vers le ciel, et son bouclier jaune avait disparu pour de nouveau laisser place à une nuée de ravissants papillons, dont certains avaient le bout des ailes légèrement roussi, mais aucun n'était blessé de façon sérieuse.

Les sorcières, décontenancées de voir leurs deux sœurs blessées, s'attendaient à ce qu'Heebra ordonne un nouvel assaut.

– Attendez ! leur dit-elle. Ne touchez pas au bébé !

Elle réalisa avec soulagement qu'aucune de ses sorcières n'avait péri.

– Aucune de nos sœurs n'a été tuée, cria Heebra. Maîtrisez-vous. Je détruirai la première qui tentera d'envoyer un sort à Yemi ou à Rachel !

Ses sorcières obéirent malgré elles et marmonnèrent d'un ton menaçant.

– Quel genre d'organisme possède-t-il ? demanda Calen en rejoignant sa mère, préférant se tenir à distance de Yemi. Serait-ce une création de Larpskendya ? En tout cas, il n'a rien d'un humain.

– Mais si, c'est un humain. C'est même un exemple d'évolution exceptionnelle de la magie. Il doit représenter un cas unique, et très isolé, au sein de son espèce.

Heebra regarda alors Larpskendya d'un œil inquiet. Bien que ligoté et bâillonné, il avait trouvé le moyen de faire intervenir le petit garçon. Avait-il un autre plan en tête ? Elle le vit soudain échanger un regard avec Rachel.

– Couvrez les yeux du Magicien ! hurla-t-elle aux sorcières qui se trouvaient près de lui. Bandez-lui les yeux et allongez-le par terre !

La tête de Larpskendya disparut sous la fenêtre. Rachel frissonna, affolée à l'idée de ce qu'elle allait devoir faire ensuite, car le Magicien n'avait pas eu le temps de le lui montrer. En entendant sa propre respiration, elle se rendit compte que tout était devenu extrêmement calme. La petite voix de Yemi qui parlait en babillant à Calen résonnait tel un son féerique dans cet endroit triste et désolé. Le seul autre bruit perceptible était le froissement des robes des centaines de sorcières qui tournaient en rond en la surveillant.

Éric et Heiki, toujours inconscients, gisaient un peu plus loin dans la neige. Les prapsies, à moitié assommés, sautillaient autour d'Éric en pépiant sous son nez pour tâcher de le réconforter. Morpeth étant plus près d'elle, instinctivement, ce fut vers lui que Rachel se dirigea.

Heebra la vit faire, mais, pour l'instant, elle s'intéressait surtout à Yemi. Les tentatives de Calen pour faire venir le bébé dans ses bras avaient toutes échoué, et quand elle avait réussi à attraper un papillon sur son nez, Yemi l'avait récupéré aussitôt d'un air bougon.

– J'ai l'impression qu'il ne m'aime plus, se plaignit Calen.

– Il ne t'a jamais aimée, rétorqua sa mère. Ce qui l'intéressait, c'était ta magie. Mais on dirait que ça ne l'impressionne plus.

– Tu ne trouves pas ces insectes étranges ? demanda Calen en observant les Merveilles de Camberwell d'un œil méfiant.

– Ce sont de simples papillons, rien de plus. Mais la magie de Yemi les transforme en tout ce dont il a envie ou besoin.

– Ce n'est pourtant qu'un bébé. Comment arrive-t-il à faire ça ?

– Ses pouvoirs magiques sont beaucoup plus évolués que sa compréhension d'humain, répondit Heebra. Son esprit de bébé ne ressent aucune menace, mais sa magie, elle, sait les reconnaître. Je veux que tu l'emmènes loin d'ici. Le lien qui l'unit à Rachel pourrait se révéler dangereux. Et puis, certaines de nos sœurs vont vouloir se venger. Mieux vaut éviter toute tentation.

Calen acquiesça et tendit les bras pour attraper Yemi. Habilement, il s'écarta de quelques mètres.

– Cesse d'essayer de l'attraper ! grommela Heebra. Tu sais bien qu'il préfère les gestes des humains. Tu n'as qu'à lui donner de l'affection et te comporter comme une mère... Je ne sais pas, moi, fais-lui des caresses, embrasse-le sur la joue...

– Un baiser ?

– Oui, approche-toi de lui le plus près possible.

Le spectacle était lamentable. Les bouches de Calen n'étaient pas faites pour de tels gestes de tendresse. Lorsqu'elle approcha ses lèvres de la joue de Yemi, ses mâchoires s'avancèrent brusquement, excitées par l'odeur de la peau douce du bébé mêlée à leur propre salive.

– Allons, dépêche-toi un peu ! s'impatienta Heebra. Je veux en finir avec Rachel.

Yemi repoussa la sorcière avec une moue dégoûtée, puis il s'éloigna de Calen et se laissa dériver timidement vers Rachel à qui il fit un grand sourire qu'elle ignora. Pourquoi ? Troublé, il continua à lui envoyer des requêtes magiques dans l'espoir de la persuader d'être son amie.

Rachel ne parvenait à lui résister que parce qu'elle s'obstinait à ne pas le regarder. Elle ne voulait qu'une chose : qu'il parte loin d'ici, très loin de cet horrible endroit.

Arrivée devant Morpeth, elle examina ses blessures. Délicatement, avec d'infinies précautions, elle lui palpa le dos, et ses sorts l'informèrent que sa colonne vertébrale était brisée en plusieurs endroits. « Je pourrais réparer ses fractures, songea-t-elle avec amertume, mais jamais les sorcières ne me laisseront le temps de le faire. » A cette idée, elle ne put retenir ses larmes, qui roulèrent sur le visage de Morpeth. Immédiatement, ses yeux clairs s'entrouvrirent.

– Nous n'avons pas dit notre dernier mot, marmonna-t-il de sa voix rauque. Je ne suis pas encore mort, et toi non plus. Aide-moi à me lever.

– Je ne peux pas. Tu as la colonne vertébrale cassée.

Sans bouger, pour ne pas attirer l'attention des sorcières, elle utilisa ses pouvoirs magiques afin d'alléger ses souffrances.

– Non, ne fais pas ça, dit Morpeth, il faut que je reste conscient. La douleur m'aide à tenir le coup. Raconte-moi ce qui s'est passé.

Elle lui expliqua comment les papillons de Yemi avaient réagi aux sortilèges mortels.

– Bien sûr, dit-il en se tordant dans un spasme de douleur et en luttant de toutes ses forces pour ne pas perdre connaissance. Encourage les sorcières à attaquer Yemi, reprit-il. Force-les à continuer. C'est notre seule chance.

– Je ne peux pas. Tu ne comprends donc pas ? Heebra a rappelé ses sorcières. Elles ne le toucheront plus.

Morpeth leva les yeux vers le ciel. Les sorcières qui tournoyaient au-dessus de sa tête tels des oiseaux de proie gigantesques lui rendirent son regard. La plupart se contentèrent de continuer à le surveiller, mais plusieurs descendirent en piqué pour l'agonir d'insultes et lui griffer la figure.

– Il leur tarde de reprendre le combat, dit Morpeth d'une voix cette fois à peine audible. Tant mieux ! C'est justement ce que nous voulons. Viens plus près...

Rachel approcha son oreille de ses lèvres. Quand elle se redressa au bout de quelques minutes, Morpeth avait perdu connaissance.

Renonçant à le ranimer, elle se releva aussitôt pour aller voir Éric. En chemin, elle s'arrêta une seconde près de Heiki et fit de son mieux pour faciliter sa respiration, ce serait suffisant pour l'instant.

Éric était tombé au fond d'un trou où la neige aurait déjà dû l'ensevelir, mais les prapsies avaient fait tout leur possible pour dégager les flocons. Ils étaient en train de lui lécher le visage et de lui donner des petits coups de leur menton tout rond pour le tirer de son sommeil.

Rachel les écarta doucement, puis utilisa un sortilège de guérison rapide et ranima son frère.

– Que se passe-t-il ? fit-il en se penchant sur les prapsies pour s'assurer qu'ils allaient bien.

– Ça va, murmura Rachel. Écoute-moi, nous n'avons pas beaucoup de temps...

Tandis qu'Éric se relevait douloureusement, Rachel s'obligea à durcir son cœur à l'égard de Yemi. C'était la seule solution...

– Tu es prêt ? demanda-t-elle alors à son frère.
Éric acquiesça d'un signe de tête.

Non loin de là, Heebra regardait sa fille, qui n'arrivait toujours pas à capter l'attention de Yemi ni même à l'approcher. La magie du petit garçon était plus forte que celle de Calen réalisa Heebra. A partir de maintenant, elle allait devoir elle-même le former et…

Tout à coup, elle sentit que quelqu'un préparait un sortilège mortel derrière elle.

Il s'agissait de la sorcière aveuglée qui titubait dans la neige en reniflant la trace de Yemi, et qui cherchait à identifier son odeur malgré la puanteur de sa peau brûlée. Curieusement, elle semblait reprendre des forces de seconde en seconde.

« Ça, c'est un coup de Rachel, se douta aussitôt Heebra. Elle est en train de la soigner. »

La sorcière aveuglée venait de décrocher ses quatre mâchoires, déterminée à se livrer à une unique et violente attaque.

– Arrête ! cria Heebra en formant un sortilège pour détruire celui de sa sorcière.

– Vas-y ! ordonna alors Rachel.

Éric leva le doigt, et le sortilège d'Heebra s'évapora. Elle voulut le reformer, mais n'y parvint pas. N'ayant jamais fait face à pareille situation, elle se troubla un instant.

La sorcière aveuglée en profita pour lancer son sortilège, mais celui-ci n'atteignit jamais Yemi. Cette fois, ses papillons se tenaient prêts. L'un d'eux avala le sortilège, un autre le renvoya vers la sorcière aveuglée, qui mourut sur le coup en s'effondrant dans la neige.

A la seconde même, les six sœurs de sang de la défunte sorcière foncèrent sur Yemi sans qu'aucune ne cherche à les retenir. Non seulement le châtiment était mérité, mais venger la mort de l'une des leurs relevait de leur devoir. Les six sœurs exhibèrent leurs dents noires et descendirent ensemble du ciel.

Heebra s'empressa de placer autour du bébé un bouclier qu'aucun sortilège ne pourrait transpercer. Cette fois encore, Éric le détruisit.

Les sœurs fondirent sur Yemi, mais en approchant, elles se séparèrent pour s'abattre sur lui deux par deux. L'aînée des sœurs, une combattante expérimentée qui était à leur tête, attendit sagement le dernier moment pour décider du sortilège qu'elle allait utiliser. Finalement, son serpent-âme lui souffla une idée et, d'un seul coup, les bouches des six sorcières se mirent à cracher des flammes en même temps. Instantanément, le feu leur dévora la gorge. Les autres sorcières, incrédules, les virent s'effondrer sans même pousser un cri, tandis que leurs robes noires s'enflammaient, brûlant comme de pauvres guenilles dans le vent.

Il y eut soudain un grand silence puis, du groupe des sorcières monta un grondement de fureur. Heebra les vit se préparer à affronter Yemi à leur tour. Voir leurs sœurs écrasées dans la neige était si insupportable que plus rien ne pourrait les retenir.

– Pousse-toi, dit Heebra à Calen en avançant à grandes enjambées. Yemi est devenu trop dangereux pour qu'on le laisse en vie. Je vais me débarrasser de lui, déclara-t-elle en utilisant toute sa puissance magique pour attirer le bébé. Viens par ici, mon petit, fit-elle en souriant. Je sais que tu en as envie.

– Non ! hurla soudain Paul en survolant le champ de neige, accompagné de Marshall et de tous les autres enfants qui s'élancèrent à ses côtés en volant à une vitesse sidérante.

Les sorcières censées les garder en rattrapèrent quelques-uns, mais la plupart eurent le temps de rejoindre Heebra.

Paul arriva le premier et la heurta de plein fouet. La sorcière le repoussa, mais elle ne put arrêter tous les enfants qui se jetèrent sur elle en l'éloignant de Yemi. Pendant quelques instants, Heebra se retrouva prisonnière de leurs petites mains, aussi agacée par leurs doigts dépourvus de griffes que par leurs sortilèges simplistes.

Alors, d'un geste, elle les écarta tous en même temps, bondit sur Yemi et lui souffla dans la bouche. Les mots qu'elle prononça entrèrent dans son corps.

– Oh, non ! fit Éric.

Yemi commença par gémir, puis il poussa un cri aigu, accompagné aussitôt par des dizaines d'autres : les cris de ses papillons. Il se mit alors à tousser et s'affaissa en se touchant le cou : quelque chose le brûlait au fond de la gorge. Ne comprenant pas ce qui lui arrivait, il voulut s'agripper à la robe d'Heebra, mais la sorcière le repoussa d'un coup de pied avant de s'éloigner.

– Pourquoi n'as-tu pas détruit le sortilège ? demanda Rachel à son frère. Yemi n'est pas de taille à lutter avec elle ! Pourquoi ne l'as-tu pas arrêté ? Pourquoi ?

– Je ne l'ai pas vu, dit-il tout bas. Elle… elle a déguisé son sortilège pour que je ne le voie pas.

Yemi rampa sur plusieurs mètres pour rattraper Heebra avant de s'écrouler, face contre terre. A cet instant, les papillons reprirent leur taille normale et perdirent leurs propriétés magiques. Ne formant plus qu'un nuage jaune, ils montèrent vers le ciel... et l'abandonnèrent.

– Non ! s'exclama Rachel.

Elle courut dans la neige pour ramasser Yemi et le prit sur ses genoux en lui caressant la tête. Après lui avoir ouvert délicatement la bouche, elle envoya ses sorts informateurs chercher de quel genre d'arme s'était servie Heebra. Alors, tout au fond de Yemi, elle sentit qu'un nouveau sortilège extraordinaire se formait. Elle se pencha plus près de son visage, et le petit garçon ouvrit plus grand la bouche.

Heebra devina le danger.

– Tuez Rachel ! ordonna-t-elle à ses sorcières. Désormais, le bébé ne peut plus rien faire sans elle.

Le souffle de Yemi se réduisait à présent à un faible murmure. Rachel posa ses lèvres sur les siennes et le nouveau sortilège se faufila dans sa propre gorge, impatient d'entrer en action. Elle l'aspira et le garda dans sa bouche.

– Arrêtez-la ! hurla Heebra.

Au moment où Rachel recrachait le sortilège, la sorcière essaya de s'en emparer, mais le sortilège glissa entre ses griffes, se propagea en cercles ondulants dans le vent et se répandit loin du pôle Nord dans toutes les directions.

– De quel genre de sort s'agit-il ? demanda Rachel, le cœur battant, en se tournant vers son frère.

– On dirait une sorte de sortilège... d'éveil. Et je crois savoir ce qu'il va chercher.

– Qu'est-ce que tu veux dire ?

– Des enfants, répondit Éric, le regard brillant. Il va chercher des enfants !

19. L'éveil

Le sortilège de Yemi s'éloigna du pôle et se répandit rapidement sur les neiges glacées. Les premiers enfants qu'il atteignit habitaient dans un village de pêcheurs norvégien, Hammersfest, à l'extrême nord de la planète.

Il était déjà plus de minuit, mais, sous cette latitude, le soleil d'été brillait encore de tous ses feux en diffusant une douce chaleur sur les enfants endormis. Aussi léger qu'un soupir, le sort d'éveil entra par les fenêtres ouvertes. Là où elles étaient fermées, il passa par la cheminée.

Et là où il n'y avait pas de cheminée, il se faufila à travers les minuscules fissures du bois ou de la brique. Rien ne pouvait l'arrêter.

Il passa au-dessus des lits et, bien qu'il fût plus léger qu'un souffle, les enfants se réveillèrent aussitôt. Dans des dizaines de maisons, des bambins allèrent chercher leurs jouets, des bébés se balancèrent tous ensemble au même rythme dans leur berceau, d'autres enfants se levèrent d'un bond pour courir à la fenêtre, tandis que la magie qu'ils possédaient en eux depuis toujours se libérait.

Le sortilège accéléra. S'étirant pour former un immense anneau au-dessus des mers arctiques, il gagna des contrées de plus en plus lointaines : la baie de Baffin au Canada, la mer de Kara à l'ouest de la plaine sibérienne, et le nord de la Finlande, traquant l'odeur de magie des enfants jusqu'à Ivalo et au-delà. Alors, dans des pays distants de plusieurs centaines de kilomètres, des enfants qui ne s'étaient jamais rencontrés prirent tout à coup conscience de l'existence des autres.

Le sortilège poursuivit sa course et se laissa flotter sur le fleuve MacKenzie jusqu'à Fort Good Hope, en Alaska, avant de balayer les grands lacs canadiens : le Michigan, l'Érié et l'Ontario. Mais Yemi voulait aller encore plus loin. Il expédia le sort plus bas dans l'hémisphère Nord. A Naples, en Italie, il surprit deux garçons qui étaient en train de voler les pneus d'une voiture et qui changèrent brusquement d'avis. Il souffla sur les rêves des enfants qui dormaient de Tashkent à Toulouse. Quand ils se réveillèrent, une lueur argentée scintillait au fond de leurs yeux.

Le sortilège traversa ensuite l'équateur. Il pénétra dans les greniers, les cours de récréation et les moindres cabanes. Il suivit des petits garçons péruviens qui faisaient l'école buissonnière et les rattrapa. Il croisa des petites filles australiennes qui sautaient à la corde et les fit trébucher. Puis il se faufila dans les sous-sols, dans les ateliers clandestins et dans tous les endroits inhumains où les enfants étaient en permanence traités comme des esclaves et aussitôt ils lâchèrent leurs outils pour se prendre par la main, conscients que rien ne serait plus jamais pareil.

Au fin fond de l'Afrique, le sortilège s'achemina jusqu'à un village qui avait pour nom Fiditi, retrouva Fola et la réveilla. Allongée sur sa natte, elle éclata en sanglots en reconnaissant la voix de son petit frère.

Le sort se répandit finalement sur l'ensemble du globe. Il ne s'arrêta pas un instant ni ne ralentit avant que tous les enfants du monde, qu'il y fasse jour ou nuit, aient ressenti la chaleur rayonnante de sa caresse.

Pendant ce temps-là, au pôle Nord, Rachel était agenouillée dans la neige et continuait à tenir le petit Yemi qui tremblait dans ses bras et que la vie abandonnait peu à peu. Le sort mortel que lui avait lancé Heebra le ravageait avec une ardeur impitoyable et la magie de Rachel ne pouvait que ralentir ses effets dévastateurs. Les yeux bruns mi-clos du bébé laissaient entrevoir un regard éteint.

Néanmoins, comme il continuait à maîtriser son sort d'éveil, il le transforma. Fini la gentillesse ! Yemi n'avait aucunement l'intention de se contenter d'éveiller la magie chez les enfants car lui-même en avait besoin. C'était le seul moyen de combattre le sortilège mortel de la sorcière.

Son sort d'éveil se transforma en sort de nutrition. Seuls les enfants du pôle Nord furent épargnés. Obsédé par sa douleur, par le besoin pressant qui l'habitait, Yemi absorba la nouvelle magie de tous les autres pour se l'approprier, déroba la magie de chaque enfant de la Terre, sans rien leur laisser, et la fit déferler comme une grande vague sur son corps endolori.

Un hurlement retentit dans le monde tout entier, produit par tous les enfants qui réalisèrent qu'ils venaient de perdre leurs pouvoirs magiques. Puis leur colère, comme un torrent d'énergie, partit à la poursuite de leurs pouvoirs perdus.

Rachel caressa la tête de Yemi tandis que la magie des enfants pénétrait en lui. Ce ne fut d'abord qu'un mince filet qui coula sous ses paupières, puis il ouvrit tout grands les yeux et elle s'infiltra en lui jusqu'à ce que son petit corps donne l'impression de vouloir exploser. Soudain, il soupira, se détendit et recommença à respirer. Rachel sentit la magie se faufiler dans sa gorge et ses poumons, dans ses veines et dans son cœur qui avait presque cessé de battre, pour s'opposer au maléfice d'Heebra et guérir le bébé.

Mais tout de suite après la magie arriva la fureur qui avait déjà pratiquement atteint le pôle.

Rachel n'avait aucune idée de ce que cette rage signifiait. Les sorcières, en pleine confusion, la ressentirent elles aussi et regardèrent Heebra avec stupéfaction. Comme elles avaient besoin de leur chef, à présent !

Heebra, elle, reconnut la force qui arrivait et sut tout de suite que rien ne pourrait résister à la colère que Yemi venait de libérer malgré lui. Cette force était semblable à un poing rageur prêt à tout pulvériser. Aucun être vivant ne lui survivrait : ni elle, ni Larpskendya, ni aucune de ses sorcières, ni un seul enfant – même Yemi serait écrasé. Cette rage anéantirait tout sur son passage.

Il ne restait guère de temps pour décider quoi faire. Le regard d'Heebra se posa sur Yemi, cet enfant si étrange qu'elle détestait et qui n'avait même pas pris plaisir à tuer ses sorcières. Quant à Rachel, elle l'avait sous-estimée, et Heebra comprit alors avec quel courage magnifique elle s'était battue contre Dragwena.

Larpskendya, lui, suscitait chez elle la même haine ancestrale mais elle n'avait plus le temps de s'offrir le luxe de le tuer. D'une certaine manière, malgré le bandeau-sortilège, elle lui avait permis de déjouer ses plans. Et cette pensée plus que tout la faisait souffrir.

Heebra aurait voulu assister à l'agonie de ses ennemis, mais elle savait qu'elle n'aurait même pas ce plaisir. Il lui fallait avant tout sauver ses Grandes Sorcières dont la mort entraînerait celle d'Ool.

Elle murmura quelques mots doux à l'oreille de Mak. Il redressa sa lourde tête dorée, prêt à la protéger une dernière fois.

– Qu'est-ce qu'il y a ? demanda Calen en volant vers sa mère. Que se passe-t-il ?

– Je n'ai pas le temps de t'expliquer. Emmène toutes nos sœurs loin d'ici. Volez ensemble en rangs serrés dans la même direction. Je vais tâcher de maintenir un couloir ouvert le plus longtemps possible.

– Non, je ne peux pas faire ça, dit Calen en tremblant. Je ne partirai pas sans toi. Nous allons résister et nous battre ensemble !

– Avec ou sans ton aide, il ne s'agit plus d'un combat à gagner, murmura Heebra. Emmène mes sorcières loin de ce monde misérable. C'est toi leur chef, désormais !

– Mais je... je ne me sens pas prête à régner, plaida Calen. Je ne suis pas...

– Va-t'en ! tonna Heebra d'une voix qui résonna comme un cri d'alarme à travers le ciel.

Craintives et hésitantes, ses sorcières s'envolèrent par petits groupes. Calen les entraîna vers le sud, tandis qu'Heebra ouvrait ses quatre mâchoires dont s'échappa un étroit faisceau de lumière verte.

Comprenant le signal, les sorcières s'y engouffrèrent, puis s'élevèrent en direction des épais nuages sans cesser de regarder derrière elles.

– Vite, vite, dépêchez-vous ! rugit plusieurs fois Heebra.

La fureur des enfants venait d'atteindre le Pôle.

Heebra se prépara. Maintes fois, elle avait affronté des Grandes Sorcières à l'intelligence et à l'imagination exceptionnelles, et avait survécu à d'innombrables maléfices mortels, mais cette fois, c'était pire. Résignée, elle brandit son serpent-âme afin d'attirer la fureur sur elle.

Et la fureur s'abattit. Mak en engloutit le maximum. Lorsqu'il ne put en avaler davantage, Heebra ouvrit ses mâchoires pour qu'elle s'y engouffre puis, les bras écartés, le corps secoué de tremblements et de convulsions, elle se laissa envahir tout entière.

Certains des enfants regardèrent l'horrible spectacle, mais la plupart ne s'en sentirent pas capables.

Heebra s'efforça de contenir la fureur le plus longtemps possible, puis, quand il ne resta plus que quelques sorcières sur le Pôle, elle la relâcha. La colère éclata tel un incendie jaillissant de ses narines, de ses bouches et de ses yeux en d'énormes torrents de flammes qui explosèrent dans tous les sens. La sorcière tourna alors sa tête qui se consumait de tous les côtés en crachant les araignées chargées de nettoyer ses mâchoires tandis que Mak s'enroulait sur son cou, décidé vaille que vaille à la protéger.

Heebra eut le temps d'avoir une dernière pensée pleine d'amertume : elle n'aurait jamais dû libérer les Griddas alors qu'elle seule avait été capable de maîtriser leur tempérament féroce. Une fois qu'elle ne serait plus là, elles prendraient le pouvoir sur Ool, et leur premier geste serait d'éliminer Calen, la nouvelle chef des sorcières. Sa fille essaierait de former un bataillon de défense, mais elle était trop jeune et trop inexpérimentée pour diriger les Grandes Sorcières et, au moment où elle aurait le plus grand besoin du soutien de ses sœurs, celles-ci l'abandonneraient.

L'esprit de plus en plus confus, alors que ses bouches se refermaient pour la dernière fois, Heebra entrevit ce qui allait se passer : Calen ne chercherait pas à se cacher, elle attendrait bravement au sommet de la Grande Tour pendant que les Griddas escaladeraient les murs avec jubilation. Et quand arriverait l'heure de sa mort, elle serait seule, infiniment seule : sans sa mère et sans sa sœur, avec Nylo pour unique protecteur.

D'un seul coup, Heebra laissa retomber sa tête en feu sur la neige et exhala son dernier soupir.

20. L'envol

Le regard hébété, tous les enfants se réunirent autour des restes encore fumants de la sorcière. La fureur disparut dans les dernières vapeurs de fumée qui s'échappaient de son corps, mais il restait ici et là quelques sorcières qui finissaient de se consumer dans la neige. Personne n'osait parler. La scène était si dure à supporter que les enfants restèrent de longues minutes blottis les uns contre les autres, cherchant à comprendre ce qui venait de se passer.

Rachel confia Yemi à Éric, puis contourna les dépouilles des sorcières sur la pointe des pieds pour rejoindre Morpeth, étendu sur le dos, les yeux clos, dans la position où elle l'avait laissé tout à l'heure. Craignant d'aggraver ses blessures si elle le touchait, Rachel demanda à ses sorts de déterminer sur quelles parties de son corps intervenir. Avec une délicatesse et une subtilité dont elle ne les aurait jamais crus capables, grands et petits sortilèges s'entraidèrent pour réparer les os brisés et arrêter les hémorragies internes du blessé.

Quelques secondes plus tard, Morpeth entrouvrit les yeux.

– On dirait que je ne suis pas mort, en fin de compte, murmura-t-il en esquissant un vague sourire.

Rachel l'embrassa, puis s'approcha de Heiki, dont les blessures étaient moins sérieuses et, bien qu'elle n'ait absolument rien à la gorge, elle ne prononça pas un mot durant tout le temps que durèrent les soins. Son regard bleu délavé ne croisa même pas une fois celui de Rachel.

– Est-ce que tu acceptes de... ? bredouilla-t-elle finalement.

Sa voix se cassa, mais Rachel devina ce qu'elle avait voulu dire : me pardonner.

En guise de réponse, elle caressa doucement la joue pâle de Heiki mais la petite fille réagit comme si un sortilège venait de la frapper et se mit à pleurer. En la voyant, Rachel se mit elle aussi à sangloter puis, pour toutes sortes de raisons qu'aucune des deux n'eût été en mesure d'expliquer, elles tombèrent dans les bras l'une de l'autre en continuant à pleurer à chaudes larmes – des larmes qui creusèrent des petits trous dans la neige. Au bout d'un long moment, Rachel leva les yeux vers la prison de glace où était toujours enfermé Larpskendya.

– On y va ensemble ?

– D'accord ! répondit Heiki en prenant Rachel par la main.

Bras dessus, bras dessous, elles volèrent vers le Magicien. A mi-hauteur des murs blancs luisants de la prison, Heiki fut prise d'un malaise et tomba en grimaçant de douleur, mais Rachel la rattrapa et la porta jusqu'au sommet.

Larpskendya gisait à même le sol glacé, couché sur le côté. Les sorcières s'étaient enfuies en le laissant là, les bras, les jambes et la tête ligotés de façon grotesque à l'aide d'un fil-sortilège. Lentement, en prenant mille précautions, elles parvinrent peu à peu à desserrer les nœuds et à défaire les cordes épaisses qui lui entaillaient la chair.

– En fait, dit alors le Magicien, tout ceci n'est qu'un début.

Puis ils se posèrent sur le champ de neige, et Rachel reprit Yemi des bras d'Éric.

Larpskendya se dirigea directement vers Morpeth. Ses blessures étant guéries, il s'apprêtait à se relever lorsqu'il vit le Magicien s'agenouiller devant lui et, quand il l'agrippa par le bras, l'espace d'un instant, Morpeth put voir Trimak, Fenagel et les Sarren restés sur Ithrea : tous ses anciens amis étaient là, en train de s'amuser à exercer leurs pouvoirs magiques dans les clairières.

– Ils sont sains et saufs, dit doucement Larpskendya. Ils te doivent beaucoup, mais je me demande si je ne te dois pas plus encore. Cela fait maintenant deux mondes que tu as protégés pour moi. Comment puis-je m'acquitter de ma dette envers toi ?

Morpeth haussa les épaules d'un air gêné.

– Il y a une chose qui me manque. Je voudrais…

Larpskendya savait très bien ce qu'il voulait… Et soudain, Morpeth sursauta en sentant ses pouvoirs magiques lui revenir : de vieux sorts familiers se bousculaient dans son esprit, pressés de retrouver leur place préférée. Il voulut remercier le Magicien, mais il était tellement ému qu'il ne put articuler un mot.

Larpskendya s'éloigna pour aller s'occuper des autres enfants en proie à toutes sortes d'émotions ; ils étaient troublés, soulagés, apeurés et fatigués, surtout très fatigués de la longue et pénible épreuve qu'ils venaient d'endurer. La majorité d'entre eux scrutaient le ciel comme s'ils n'arrivaient pas vraiment à croire que les sorcières étaient parties. Larpskendya passa parmi eux et les réconforta chacun leur tour, notamment les plus jeunes, leur accordant tout le temps qu'ils voulaient. A un moment, il entraîna même un garçon aux cheveux en brosse à l'écart et lui parla longuement. Paul n'arrivait plus à décrocher son regard du Magicien.

Éric aurait bien voulu l'approcher lui aussi, mais les prapsies n'arrêtaient pas de sortir la tête de ses poches et de tirer la langue à Larpskendya.

– Ça suffit, les zoziaux ! les gronda-t-il. Vous ne le reconnaissez donc pas ?

Les bébés-oiseaux se retournèrent et agitèrent les plumes de leur derrière en direction du Magicien mais, au même moment, celui-ci tourna la tête et les aperçut. Pris en flagrant délit, les prapsies se cachèrent derrière leurs ailes en voyant Larpskendya venir vers eux.

– Ça ne va pas se passer comme ça ! les avertit Éric. Vous allez vous faire tirer les oreilles. Et moi aussi, par la même occasion. Dépêchez-vous de le saluer.

Les deux prapsies firent une courbette à Éric.

– Mais non, pas à moi, bande d'abrutis !

Il essaya de les faire se retourner, mais le Magicien était déjà là. Il attrapa les deux bébés-oiseaux et les approcha tout près de son visage. L'un d'eux lui tira la langue, l'autre lui mordilla l'oreille.

– Beurk ! fit-il.

Larpskendya éclata de rire et reposa les prapsies sur l'épaule d'Éric. Puis il se pencha vers lui, et ils eurent une conversation qu'Éric se promit de ne jamais oublier et de ne jamais répéter à personne.

Après quoi, Larpskendya fit venir Yemi, Rachel, Heiki, Éric et Morpeth tous ensemble. Rachel installa Yemi sur ses genoux. Il irradiait d'une beauté étonnante. De ses paupières closes s'échappaient mille couleurs qu'il tentait de retenir avec ses petites mains.

– Toute la magie des enfants du monde est maintenant concentrée en lui, expliqua Larpskendya. Et notre petit voleur ne veut pas la rendre. Nous allons devoir l'aider.

– Laisse-moi faire, proposa Rachel.

Elle s'agenouilla à côté de Yemi, écarta ses doigts appuyés sur ses paupières et l'embrassa.

Il poussa un petit cri, se mit soudain à pleurer puis, subitement, se jeta au cou de Rachel et ouvrit les yeux. Des sortilèges en sortirent aussitôt par dizaines, puis par milliers, en se bousculant pour passer les premiers. Parés de toutes les couleurs imaginables, ils s'éloignèrent du Pôle en filant tout droit vers leur propriétaire d'origine. Au bout de quelques minutes, Morpeth tendit l'oreille et perçut un son étrange, un son plein de surprise – comme si tous les enfants du monde exprimaient leur joie en même temps.

Dès qu'il eut relâché la magie, Yemi redevint lui-même et ses papillons réapparurent d'un seul coup. Ils recouvrirent Rachel en la poussant à l'aide de leurs fines pattes noires pour l'attirer plus près de Yemi. Paul et Marshall s'approchèrent prudemment, bientôt suivis des autres enfants, et tous les papillons se mirent à voltiger autour d'eux.

– On peut le ramener chez lui ? demanda Rachel en regardant le Magicien d'un air implorant.

Immédiatement, Larpskendya les transporta dans l'espace, avec tant de délicatesse que les enfants ne s'aperçurent de rien.

Arrivés à Fiditi, où il faisait encore nuit, ils se regroupèrent devant la maison de Yemi. Normalement, à cette heure-ci, tout aurait dû être calme, mais une animation trépidante régnait dans le village. Les enfants étaient tous réveillés et très occupés. Une petite fille planait telle une libellule au-dessus du fleuve Odooba et ses yeux argentés qui illuminaient la surface de l'eau attiraient tous les moustiques. De la forêt tropicale voisine montaient les cris d'un groupe de singes hurleurs que deux garçons avaient réveillés ; perchés côte à côte sur la plus haute branche d'un arbre, ils imitaient leurs cris en riant aux éclats. Éric aperçut un petit garçon qui, essayant de voler, atterrit dans un bosquet et frotta ses jambes tout écorchées d'un air dépité. Devant une hutte, deux adolescentes agenouillées face à face s'amusaient à transformer leurs coiffures respectives. Plus loin, un garçon à l'air nonchalant était assis sur le rebord d'une fenêtre et soufflait sur les nuages qu'il faisait aller et venir dans le ciel.

Morpeth jeta un regard joyeux à Rachel.

– Tu as vu ça ? Et la même chose doit se produire partout, dans le monde entier. Absolument partout !

– Oui, je sais.

Elle repensa tout à coup au petit garçon français qu'elle avait vu pleurer en voyant disparaître son superbe arc-en-ciel. Était-il retourné au sommet de la colline ? Peut-être avait-il déjà appris à voler...

Un oiseau passa sous le nez de Morpeth à toute allure et atterrit avec la précision majestueuse d'un faucon apprivoisé sur le poignet d'un garçon. Une fillette, allongée sur le dos d'un air songeur tout en observant une touffe d'herbe qui venait de surgir du sol, chatouillait son frère dans le cou.

– Ce soir, j'aimerais pouvoir être partout en même temps, confia Éric à Paul. Pour voir tout ce qui se passe.

– Tu n'es pas jaloux ? Après tout, tu es le seul enfant du monde qui n'a pas de pouvoirs magiques.

– C'est vrai, mais personne n'est capable de faire ce que je sais faire, répondit modestement Éric.

Les deux prapsies hochèrent la tête avec tant de vigueur qu'elles faillirent se décrocher.

La porte de la maison de Yemi s'entrouvrit de quelques centimètres puis Fola sortit de chez elle, les yeux brillant d'un éclat argenté, comme ceux des autres enfants. Quand elle aperçut Larpskendya, elle lui fit une révérence, puis une autre, et une autre encore, ne sachant pas trop comment se comporter.

– Viens, dit Rachel pour la rassurer. Viens nous rejoindre. Mais qu'est-ce qu'il y a ? Ça ne va pas ?

Fola, figée devant la porte, attendait visiblement quelque chose. Soudain, la mère de Yemi sortit à son tour. Horrifiée par ce qui s'était passé, elle semblait inquiète à l'idée de regarder les enfants du village, comme si leurs yeux risquaient de la brûler. Yemi courut vers sa mère, qui recula d'abord d'un pas puis, comme il insistait pour la suivre, le prit dans ses bras. Elle se détendit un peu en le sentant contre lui, mais continua à caresser la tête de son fils comme si c'était un objet fragile et légèrement bizarre.

– Maman n'est pas encore prête, commenta Fola en haussant les épaules. Il va falloir être très patient avec elle... et avec eux, ajouta-t-elle en montrant des adultes regroupés un peu plus loin.

Jusqu'à maintenant, Rachel ne leur avait pas prêté attention. Comparés aux enfants dont les yeux brillaient et qui s'agitaient dans tous les sens, on eût dit des ombres restées à l'arrière-plan ; perplexes, certains hésitaient même à s'approcher de leurs propres enfants. Un père avait les yeux rivés sur sa fille qui était en train de planer dans le ciel, s'attendant manifestement à la voir dégringoler d'une seconde à l'autre, mais la plupart des parents s'étaient cloîtrés chez eux, trop terrorisés pour s'aventurer dehors.

Rachel pensa à sa mère et eut soudain envie d'être près d'elle, puis elle pensa à son père. Un sentiment d'angoisse la saisit. Elle murmura quelques mots à Larpskendya, et ils se transportèrent tous ensemble jusqu'à chez elle.

Ses parents se tenaient sur le seuil, le regard fixé sur l'horizon. Dès qu'ils aperçurent leurs enfants, leur visage exprima un profond soulagement. Rachel était heureuse de retrouver son père. Il allait bien, mais ses yeux s'embuèrent de larmes, et il faillit l'écraser en la serrant dans un de ses bras tandis qu'il attrapait Éric de l'autre. Ce n'est que quand il aperçut Larpskendya qu'il s'écarta un instant pour lui serrer la main d'un geste solennel.

Un peu plus tard, tout le monde se retourna pour regarder ce qui se passait par-delà la terrasse. Au-dessus d'eux, des fillettes dansaient sur un toit en pente ; plus haut, un groupe d'enfants qu'Éric connaissait tournoyaient comme des moucherons autour du pâté de maisons, leurs rires résonnant à des kilomètres dans l'air d'été ; des garçonnets jouaient au cricket sur les nuages ;

d'autres poursuivaient des avions, accompagnaient des oiseaux ou faisaient mille autres choses fabuleuses qu'ils avaient inventées pendant la nuit ; un garçon en fauteuil roulant pourchassait un lévrier ; une petite fille lisait un livre à la lueur de ses yeux incandescents. Et, partout où ils allaient, couraient ou volaient, les enfants laissaient derrière eux une trace singulière : une odeur qui était nouvelle sur la Terre, une odeur de magie.

– Je savais que vous étiez sains et saufs, murmura la mère de Rachel et d'Éric. Dès que j'ai vu tout ce qui se passait, j'ai compris.

Puis elle se tourna vers Larpskendya.

– J'imagine qu'il n'est pas question que les choses redeviennent comme avant ?

Le Magicien secoua la tête.

– Regardez toute cette magie ! s'écria Morpeth, émerveillé par ce qui se passait autour de lui. Sur Ithrea, à la fin, nous avons assisté à des choses surprenantes, mais les habitants pratiquaient la magie depuis des siècles. Comment ces enfants ont-ils fait pour en apprendre autant en si peu de temps ?

– Aucun monde n'a jamais été privé de magie aussi longtemps que le vôtre, expliqua Larpskendya. Ni n'a vu sa magie libérée aussi brusquement.

Sa voix se fit soudain plus humble.

– Je n'ai aucune idée de ce qui peut arriver d'autre ce soir. Je n'ai jamais assisté à une telle éruption ! Tout ceci, fit-il en montrant le ciel, l'herbe, la lune et les enfants qui se déplaçaient gracieusement dans l'espace, représente votre avenir, le commencement d'une aventure incroyable pour tous les enfants. Bientôt, faire de la magie vous semblera aussi banal que de respirer…

Il se tut un instant en esquissant un petit sourire.

– Et, bien entendu, cela ne vous apparaîtra alors plus du tout magique !

Tout le monde regarda au bout de la rue, où un père affolé observait le ciel. Son jeune fils, qui n'arrêtait pas de plonger à toute vitesse entre les ruelles étroites, était apparemment trop occupé pour le remarquer.

Rachel s'approcha de Morpeth.

– Ce nouveau monde va être dangereux pour les adultes. Tout sera différent pour eux aussi.

– Oui, la plupart vont envier leurs enfants, qui n'obéiront plus forcément à ce que leur demanderont leurs parents. Et s'ils veulent les forcer, ma foi…

– Tout pourra arriver, conclut Rachel dans un murmure avant de se rapprocher de ses parents.

Tout à coup, une vision s'imposa à son esprit : des enfants qui régentaient tout et des parents qui avaient peur de s'aventurer tout seuls dehors, contraints de se faire escorter et protéger par leurs propres enfants !

Heiki, debout à côté de Larpskendya, regardait une petite fille imiter une feuille voletant au gré du vent.

– Une fois que tout se sera calmé, est-ce que les enfants ne risquent pas de former des bandes ? demanda-t-elle. Des bandes de magiciens sélectionnés pour leurs talents et dont le plus fort deviendra le chef ? C'est ce que les sorcières avaient prévu.

– Oui, cela arrivera à certains endroits. Désormais, tout ce qu'on peut imaginer peut arriver, répondit le Magicien en la regardant au fond des yeux.

– Tu ne peux pas nous dire comment va évoluer notre magie ? lui demanda Rachel. Tu n'en as pas une petite idée ?

– La magie se développe différemment selon les mondes. Mais la Terre est particulièrement gâtée. Il n'y a jamais eu de peuple aussi doué que le vôtre.

– C'est pour cette raison que les sorcières s'intéressent à nous ? demanda Heiki.

– Oui, elles rêvent de vous conquérir. Et vous n'avez maintenant plus rien de secret pour elles…

Morpeth réprima un frisson.

– Combien de temps allons-nous être tranquilles ?

– J'ignore la réponse à cette question, avoua Larpskendya. Ce que je sais, c'est que les sorcières ne vous laisseront pas en paix. Elles vont se regrouper pour revenir en plus grand nombre. Nous livrer une guerre interminable est la seule chose qu'elles sachent faire, d'autant qu'elles ont vu à quel point vous pouviez leur être utiles. Yemi, notamment, risque de beaucoup les tenter. Qui sait de quoi il sera bientôt capable ?

D'une main légère, Rachel effleura les marques de griffes sur le cou de Larpskendya, mais elles ne voulurent pas disparaître.

– Laisse, dit-il, cela me rappellera ce qui s'est passé ici.

Une lueur de tristesse passa dans son regard alors qu'il se tournait vers Morpeth, Éric, Rachel et leurs parents.

– Nous avons un nouvel ennemi : les Griddas sont éparpillées dans la nature ! Je savais Heebra désespérée, mais jamais je ne me serais douté qu'elle laisserait libre cours à leur fureur. Il est vrai que je l'ai poussée à bout, ces dernières années, j'ai commis une redoutable erreur.

Au-dessus de la maison de Rachel, deux buts de

football fluorescents venaient d'apparaître. Plusieurs silhouettes se passaient le ballon au clair de lune avec une grande habileté.

– L'arrivée des Griddas ne leur fait pas encore peur, observa Morpeth.

Quoi que leur réserve l'avenir, ce soir, il se sentait le cœur léger, mais il avait un mal fou à suivre tous les enfants qui batifolaient dans la nuit entre les nuages et mourait d'envie d'aller les rejoindre.

– C'est vrai, approuva Larpskendya d'un ton grave. Mais pourquoi auraient-ils peur ?

Et tout à coup, de façon mesurée et délibérée, son regard se posa tour à tour sur chacun des enfants qui se pressaient autour de lui. Finalement, il s'arrêta sur Rachel, comme s'il voyait en elle le symbole de tout ce qu'ils représentaient. Quand les yeux de Rachel se plantèrent dans ceux du Magicien, ils prirent la couleur de la joie.

L'expression de Larpskendya s'anima soudain d'un si fol espoir qu'il en était presque douloureux.

– Je voudrais vous montrer quelque chose, dit-il. Il faut que vous compreniez bien le grand défi qui nous attend.

– De quoi s'agit-il ? demanda le père de Rachel avec méfiance.

– D'un autre monde. Un monde infiniment précieux. Voilà des siècles et des siècles que les sorcières tentent d'en détruire la beauté.

– C'est loin ? demanda Éric qui battait des cils, l'air impressionné.

– Oui et non. Aucun endroit n'est trop loin pour vous, à présent. Il nous suffit de voler.

– Comment ça ? Ce soir ?

– Pourquoi pas ? rétorqua Larpskendya en souriant.

– Les prapsies peuvent venir aussi ? Je ne pars pas sans eux…

– Eh bien, nous n'avons qu'à emmener tout le monde ! dit le Magicien en levant les bras au ciel.

Les prapsies, pas tout à fait certains de ce qu'il voulait dire, faillirent s'étrangler.

– Comment ça, tout le monde ? répéta le père des enfants. Vous voulez dire tous les enfants qui sont là ? fit-il en montrant ceux qui s'étaient rassemblés autour d'eux.

– Non, vous n'avez pas compris, dit alors Larpskendya, les yeux brillants. Je veux dire tout le monde. Tous les enfants et tous les adultes du monde. Tous.

– Oh oui ! s'écria Rachel. Oui !

Larpskendya respira à fond, et Rachel sentit quelque chose se contracter en elle, comme si des millions d'esprits s'attiraient les uns les autres. Quand elle leva les yeux, elle vit que les enfants tendaient le menton, le regard braqué vers l'ouest sur la même constellation d'étoiles.

Éric jeta un coup d'œil à ses parents, persuadé qu'ils n'allaient pas apprécier ce qui allait se passer. Mais il se trompait.

– C'est comme ça qu'il faut faire ? demanda sa mère en écartant gauchement les bras. Je m'y prends comme il faut ?

Larpskendya éclata de rire, un long rire joyeux qui eut raison des dernières craintes qu'il pouvait encore avoir.

– Oui, ça devrait aller.

Après quelques secondes de silence, il regarda Rachel, Morpeth et Éric.

– Vous êtes prêts ?

Tous les trois hochèrent la tête avec enthousiasme.

– Mince, alors ! pépia l'un des prapsies. Qu'est-ce qui se passe ?

Mais son compagnon n'eut pas le temps de lui répondre. Dans les maisons, sur les bateaux, dans les avions qui volaient à trois mille mètres d'altitude, dans les mines les plus profondes et dans les cieux remplis d'enfants, tout le monde sur la planète leva les yeux.

Un instant plus tard, seuls les animaux et les végétaux respiraient encore sur la Terre

CLIFF McNICH

L'AUTEUR

Né à Sunderland, Cliff McNish a passé la majeure partie de sa vie dans le Sud-Est de l'Angleterre. Quand elle était petite, sa fille Rachel adorait qu'on lui raconte des histoires. C'est ainsi qu'a commencé *Le Maléfice*. « Mais, avant même que je m'en rende compte, dit Cliff McNish, le monde magique d'Ithrea a voulu prendre forme de façon plus tangible. Il voulait exister ! »
Le troisième volume de cette trilogie, intitulé *La Promesse du Magicien*, est paru aux Éditions Gallimard Jeunesse, en livre hors série.

Table des matières

Loi n° 49-956 du 16 juillet 1949
sur les publications destinées à la jeunesse
ISBN : 2-07-055258-6
Numéro d'édition : 122967
N° d'impression : 62644
Dépôt légal : février 2003
1er dépôt légal : janvier 2003
Imprimé en France sur les presses
de la Société Nouvelle Firmin-Didot

Walter F. Meyer

Kirschstängeli

Buchverlag Basler Zeitung

’s Reinharde Selmi

Links auf dem klobigen Ladentisch stand das Schneckengift. Es folgten: die ersten Zwetschgen des Spätsommers, Fallen für Feldmäuse, Schwefelzündhölzer, drei bis vier Schwarzbrot-Vierpfünder, Rheuma-Zugpflaster und eine Schachtel unverpackter Mohrenköpfe.
In «Reinharde Selmis» Dorfladen aus der (sogenannten) guten alten Zeit gab es nämlich nichts, das es nicht gab. Der zehnfach überfüllte Granitzerladen am Eingang zur Hintern Gasse war besonders für uns Schulbuben ein zweites Amerika, das es zu entdecken galt. Wir kämpften uns jeweilen mit dem Buschmesser durch den imaginären Dschungel: Von der Decke hingen nicht Lianen, aber immerhin Heuseile, Wagenketten, Stall-Laternen - einfach alles, was man in der Landwirtschaft brauchte. Die Bauern unseres Dorfs kramten ja beim «Reinharde Selmi» für das vierbeinige Liseli im Stall eine neue Weideglocke und für das zweibeinige Lisi in der Küche ein neues Rüstmesser (Schnitzerli).
«’s Reinharde Selmi»: die letzte echte Vollblut-Dorfkrämerin. Ein ungemein flinker «Bodesuri», mit streng nach hinten gekämmten, graumelierten Haaren und dito «Bürzi», eine erstaunlich zähe Jungfer mit lebhaften Augen, die ständig auf dem Sprung war, mit der die Kunden jedoch trotz der

äussern Krämer-Strenge über ihre Probleme reden konnten, über den erst achtzehnjährigen Gof Miggi, «der nicht aufpasste, obschon ich es ihm immer sagte, und der jetzt mit uns den Dreck hat», oder über die Influenza vom Guschti, «der zwar auch sonst lieber dort ist, wo man schon geschafft hat».
Beim Betreten von Selmis Krämer-Schlaraffenland klirrte, klimperte, scherbelte, läutete, bummerte die Landwirtschaft von der Decke. Wir holten jeweilen für einen halben Batzen Bärendreck (nobel: Lakritze), um genau die Crèmeschnitten zu beobachten: Zwischen Schnitten zum Ausschwefeln der Mostfässer und der Steinölflasche lagerte Selmi immer etwa fünf Crèmeschnitten, von denen die reichere Bevölkerung des Dorfs doch hie und da eine postete. Oft indessen stockte der Absatz. Dann schickten wir Arbeiterkinder, die jeden Rappen Taschengeldes mit Holzbeigen, Gartenjäten oder Milchholen selber verdienen mussten, Späher aus - man wisse: Jeweilen am vierten Tag schenkte das Selmi, das tief innen «ein fühlend' Herze» gehabt haben muss, den ärmern Kindern eine solche Ladenhüter-Crèmeschnitte als Zugabe.
«Die Schnitten sehen schon arg bekümmert aus», sagte dann der Heinz, der für einen halben Batzen Bärendreck die Lage zu erkunden hatte, «morgen pflücken wir sie uns garantiert!»
Am andern Tag sassen wir tatsächlich als Könige hinter dem Gemeinde-Holzschopf und kosteten

Brosame für Brosame eine altbackene, jedoch paradiesisch schmeckende Crèmeschnitte.
«Was würde eine solche Crèmeschnitte kosten?» fragten wir nämlich immer, wenn die Zeit für liegengebliebene Schnitten reif war. Und das Selmi schob uns dann barsch ein solches Traumobjekt zu: «Dann nehmt sie halt!»
Ich glaube, 's Reinharde Selmi sei wirklich ein Mensch gewesen.
Heute, meine Lieben, könnte ich mir Crèmeschnitten pfundweise leisten. Doch wie merkwürdig: Nie mehr später hat eine Crèmeschnitte in mir solch absolute Wonnen von geradezu orgastischer Qualität ausgelöst wie die ausgetrockneten, in Ehren ergrauten Crèmeschnitten aus dem unbeschreiblichen Wunderland des in Ehren ergrauten Reinharde Selmi. Ich werde deswegen wohl gelegentlich meinen Hauspsychiater befragen müssen.
Item, längst gibt es «'s Reinharde Selmi» nicht mehr. Vielleicht schneidet es gerade jetzt mit dem grossen Käsemesser Petrus eine Scholle Emmentaler ab, um barsch festzustellen: «'s isch für zwänzg Rappe meh», um jedoch auch mit Petrus über die Gottlosigkeit der Menschen von heute zu wettern.
Gerade das wohltuende Gelafer mit der Dorfkrämerin fehlt mir doch so sehr! Man konnte im Krämerladen en passant kleine Alltagssorgen abladen, seelischen Knoten vorbeugen. Gut, wenn ich heute für meinen kärglichen Junggesellen-

Haushalt im Selbstbedienungsultrasupermaxieinkaufcenter meine abgepackten Muskatnüsse hole, kann ich auch mit den Regalen oder der Tiefgefriertruhe plaudern - nur: Diese geben ums Verworgen keine Antwort!
Oft, wenn ich in Föhnnächten als geradezu blödsinnig wetterfühliger Spinner nicht schlafen kann, versetze ich mich deshalb via Autosuggestion in Reinharde Selmis Bubenparadies zurück, um das Alter von Crèmeschnitten zu erkunden. Dann ertönt von der vollbehangenen Decke die helle Musik der Landwirtschaft. Dann schaufelt das Selmi aus einer Schublade Reis. Dann mischt es der Joggihansnoldenen aus der Munigass den billigen Kaffee mit einem Aroma. Dann sagt das Selmi, das Beste gegen Durchfall seinen dicke Eier mit Muskatnuss.
Dann, ja dann habe ich mich schwer im Verdacht, ein wenig glücklich zu sein.

Die Himmelsmacht der Liebe

Die Himmelsmacht der Liebe lernte ich über die Schweinswädli kennen: Vaters jüngerer Bruder, Onkel Hermann, war hauptberuflich in der Kaserne Thun Bereiter und im Nebenberuf Frauenheld. Vater behauptete, Onkel Männi sei ein Teufelskerl. Denn er habe in jeder namhaften Schweizer Stadt «eine».

In Basel hatte er das Irène, das im Lällekönig Pfützen schleppte, wie der Gebildete sagt. Es war ein halbwelsches, sündhaft blondes Meitli, das mir schon wegen des schrägen Strichleins auf dem e heillos gut gefiel. Immer wenn bei Onkel Hermann das Irène an der Reihe war, schrieb uns Onkel Männi eine Zehnerpostkarte, und wir richteten dann unsern vierteljährlichen Einkaufstag auf diesen Irène-Samstag.

Man traf sich am späten Nachmittag im Lällekönig. Jeden Samstag von 17 Uhr verzehrte damals die ganze Regio basiliensis im Lällekönig heisse Schweinswädli. Für uns galt diese Götterspeise als das Antergott des kleinen Mannes. Und gerade die Schweinswädli konfrontierten mich mit der sagenhaften Himmelsmacht der Liebe, dies sogar auf zwei Ebenen: Onkel Hermann heizte dem schönen Irène jeweilen gar zünftig ein, er wolle dann nur ein ganz zartes und ein ganz saftiges Schwynswädli. Und was für ihn gelte, das gelte gefälligst auch

für seine Anverwandten, kapiert? Sonst wolle er, Hermann, auch von anderen Wädli nichts wissen! Das war die eine Ebene der Himmelsmacht. Auf der zweiten heizte das Irène dem Wädli-Koch gar zünftig ein, es wolle dann nur ganz zarte und ganz saftige Wädli, gefälligst. Dann laufe vielleicht gelegentlich etwas. Der Wädlikoch war nämlich, wie uns Teufelskerl Onkel Männi erzählte, nach der blonden Wädli-Trägerin Irène dermassen verrückt, dass er für einen Schlafditti-Augenaufschlag Irènes den Mond geklaut hätte.
Ja, Freunde, so assen wir damals die zartesten und die saftigsten Wädli dieser Erde. Dabei handelte es sich jeweils um zwei Stunden kulinarischen Paradieses, weil wir uns zu Hause als Fleisch nur zähen Kuhringgel leisten konnten. Diesen kochte Mutter vor dem Fleischsalat erst noch in der Fleischsuppe f..ztrocken aus. Irènes Schweinswädli jedoch! Ich weiss, es ist ein enorm wüstes Wort, und ich schäme mich seiner auch ganz furchtbar. Aber nachdem Massenmedien und Teenager-Heftli den gesellschaftlich unumgänglichen Orgasmus salonfähig gemacht haben, kann ich nicht anders: Irènes Schweinswädli waren eindeutig der Orgasmus des Gaumens! So ungefähr alle Vierteljahre, wenn bei Onkel Hermann turnusgemäss das Irène an der Reihe war, brach selbiger mit der Totalenergie eines Kernreaktors über mich herein.

Den Koch konnte ich übrigens gut verstehen. Denn das Irène war echt eine Wucht. Vermutlich hatte sich auch Vater in es verknallt. Doch Vater war nicht Bereiter, sondern nur Uhrenarbeiter und erst noch kein Teufelskerl, der in jeder namhaften Schweizer Stadt «eine» hatte. Er beschränkte sich deshalb darauf, das Irène anzuhimmeln, wenn Mutter auf das Lällekönig-WeCe ging. «Die braucht auch keinen Schaumgummi», feixte er einmal, und Onkel Männi erwiderte stolz: «Von A bis Z echt!» Dann grinsten die beiden blöd, und ich konnte wegen des Schaumgummis nicht fragen. Denn Mutter kehrte erleichtert vom WeCe zurück, und Onkel Hermann/Vater präsentierten sich wieder ganz seriös.

Eben, wenn ich so an Irènes Schweinswädli zurückdenke, weiss ich's genau: Die Liebe ist und bleibt die grossartigste Erfindung, die je gemacht wurde. Man kann für sie nie dankbar genug sein.

Zarte und saftige Schweinswädli gibt es auch heute. Ich könnte mir nun jeden Samstag um 17 Uhr ein Wädli leisten. Kürzlich habe ich mir auch ein solches geleistet: Um das verlorene Paradies neu heraufzubeschwören. Doch das Paradies geruhte nicht zu erscheinen. Und daran war garantiert nicht das heisse Wädli schuld. Ich dachte in dieser Stunde vielmehr an eine seinerzeitige depressive Freundin, die wie alle grossen Humoristen ausgerechnet in den Stunden der tiefsten Schwermut die

fröhlichsten Feuilletons geschrieben hatte. Ihre Standard-Behauptung war gewesen: «Was die Götter schenken, das schenken sie nur ein einziges Mal!» Wohl deshalb will es bei mir mit den Schweinswädli nicht mehr klappen.
Immerhin erfüllen Irène Schwynswädli heute noch ihren Zweck: Nichts ist zu klein, philosophische Denkanstösse zu geben. Wenn ich in schlaflosen Föhnnächten über die lange zurückliegenden grünen Wädli-Oasen nachdenke, komme ich denn auch zur Überzeugung: Saftige, beglückende Schweinswädli-Oasen kann nur jener bis zur berühmten Neige auskosten, der vorher durch Kuhfleisch-Wüsten gegangen ist!

Grübelei im Ausschnitt

Die monumentalsten Kolossalereignisse meiner Jugend waren die Dorftheater. Wenn der Musikverein «Eleonora die Grabesbraut» aufführte, gab mir Mutter unter finanziellen Schmerzen für die Kultur fünfzig Rappen. Zwei Stunden vor der Kassenöffnung dann stand ich vor der «Eidgenossen»-Saaltüre, um unter den ersten Kulturbewussten die erste Stuhlreihe stürmen zu können.
Dank den «Glocken von Plurs» verliebte ich mich im Alter von acht Jahren zum zweitenmal verheerend. In das Mangold Lotti. Zum erstenmal katastrophal verknallt hatte ich mich als Siebenjähriger in Schulkollegin Thekla, die es leider nicht wusste. Ich war nämlich schon damals ein Mann mit krankhaft intensivem Gefühlsleben, das bis heute kein Püsikater wegbrachte.
Das Mangold Lotti spielte in den erwähnten Glokken die Titelheldin. Mit einem Zichorienpäcklein hatte ihm der Schnäflernoldi als Theatercoiffeur rote Backen gemalt. Auch lange offene Haare trug Prinzessin Lotti: Das allerwunderschönste Meitli meines Lebens! Ich war rettungslos verloren. Das Lotti zählte damals höchstens dreiundzwanzig Jahre. In den Leiden des jungen Walters gab ich meiner schwachen Hoffnung Ausdruck, meine rasende Sehnsucht, das bezauberndste Lotti der Erde, würde vielleicht warten bis ich aus der Schu-

le wäre. Dann könnten wir heiraten. Aber das Lotti nahm einen andern. So traurig ist das Leben!
Jedes Molekül meiner überempfindlichen Bubenseele gehörte dem berauschenden, Drogen ersetzenden Dorftheater vor allem deshalb, weil mein Onkel Hans - also ein Vertreter unserer Familie! - im Dorf nicht bloss als Gemeinderat, sondern als ganz grosser Bühnenstar respektiert wurde. Ich war auf ihn hochgradig stolz. Denn er bekam immer die besten Rollen. Im «Meineid-Bauer» musste er einen Bösewicht spielen. Dieser wurde im sechsten Akt von der Gerechtigkeit über eine fast senkrechte Geröllhalde zu Tode gestürzt. Vater erzählte mir als Bühnenarbeiter nachher, sie hätten die hintern Bretter der «Eidgenossen»-Bühne entfernt und in die darunterliegende Kulissen-Rumpelkammer eine Art Rutschbahn (gleich Geröllhalde) konstruiert.
Leider ging die Sache mit der Geröllhalde dann schief, obschon der Schwarzpulversämi hinter der Bühne in einem Pflasterkessel mächtig Kieselsteine durcheinanderschüttelte (gleich Geröllhalden-Effekt). Offenbar schmetterte die Gerechtigkeit (gleich Jungbauer Fridolin Ehrsam) den meineidigen Ungglen Hans allzu gerecht auf die Geröllhalde: Die Rutschbahn krachte hörbar zusammen, und im übernächsten Augenblick drang aus dem Hinter- beziehungsweise Untergrund wüstes, unchristliches Gezeter: «Gopferd... i, hani dr Grind

agschlage!». Also fluchte der tödlich abgestürzte Bösewicht die Geröllhalde herauf. Bis zum heutigen Tag ist er für mich der einzige Tote geblieben, der so gottlos schimpfte und fluchte.

Man sprach im Dorf noch tagelang vom schrecklichen Absturz. Jedoch auch das Brieflein im «Wilderer von St. Kathrein» war die fünfzig «Santym» Kultur-Entgelt ein Mehrfaches wert. Das Schuhmacherleneli hatte als knusprige Sennerin von St. Kathrein hochoben im Ausschnitt ihrer Bluse ein geheimes Liebesbrieflein zu verbergen. Dieses musste der Wilderertoni herausfischen. Im glutvollen Firnen-Abendlicht der Rampe (rot umwikkelte Sechziger-Birnen) fischte der Wilderertoni tatsächlich wacker, wenn auch erfolglos: Wegen grassierenden Lampenfiebers hatte vor dem dritten Schellen das Leneli verhängisvollerweise den Brief in den Ausschnitt zu stecken vergessen!

Wilderertoni jedoch war ein beherzter Schauspieler und ein stilechter Draufgänger, der so rasch nicht aufgab. Verzweifelt fischte er weiter. Denn er wusste von Lenelis Unterlassungssünde nichts. So ein Brieflein könne ja schon ein wenig hinunterrutschen, habe er sich gesagt, erzählte er nach der glanzvollen Première. Erst als seine suchende Hand in immer diskretere Sperrbezirke geriet, hörte man in der ersten Reihe das puterrot gewordene Leneli zischen: «Du Aff, ich hab den Brief doch gar nicht!». Noch wochenlang ratiburgerte

man im «Jägerstübli», bis in welche Gefilde der Wildderertoni bei seiner verzweifelten Suchaktion nun tatsächlich vorgedrungen sei.
Solches und Ähnliches waren die wochenlang röstfrisch bleibenden, zweitausend Volt messenden Höhepunkte des Lebens, die eine damals noch nicht anonyme Dorfbevölkerung noch enger zusammenbrachte. Heute frage ich mich oft, warum im Computer-Zeitalter kaum noch Höhepunkte in Menschenseelen Erdbeben auslösen können. Und nach eingehenden wissenschaftlichen Privatstudien weiss ich's: Es gibt heute viel zu viele Höhepunkte und viel zu spektakuläre. Diese treten in solch ermüdender Vielfalt auf, dass sie den Menschen für Höhepunkte regelrecht abstumpfen, dass sie gewöhnlich, alltäglich, attraktionslos werden. Zirkus-Akrobaten, die unter dem Pseudonym Sport an der weissen Front lebensgefährlich um Hundertstelssekunden kämpfen, flimmern dem stumpfgewordenen Menschen täglich Höhepunkte in die gute Stube. Und genau darum kann der erwähnte, abgebrühte Mensch spektakulärste Skiakrobatik nicht mehr als Höhepunkte/seelische Bergrutsche erleben. Deshalb wird sein Leben aller Spektakel zum Trotz immer fader, langweiliger.
Vielleicht, meine Lieben, sollten wir Müden gerade deshalb wieder vermehrt in den Ausschnitten hübscher Sennerinnen nach Geheimdokumenten

grübeln, statt täglich zweimal vor den Mahlzeiten ein Abfahrtsrennen einzunehmen.

’s Cheesiheiris

Heute spricht man grosskotzig von Stätten der Begegnung und meint damit die millionenträchtigen Mehrzweckhallen der Heimat. In meiner reichhaltigen Mehrzweckjugend war die Cheesi, also das Milchhüsli, die Stätte der Begegnung: Jeden Abend traf sich am Brunnen vor dem Tore (der Cheesi) jegliches Alter der Dorfbevölkerung sekundär zum Holen des Grundnahrungsmittels und primär zur Pflege der zwischenmenschlichen Beziehungen. Ferner, dank engagierten Dorfrätschen, zum Austausch kommunaler Nachrichten. Hatte beispielsweise am Abend zuvor der Krampfadernschaggi den Löffel weggeworfen und beim Reinhardenselmi ein Batzenhälsigli gekauft, diskutierte man den hängigen Fall genüsslich am Cheesibrunnen. Wer den Schaggi heruntergeschnitten habe und so. Denn man kannte damals weder Blick noch Telewischn-Krimis.
Die Oberdörfer Cheesi wurde von Cheesiheiris geführt. Diese hiessen eigentlich Degen. Aber Cheesiheiris war der Ehren-, Respekts- oder Kosename: Alle prominenten Inhaber öffentlicher Dorfämter galten als Respektspersonen, der Gmeinipreesi, der Schulmeister, der Füürwehrkomödiant, der Feldmauser, ja sogar der Pfarrer. Und Cheesiheiris waren erst noch der Inbegriff für optimal arbeitsame Leute, die weder Sonn-, noch

Feier-, noch Ferientage kannten. Selbst an Weihnachten krampften sie bereits in aller Herrgottsfrühe, und so gegen 22 Uhr dann putzte der Cheesiheiri die letzte Rille der Kühlschlange. Jeweilen am Sonntagnachmittag am vieri holte er beim «Eidgenossen» oben die fünfzig leeren Milchkannen vom Bähnli. Mit einem schweren Heuschneggen, an dem der kräftige Heiri gerade noch selber den Gaul spielte. Das von den hiesigen Bauern angelieferte Mämmämm wurde nämlich zu einem grossen Teil mit dem WB-Dampfpfupferli in die grosse, grosse Stadt geführt, auf dass die unterernährten, bleichsüchtigen Bebbis gesunde rote Bakken bekamen. Immer am siebeni half gegenüber der Cheesi der «Rössli»-Köbi dem Cheesiheiri die schweren Milchkannen in das WB-Gvättergschirrli einladen.

Die Cheesiheirene ihrerseits schenkte jeden Morgen und jeden Abend die Milch für uns Eingeborenen aus. Denn auch in unserem Kaff gab es keinen pfeifenden Milchmann. Man kaufte deshalb im Konsum beim Günthertmarieli Halbliter- und Liter-Milchmarken, und die Cheesiheirene schöpfte als Gegenwert die von den Farmern gebrachte kuhwarme Geissenmilch frisch aus dem Auffangbecki in die Milchkesseli. Mit Liter- und mit Halblitermass sowie mit faszinierend sicherer Hand: Kaum je ging ein Tröpflein des kuhologischen Schaumweins daneben!

Und Herrschaft, welche gesundheitlichen Strapazen mussten Cheesiheiris in ihrem anstrengenden Job bewältigen! Etwa in sibirischen Wintern, wenn in der feuchteisigen, selbstverständlich nicht heizbaren Cheesi die Milch fast in der Kanne gefror. Dann stand die Cheesiheirene in klobigen Holzschuhen auf dem Lattenrost, fast bis zur Unkenntlichkeit vermummt, mit einem sechsfach gestrickten Halstuch und Händschen, die wo die blaugefrorenen Finger freiliessen (für schöpferische Betätigung). Welch gesundheitliches Totaltraining war das! Und nie habe ich denn auch die Cheesiheirene mit einem Schnüpperlein gesehen.
Heute vermute ich es: Hätten Cheesiheiris ihres gemeinnützigen Amtes in Russland gewaltet, wäre ihnen der Ehrentitel «Helden der Arbeit» sicher gewesen.
Jawohl, Freunde, viel haben mir diese abendlichen Cheesigänge gegeben. Ich holte für uns und für den Medizinmann gegenüber werktags und sonntags die Milch. Der Medizinmann gab mir dafür im Monat drei Franken und jeweilen im Februar zweiachtzig, weil Ärzte schon damals finanziell nicht auf Rosen gebettet waren. Doch reich gestalteten sich meine Bubenabende gerade dank der im Zeitalter des Fortschritts verschwundenen Begegnungsstätte Cheesi. Ungemein vielfältige Müschterli rankten sich begreiflicherweise um Cheesiheiris eiweissreiches Reich. So drängelte

sich sälbmol Schmirgelbrächtnoldisgotthilf an das Ausschankloch und rief aufgeregt: «Schnell, gib mir einen Liter, aber pressier, ich hab's laufen lassen!» So kriminell war es trotzdem nicht, denn was Heimposamenter Schmirgelbrächtnoldisgotthilf hatte laufen lassen, war nur sein Bändelwebstuhl.

Trotzdem musste er sich von dort an oft die besorgte Frage gefallen lassen: «Gotthilf, hesch's wieder lo laufe?»

Daraus folgt, liebe Tetrapackungsmiteidgenossinnen und -genossen: Der Mensch lebte schon damals am gedeihlichsten an schmackhaft angerichteter Schadenfreude. Und dies sogar ohne Kurtlis versteckte Kamera!

Fasnachtsküchlein

Nun scherbeln sie wieder. In den Schaufenstern von Konditoreien, zu schlaraffiösen Bergen aufgetürmt, inmitten anderer Schlaraffitäten, deshalb kaum beachtet. Die wundersamen Fasnachts-Teigwaren, die so leicht brechen wie Glück und Glas. Die selbst Stunden dünnen Kaffees zu Schlemmerstündchen machen: Fasnachtsküchlein. Der Kenner lässt diesen Ausdruck geniesserisch auf der Zunge zergehen. Der kulinarische Banause hingegen postet sie en passant beim Beck oder im Supermarkt.

Meine Mutter war eine waschechte Baselbieterin. Sie kaufte deshalb nie Fasnachtsküchlein. Eisern stellte sie die dünngewallten Genussmittel mit den aufgeblähten Bäuchlein selber her. «'s isch eifach kei richtigi Fasnecht, wenn me se nit sälber macht», pflegte sie zu sagen.

Selbst 1944 gab es bei uns – o mehrfaches Wunder – Fasnachtsküchlein aus eigener Zucht. Die mittelalterlichen Leser werden sich (ungern zwar) erinnern: In den Kriegsjahren waren Fett, Zucker, Eier, Nidel und dergleichen so rar, dass Extravaganzen – etwa Fasnachtsküchlein – nun einfach nicht drinlagen.

Meine Mutter jedoch brachte als fürsorgliche, märchenhaft einteilende Hausfrau das Kunststück fertig: Ein ganzes Jahr lang zweigte sie von den ra-

tionierten Lebensmitteln diskret so viel ab, dass sie im Februar 1944 für eine Zaine Fasnachtsküchlein das nötige Rohmaterial im Versteck hatte.
«Mach um Gottes Willen die Fenster und die Läden zu und dichte die Ritzen mit einer alten Wolldecke ab!» flüsterte meine Mutter. Denn das Bakken von Fasnachtsküchlein ist nicht bloss Geschmacks- sondern vielmehr noch Duftsache. «Sonst sind 's Meyers schon morgen in aller Leute Mäuler, von wegen Schwarzen Markts und so.»
Item, der heimliche Küchleinabend von 1944 wurde für den schon als Süssholzraspler geborenen Schulbuben W.F. zum unvergesslichen Erlebnis, das sich tief in dessen kindliche Seele grub. 1944 gab es bekanntlich kaum Schokolade oder andere Süssigkeiten. Bloss fad schmeckende Lutsch-Stengel aus zerhackten und gepressten Feigen liessen bei überdurchschnittlich fantasiebegabten Leuten die Illusion von Süssem hochkommen.
Können Sie sich, ebenfalls verwöhnte Mitmenschen der Neuzeit, vorstellen, welche Wonnen ich erlebte, als in fettarmer und fast zuckerloser Zeit meine Mutter schwitzend paradiesisch duftende Gebilde aus blubberndem, flüssigem Fett fischte? Sie können's nicht!
Später ging ich vor dem Haus die Wirksamkeit der dichtenden Wolldecke prüfen. Es dünkte mich, das ganze Dorf sei eine einzige Küchleinküche, es duftete nach Wunder, nach Freude, Jubel und

Glück... Mit fast weihevoller Behutsamkeit schichtete Mutter die monatelang vom Familienmund abgesparten Schätze in einer weissen, mit Seidenpapier ausgeschlagenen Wäschezaine auf und stellte sie im Schlafzimmer auf einen Stuhl in die Ecke. «Weil's dort schön kühl ist. Aber nicht, dass du mehr als zwei Stück stiebitzest!»
In jener Nacht kamen die Bomber wieder. Fast stundenlang flogen sie über schweizerisches Hoheitsgebiet, um sich «irgendwo» ihrer tödlichen Last zu entledigen. Immer sonst hatte ich bei diesem Brummen, Dröhnen und Vibrieren des Hauses schreckliche Angst und rasendes Herzklopfen: Dieses «Irgendwo» könnte auch einmal die Schweiz, Oberdorf, der Rehagweg sein...
Damals jedoch war für Angst kein Raum mehr da. Die Flugzeuge dröhnten. Aber ich realisierte das teuflische Geräusch nicht. Nur die im Mondlicht hell glänzende Zaine mit den überzuckerten Fasnachtsküchlein sah ich, in einem Staunen und mit einer Ehrfurcht, die sich nicht beschreiben lassen.
Später heulte die Alarmsirene. Ich hörte, wie mein Vater im Korridor den Helm abhängte, um als Luftschutzsoldat seine Pflicht zu tun. Doch diesmal kam die würgende, mir die Luft abschneidende Angst nicht. Ich starrte auf die Küchleinzaine in der Ecke und wusste es: Es gibt nichts Böses, nichts Schreckliches, keinen Krieg, nur Wunschlosigkeit, Freude und Glück. Denn es gab Fas-

nachtsküchlein. Die mussten doch stärker als alles andere sein. –

Oft schon habe ich dieses mindestens 10 000 Volt messende Glücksgefühl jener Küchleinnacht von 1944 nachzuvollziehen versucht. Erfolglos. Wahrscheinlich geht es nicht, weil es heute viel zu viele Fasnachtsküchlein gibt: Ich vermute, jene optimal intensiven Gefühle, deren ich in der von Bombern durchdröhnten Nacht fähig war, seien im absoluten Überfluss unseres vielgepriesenen Wohlstandes elendiglich ertrunken...

Lindenblust

Ich habe eine Vorliebe für Lindenbäume. Der fast betäubende Duft blühender Linden an milden Juniabenden - wenn möglich mit Vollmond - ist für mich der Inbegriff von Sommer und junger Liebe mit Zutaten.
Diese Freundschaft mit Linden, wie sie markante Hügel des Emmentals, aber auch noch manches Baselbieter Plätzchen zieren, geht bis in meine Kinderzeit zurück: Immer im Juni oder Juli sagte mein Vater, Lindenbäume seien schliesslich «öffentlich». Deshalb stellte er keck an der nächsten Linde eine Leiter an, und dann pflückten wir unbeschwert eine Stunde lang herrlich duftende Lindenblüten in ein weisses Stoffsäcklein. Nie reklamierte dabei jemand, auch wenn die Linden nicht immer so «öffentlich» waren, wie mein Vater behauptete. Dieser vertrat übrigens ein wenig die Auffassung, alles Schöne sei von Gott erschaffen worden und somit zumindest ein wenig für alle Menschen bestimmt.
Mutter dörrte anschliessend das Lindenblust auf dem Estrich. Man darf die Blüten nicht in der prallen Sonne trocknen, weil sie so ihr unvergleichliches Aroma verlören. Aus frischem oder gedörrtem Lindenblust bereitete Mutter das ganze Jahr als eigentliches Hausgetränk Lindenblüten-Tee, den sie in der warmen Jahreszeit vor dem Ge-

nuss kühlstellte und mit Zitronensaft oder einem Schuss «Weissen» veredelte. Stets standen bei uns im Sommer riesige Krüge dieses wundervollen, billigen und erst noch hundertprozentig natürlichen Durstlöschers trinkbereit. Ja, wir kannten damals überhaupt kein anderes Universalgetränk – und wir vermissten auch keines!

Heute ist unsere Wohlstandsgesellschaft mit Lindenblust-Tee – den man früher als Heilmittel auch erfolgreich gegen Fieber und so einsetzte – nicht mehr «in»: Wir sind es unserem gesellschaftlichen Ruf schuldig, modernere Getränke zu konsumieren – Motto: Erst das, was einiges kostet, ist wirklich auch etwas wert! Ausserdem haben diese Wohlstands-Säfte den Vorteil, einiges an solider Chemie in sich zu tragen, wogegen Lindenblütentee wie erwähnt einzig aus veralteter, nostalgischer Natur bestand...

Nun, vielleicht ist es gut, dass Leute, die etwas auf sich halten, statt kühlen Lindenblütentees heute Hyprosuperex oder Whiskofit trinken: Wahrscheinlich würden die noch freilebenden Lindenblüten gar nicht mehr für das ganze durstige Volk ausreichen. «Heimlich, still und leise» hat man nämlich auch im Baselbiet manchen edlen Lindenbaum dem galoppierenden Tief- und Hochbau geopfert, ohne für Ersatz zu sorgen. Denn an Wohlstandsbörsen verzeichneten Asphalt und Beton bekanntlich höhere Kurse als antiquierte

Bäume. Um so tröstlicher mutet die tapfere Tat eines jungvermählten Baselbieter Ehepaars an: Zum Andenken an ihren Hochzeitstag pflanzte dieses kürzlich auf einer Oberbaselbieter Anhöhe eine gesunde junge Linde. Sie dürfte mithelfen, dass Outsider der Wohlstandsgesellschaft auch künftig via frisches oder gedörrtes Blust zu herrlichem Lindenblütentee kommen.
Die erwähnten Lindenpflanzer sind mir aber vor allem deshalb sympathisch: Sie haben bewiesen, dass wenigstens noch vereinzelte «Weitsichtige» späteren Generationen nicht bloss Beton und Asphalt überliefern wollen, sondern auch ein liebes kleines Flecklein Grün.
Es geschehen tatsächlich noch Zeichen und Wunder!

Sir Meyer

Ich bin Sir Meyer. Im Zivilschutz heisst Sichter eben Sir. Denn der Zivilschutz besteht ausschliesslich aus Abkürzungen. Der Nachrichten-Sir muss ähnlich wie die Chefsekretärin die Post verteilen, zusätzlich aber dafür sorgen, dass bei einem Bombenangriff nicht der Ko Stv (Koch-Stellvertreter), sondern der Pi Zg 3 ausrückt.
Ich machte meine RS als Kartenführer und Sir im reizenden Nostalgie-Provisorium Langenbruck, das heisst in einer ungemein romantischen Zivilschutz-Kaserne. Ein Provisorium, wie erwähnt, aber c'est bekanntlich le provisoire qui dauert! Es hat dort vor allem immer noch einen Getränkeautomaten. Sofern dieser spinnt, nimmt man Anlauf, versetzt ihm mit gutem Schuhwerk einen soliden Pioniertritt und kommt prompt zu seinem Pausenkaffi.
Übrigens war ich das Sorgenkind der Klasse, der Zivilschutz-Lappi/Läppli, das ungekrönte Kompagniekalb. Mit den Abkürzungen begann's. Dreihundert mussten wir lernen. Mein Gehirn ist jedoch nur für zwohundert konzipiert. «Grosser Gott, was soll ich mit Ihnen machen?» fragte Frau Schneider, die wirklich liebe und faire Instruktorin. Als wir dann die Karten zu führen begannen, verlangte sie psychische Gefahrenzulage: Während meine Kameraden wie Top-Bauzeichner ge-

stochen scharfe Lagesituationen zeichneten, drang bei mir doch eher die künstlerische Freiheit durch. «Ist das von Picasso?» fragte denn auch der freundliche Leiter des Zivilschutzamtes mit letzter Kraft, als er meine stolz geführte Nachrichtenkarte inspizierte.

Auch kam ich nie so ganz draus, wo man nun einfache Pfeilspitzchen und wo doppelte zeichnen muss, wo die Schadenzeit über die Linie und wo sie gemäss strenger Order aus Bern unter dem Strich anzugeben ist. Und oft verlor ich sogar das Zeichen für Blindgänger aus dem Gedächtnis. Dabei entscheidet das absolut regelkonforme Zeichnen von Pfeilspitzchen über Sein oder Nichtsein ganzer Städte!

Im Kartenführen hatten wir dann eine praktische Übung: 60 Meldezeedeli Schlag auf Schlag mussten in die Nachrichtenkarte verwurstet werden. Ich fand die praktische Übung eher unpraktisch. Denn als ich Meldung 54 «Teilzerstörung Konsumkreuzung» einzeichnen wollte, stellte ich mit Schrecken fest, dass auf meiner Karte seit der 13. Meldung ganz Oberdorf in Schutt und Asche lag: Kein Ecklein mehr, wo der zum Einsatz befohlene Löschzug 3 rettend hätte eingreifen können! Der Übungsleiter kommandierte mich deshalb vorzeitig zum Mittagessen ab. «Damit Sie nicht noch ärgeres Unheil anrichten!»

Die Sache mit Karte und Kompass ging eigentlich

nicht besser. In meiner Jugend musste ich den Garten jäten, konnte also nicht zu den Pfadi. Vermutlich deshalb blieb ich beim Bestimmen von Punkten leicht hinter den übrigen Kartenführern zurück. Ich rechnete jedoch froh den Punkt aus und erhielt als Lösung das Gurnigelbad. Dieses muss indessen falsch gewesen sein. Denn alle Klassenkameraden hatten die Bölchenfluh. Frau Schneider rang die Hände, schaute schmerzvoll auf zu den Bergen, von wannen die Hilfe kommt, und fragte: «Warum hat die Gemeinde Sie schrecklicherweise in den Nachrichtendienst eingeteilt, wo Sie für Nachrichten doch nicht das geringste Talent haben?» Fast wagte ich nicht zu bekennen, in meinem zwoten Beruf sei ich eben Journalist. Umso wütender brüllte ich nach dem Materialwart, es sei eine Schweinerei, mir einen Kompass zu geben, an dem nicht einmal die Nadel geölt sei und der statt auf die Bölchenfluh auf das Gurnigelbad zeige. Doch Frau Schneider gab mir Baldrian und beruhigte mich liebevoll, das komme relativ häufig vor, wenn man den Kompass verkehrt in der Hand halte.
Auch Funkdisziplin gab es. Beim ebenfalls freundlichen, dank mir schwergeprüften Herrn Sutter. «Von Tango primo an Tango sexies» und ähnlich wüstes, obszönes Zeug. Nach dem Funkunterricht war bei mir zwar keine Spur von Funkdisziplin feststellbar, doch hatte ich immerhin ge-

lernt, der gedrungene Hörer des Funkdings heisse Knochen. Und überhaupt hat auch meine Freundin Dithli keine Funkdisziplin, wenn sie zweieinhalb Stunden mit ihrer Freundin telefoniert hat und dann hastig sagt: «Jesses, ich muss aufhängen, die drei Minuten sind um!»

Tja, so wurde ich eben nur ein mangelhafter Sir, der zu allem Unglück nicht einmal die Schutzmaske tragen kann: Erstickungsanfall! Platzangst, behauptet mein Hauspsychiater. Doch das ist nicht schlimm. Denn im Ernstfall zöge ich garantiert weder die Schutzmaske an, noch versenkte ich mich in den Bunker: Weil ich keinen Wert darauf legen würde, auf einer radioaktiv verseuchten Erde in Raten zu krepieren, weil ich nicht länger Angehöriger einer Gesellschaft sein möchte, die sich vom Neandertaler anstatt aufwärts abwärts entwickelt, bliebe ich oben. Im Klartext: Ich würde in einem solchen Fall dem DC ND (Dienstchef Nachrichtendienst) kurz und bündig melden: «Sir Meyer meldet sich ab.»

Möglicherweise wird es allerdings gar nicht so weit kommen. Denn die nächste Eiszeit ist vielleicht näher, als es die Supersiechen der Wissenschaft errechnen. Heissa, wäre das ein Glück für die missbrauchte Mutter Erde - hundert Milliarden Jahre Erholung vom radioaktiv blödelnden Menschen!

Ein hohles Ei

Mich dünkt, unsere Sprache sei früher bildhafter gewesen. Mutter bereitete zum Beispiel keine Spiegeleier zu. Sie schlug vielmehr «ein Ei in den Anken», wie sie diesen Vorgang kommentierte. So wusste man sofort, was gemeint war.
Spiegeleier hörten übrigens damals weitgehend auf den Namen Stierenaugen. Sie bildeten ein wichtiges Grundnahrungsmittel. Denn fast jede Familie im Dorf hatte einen Gemüsegarten und ein paar gackernde Hühner. Glückliche Hühner, notabene, weil man damals noch nicht aus kommerziell-brutalen Gründen brave Hennen quälte. Als Mutter Blinddarm hatte, ernährten Vater und ich uns während vierzehn Tagen mit Stierenaugen. Nach einem zweiwöchigen Grundkurs nämlich kann der Laie relativ fehlerfrei Eier in den Anken schlagen. Bereits nach drei Jahren war ich übrigens wieder in der Lage, Spiegeleier zu essen, ohne Brechreiz zu bekommen.
Item, die Bohnensuppe sei das Klavier des kleinen Mannes, behauptete Kurt Tucholsky. Ich möchte ergänzen: Spiegeleier sind der Kaviar des kleinen Mannes gewesen – Milch macht müde Männer munter! Ähnliches vermuten sowohl Wissenschafter als auch Laienbrüder von den ovalen Symbolen ewigen Frühlings, mit denen an den berühmten Baselbieter Eierleseten heute noch die berüch-

tigte Frühlingsmüdigkeit bekämpft wird. Sonst aber sind diese Kalkgebilde doch eher nicht mehr standesgemäss. Paulipaul vom noblen Eggen 13 jedenfalls hat für Notfälle (unerwarteter Besuch) immer ein Gleesli richtigen Kaviars im Eierzainli, um als «In»-Seiender auch schwierigen Lebenssituationen gewachsen zu sein.
Paulipauls jeweiliger akzentfreier Ausruf «Œuf, œuf, que lac je?» (Ei, ei, was seh ich?) erinnert immerhin an die kaviarlose Blütezeit des in Anken geschlagenen Eies.
Allerdings: Es gab schon damals hohle Eier. Wir durften jeweilen mit dem in Knickerbockern (Wochensch ... ern) startenden Herrn Lehrer auf der Studenweide ob Waldenburg (Provinz Basel-Süd) skifahren. Bereits beim zwoten Studenweide-Abfahrtsrennen musste der Herr Lehrer wegen Erfrierungserscheinungen ambulant behandelt werden, weil ich erst anderthalb Stunden nach Kontrollschluss am Ziel im Waldenburger Richtacker eintraf. Die aufgebotenen Rettungsmannschaften mit ihren Lawinenhunden aber konnten innert nützlicher Frist entlassen werden. Nach jenem Naturereignis durfte ich als einziger Spitzensportler der Klasse die damals üblichen Felle nicht bloss zum Aufsteigen, sondern auch zum Abfahren an die Ski schnallen.
Auf diesen Erfolg war ich sehr stolz. Meine Kollegen indessen bezeichneten mich coram publico als

hohles Ei. Dafür war ich der gefürchtete Eiertütsch-König der Klasse: Immer an Ostern tütschte ich erbarmungslos die ganze Klasse in Grund und Boden. Meine Tütscher-Kollegen konnten mit ihren Eiern noch so raffiniert tütschen - die Trümmer waren immer auf ihrer Seite! Man begann mich deshalb geradezu mit Ehrfurcht zu behandeln, gewissermassen wie ein rohes Ei.

Längst bin ich gerade in dieser Hinsicht meinen Schulkameraden von damals eine Erklärung schuldig. Weil die strafbare Handlung bestimmt verjährt ist, kann ich «hiermit» die Beichte ablegen: Meinen damaligen Nimbus als Eiertütsch-König verdankte ich unsern vier wackern Leghorn-Hennen. Deren Legalität war beachtlich. Bloss mit ihrer Brutalität haperte es ein wenig. Immerhin konnten sie nach der Einschulungszeit ihre Eier auswendig sowie in das richtige Nest legen. Darum durfte ich ihnen eines Tages ruhigen Gewissens das aus hartem Gips bestehende Nest-Ei stehlen. Dieses, fachgerecht in Zibelen-Hültscheten gefärbt, verhalf mir in der Folge, wie geschildert, zu einer glanzvollen Rehabilitation.

Jene Schandtat bereue ich tief, lieber Klaus, lieber Heinz und so weiter. Doch ich wollte Euch nur beweisen, dass sogar in einem hohlen Ei etwas stekken kann.

Die grossen Entdecker von damals

Manchmal werkle ich an meiner Journalisten-Hobelbank. Wenn die Späne nicht so fröhlich fliegen wollen, schaue ich durch das Fenster in meine kleine grosse Welt. Dann stockt mir oft der Atem: Sonntag für Sonntag drehen fünf, sechs Halbwüchsige mit ihren tollen Töffli ihre Runden. Vom Unterdorf ins Oberdorf. Dann auf einer Garageeinfahrt wenden, fünf Minuten Pause, Kopf zu Boden, wortlos, durchstarten Richtung Unterdorf, dort auf Vorplatz wenden, fünf Minuten Pause, Kopf zu Boden, leerer Blick, durchstarten, immer die gleiche Strecke, sonntagelang. Sonntagelang, Freunde!

Dann jeweilen sage ich: «Bonjour tristesse!» Weil sich eine enorm mobilgewordene Jugend selber immer engere Gettos schafft. Weil sie wegen eines Lebens, das mit Ferienpässen und so bis in die Freizeit hoffnungslos ausprogrammiert ist, nicht mehr die geringste Motivation hat, selber etwas zu entdecken, zu erfahren, aufzureissen.

Merci, hätten wir damals ein solches Töffliwunderding gehabt – sämtliche Gemeindegrenzen wären gesprengt worden! Denn wir waren ständig dermassen auf Neuland aus, dass wir garantiert sogar Amerika entdeckt hätten, wäre uns nicht der Chrigel zuvorgekommen. Dabei standen uns als Privatfahrzeuge ein Paar Füsse, ein schwerer Göp-

pel ohne Übersetzung und ein Paar holprige Rollschuhe zur Verfügung. Damit entdeckten wir an Sonn- und allgemeinen Feiertagen ungebremst die Welt. Denn wir waren wie ausgetrocknete Schwämme, die gierig jeden Tropfen Wissen und Erfahrung aufsaugten.
So liefen wir etwa nach der Kinderlehre nach Laufen, obgleich das Laufental schon damals halt nur fast zum Baselbiet gehörte. Von Erwachsenen hatten wir erfahren, in Laufen gebe es die beste Erdbeertorte des Kontinents. Darum legten wir das Sackgeld zusammen. Wir Fabriklersöhne hatten etwa vierzig Rappen. Doch Rudolfs Sackgeld schenkte toll ein: Als Fabrikantensohn bekam er sage und schreibe drei Franken! Fair indessen leistete Rudolf seine Kapitaleinlage, ohne je ein grösseres Stück Erdbeeritorte zu beanspruchen.
Oder auf den Rollschuhen fuhren wir nach Augst, um «live» zu erleben, wie Turbinen und Schleusen funktionieren. Wir strampelten auch auf dem Stahlross nach Olten. Denn der dortige Bahnhof war für uns Dorfbuben die ganz grosse Welt. Man sah auf dieser faszinierenden Drehscheibe «Prachtskatzen», die nicht so biedere Zöpfe hatten wie unsere Klassenmeitli. Einmal sichteten wir sogar eine Negerin. Schorsch konterfeite sie mit einem Knipskasten für 100 Steinfels-Seifipunkte, verzitterte das Kind der Sonne vor Aufregung jedoch total.

Und wir grasten ab, was abzugrasen war, hungerten nach Welt und Leben, kannten Ausdrücke wie Langweile oder Apathie nicht, verbrachten unsere Sonntage nicht mit vibrierenden Motoren, sondern mit vibrierenden Seelen.
Schon nur das Abenteuer «Schleichendes Gift». Ein Aufklärungsfilm über Geschlechtskrankheiten, damals die absolute Sensation, heute ein Streifen, den man bedenkenlos in jeder Sonntagsschule zeigen dürfte. Erst ab 18 Jahren. Wir waren knapp 15. Doch für Heinz, Willi und mich stand fest, dass wir diesen Film sehen mussten, schon um unsere Allgemeinbildung à jour zu halten.
Am Sonntagvormittag pedalten wir gen riesengrosse Stadt pulsierenden Lebens los, stellten die schwerfälligen Göppel via Schrägrampe im Bahnhof Esbébé ein. In einer schummrigen Ecke klebte mir Heinz den Bart an, den Vater im «Wilderer von St. Anthönien» gebraucht hatte. Als Gegenleistung intensivierte ich mit einem Kohlestift Heinzens schon wacker spriessenden Schnauzansatz. Willi setzte den Sturmhut seines Vaters auf, der ihm freilich drei Nummern zu gross war (der Hut). Dann kauften wir am Kiosk ein Päcklein FIP, damals die billigste Zigarettenmarke. Und gar weltmännisch pafften wir, als wir an der Kinokasse mit wild pochendem Herzen, nach aussen aber stinklässig, «einmal dritten» verlangten. Weil schon grosse Bengel, schafften Heinz und ich es.

Willi indessen, der Kleinste unserer Klasse blieb hängen. Wahrscheinlich gab dem Kassenfräulein der drei Nummern zu grosse Hut zu denken!
Nach dem Weltereignis, das uns gar nicht so beeindruckt hatte, entdeckten wir auf dem Bahnhofbänklein einen grossen Gorgonzola. Es war freilich keiner, sondern Willi. So grün war sein Gesicht wie das Tal im seinerzeitigen Film. Weil der schmählich zurückgewiesene Willi in seiner Männlichkeit tödlich verletzt war, hatte er sein Billetvermögen in drei Flaschen Bier investiert, «um den Fotzelkeiben zu beweisen, dass ich ein Mann bin!» Mit Willis Mannhaftigkeit hatte es dann doch nicht ganz geklappt, so dass unsere Heimreise etwas mühsam wurde: Abwechslungsweise nahmen Heinz und ich Willi auf den Gepäckträger und schoben seinen Göppel ebenso abwechselnd neben uns her bergwärts. Dies erforderte einige Vorsicht. Denn es war düppig, und die Polizisten flogen tief. Bei der Hülftenschanze hatten wir Willi dann soweit entleert, dass wir Mamas Liebling zu Hause mit dem Kommentar «Waren im Zolli, aber Willi verträgt einfach die Hitze nicht» zu unserer Entlastung käsig, doch relativ unverdächtig abliefern konnten. Von den FIPs war übrigens auch mir ein wenig schlecht.
Obwohl Willi «Schleichendes Gift» versagt blieb, war merkwürdigerweise ausgerechnet er der erste von uns Jungturnern, der mit einer festen Freun-

din plagieren konnte und der jeweilen nach der Turnstunde mit aufregenden Einzelheiten aufzuwarten wusste. Selbstverständlich stürzten wir andern uns lern- und wissbegierig auch auf diese Einzelheiten. Denn man will im Leben seine Arbeit doch rund um die Uhr recht machen.

Für mich allerdings ist die Sache mit Willis Freundin nach wie vor zusätzlich der Beweis, dass es im Leben halt doch eine ausgleichende Gerechtigkeit gibt: Gerade diese tröstliche Erkenntnis hat mich immer zum Stehaufmännchen gemacht, wenn ich wieder einmal auf die Nase geflogen bin.

Die Kleinkunst des Lebens

Die reizvolle Spielerei mit den blubbernden Blasen und dem eindrücklichen Echo wurde von Cousine Hedy erfunden. Sie wohnte im ersten Stock unseres Miethauses. In diesem gab es nach damaliger Unsitte kein Badzimmer. Wir Kinder wurden deshalb jeweilen in einem Waschzuber saubergeschrubbt, wenn's gar nicht mehr anders ging. Eines saubern Tages aber: Da hielt in unserem Haus der hygienische Fortschritt Einzug. Vater und Onkel Fritz konnten von einem Abbruch für 15 Franken eine noch recht dichte Badewanne erstehen. Diese stellten sie in die Waschküche, weil sie ja keinen Anschluss brauchte (das Badwasser wurde im Waschhafen heissgemacht und dann in die Wanne geleert). Auch hatte sie nur einen einzigen Auslauf, war also nicht wie die österreichischen Badewannen mit zwei Ausgüssen (einer für das kalte und einer für das warme Wasser).

Um für den Waschhafen Brennholz zu sparen, steckte man nun Hedy und mich zusammen in die Wanne. Wir gingen ja erst in die zweite Klasse. So sparten sich Mutter und Gotte Miggi erst noch mühsame Aufklärungsarbeit über kleine Unterschiede in der menschlichen Anatomie.

Ja eben, und alsbald machte Cousine Hedy die Erfindung: Nach einer hinterlistigen Muskelkontraktion blubberte es in der Wanne gar herrlich und machtvoll, und Donnerhall erfüllte die Waschküche, so dass wir ganz aus dem Häuschen gerieten und Muskeln betätigten, noch und noch. Das optische und akustische Spectaculum faszinierte uns dermassen, dass wir künftig vor jedem Bad je eine mittelgrosse Zwiebel verzehrten, wenn auch unter Tränen, um die jeweilige Blähmeisterschaft wenn immer möglich nach Punkten zu gewinnen.

Mutter sah diese Meisterschaften zwar nicht gern (wahrscheinlich befürchtete sie wegen der Detonationen Deformationen der Wanne). «Lass sie doch, Liny», beschwichtigte jedoch Gotte Miggi, «es sind schliesslich Kinder!»

Später entschied Mutter, wir könnten fürderhin nicht mehr gemeinsam baden, weil wir in der Wanne zu zweit keinen Platz mehr fänden. Dabei hätten wir noch genügend Platz gehabt. Und ausserdem interessierten wir uns nach wie vor (fast) ausschliesslich für das, was hintenherum geschah. Aber so findet Kinderglück eben oft ein jähes Ende! Manchmal indessen denke ich als Nachdenklicher an die damalige Wannenseligkeit mit den attraktiven Wasserspielen zurück – nur, Gotte Miggi hatte es gesagt: Solche Spässlein sind bloss Kindern erlaubt! Nach jahrelangem Studieren komme ich heute allerdings nicht um die Frage herum: Warum eigentlich nur Kindern? Warum dürfen sich nicht auch die Erwachsenen die kleinen Freuden des oft recht freudlosen Lebens (über die man nicht spricht, geschweige denn schreibt) leisten? Kleine Spitzlichter des eintönigen Alltags, die ja so wenig kosten (im geschilderten Fall beispielsweise ein Stück Zwiebelwähe oder eine gesunde Portion Sauerkraut) und die vor allem niemandem schaden, wie das Amt für Lufthygiene auf Anfrage bestätigte.

Darum, liebe Mitpharisäer, lasset uns wenigstens hie und da unserem grimmigen Bürger-Moralbuch ein Schnippchen schlagen. Steigen wir also wie damals lust- und lufterfüllt in die Wanne. Probieren wir dort wie weiland Cousine Hedy die einschlägigen physikalischen Gesetze aus.

Tun Sie's, auch wenn man solches nicht tut. Denn unter Umständen beugen Sie damit psychischer Knötchenbildung vor. Und wenn der intolerante Mieter unter Ihnen mit dem Besenstiel an die Badzimmerdecke klopft – achten Sie nicht darauf: Das ist doch bloss der Neid des Besitzlosen! Fühlen Sie sich vielmehr glücklich als Trompeter von Säckingen oder als Bassist im Radetzkymarsch.

Wissen Sie, in einer Zeit allgemeiner Blähungen und Aufblähungen, in welcher der Mensch hinsichtlich Konsumierens und Geniessens jegliche Dimensionen verloren hat, dünkt es mich: Wir sollten demgegenüber die kleinen Freuden, die Kleinkunst des Lebens, endlich neu entdecken,

Vergnügen, die weder Erdöl noch elektrische Energie benötigen. Die kleine Freude etwa, die ich gerade jetzt bis zur Neige auskoste, entspannt auf der Couch des Do-it-yourself-Psychiaters liegend, allein, nur in Gesellschaft mit einer vierstöckigen Crèmeschnitte und einem Goliathkaffee, weil meine Freunde zum Skifahren entschwirrt sind (um gesellschaftlich in zu bleiben). Und dann meldet DRS: «Vom Anschluss Sissach 25 Kilometer Stau wegen mehrerer Unfälle». Heissa, wie ich diese kleinen Freuden ohne Blechtütschen, Polizeigescher, Versicherungskummer, Abschleppmanöver und so geniesse – und zwar ohne im geringsten in zu sein!

Doch nun lasse ich ein Bad einlaufen. War seit dem Morgen ja ganz schön auf Trab: Wieder einmal eine solide ungarische Gulaschsuppe hausgemacht! Nach dem Stress das Vergnügen – nichts entspannt so wohlig wie ein warmes Bad zur richtigen Zeit!

Und überhaupt hat es schon Kurt Tucholsky geschrieben: Die Bohnensuppe sei das Klavier des kleinen Mannes. In diesem Sinne wünsche ich mir und Ihnen beim Klavierspielen viel Spass. Aber auch sonst.

Erde zu Erde

Heutzutage schieben wir ja schon ein wenig viel einfach von uns weg. Nicht bloss die Senioren, sondern auch den Tod. In meiner Kindheit hingegen starb der Grossätti auch auf der Provinz in der Familie. Man bekam solches schon als Gof en passant mit und lernte, dass der Tod ein Teil des Lebens und eigentlich gar nichts so Schreckliches ist. Beerdigungen waren deshalb nicht bloss eine geistliche, sondern auch eine geistig bewältigte Angelegenheit. Man fräste nicht einfach mit dem Auto auf den Parkplatz der Kirche, um nach dem Grabgebet verzweifelt sprintend die Hetzjagd nach dem Geld fortzusetzen. Irgendwie nahm sich der Mensch zum Sterben Zeit, obgleich auch damals die wenigsten Menschen ihren Tod erlebten: Man war sich der Zusammenhänge bewusster.

Etwa als Onkel Köbi aus Wintersingen das Zeitliche segnete. Zwar gebe es nichts zu erben, stellte Mutter fest. Aber man müsse denk doch einen Kranz bringen, sonst werde man in der ganzen Verwandtschaft verbrüelt.

Wir kauften mit Götti Guschti einen gemeinsamen Trockenkranz. Es machte acht Franken. Mutter hätte zwar gern einen mit Schleife und goldenem «Ruhe sanft» gehabt. Doch Tante Emmi winkte ab: Das hätte einen ganzen Franken fünfzig mehr gekostet!

Beerdigungen waren damals auch eine Sache der körperlichen Fitness (der Hinterbliebenen). Weil der öffentliche Verkehr noch in den Kinderrädern steckte, erreichte man Wintersingen nur mit einem zwei- bis dreistündigen Fussmarsch. Unser fünfköpfiger Privat-Trauerzug – ganz in Schwarz, weil man damals noch nicht in Jeansjäckli oder schreiendgelbem Diorrock an das Grab trat – fuhr mit dem Kranz somit zunächst per Waldenburgerli nach Liestal. Von dort aus wurde es am siedendheissen Julitag dann eher mühsam.
Götti Guschti schlug deshalb vor, man wolle sich für die bevorstehenden Strapazen seriös stärken, zumal er seine gut hundert Kilogramm auf den Fussmarsch brachte.
Beim Wasserturmplatz hatte Götti Guschti einen Dienstkollegen, der Beizer war. Vater und Götti Guschti stärkten sich mit Ziegelhof, Mutter und Tante Emmi mit Kaffee Hag schont Ihr Herz und ich mit Süssmost. Der freundlich mittrauernde Dienstkollege füllte auch noch Götti Guschtis Wäntele (flaches Gütterli für die Busentasche) mit Burgermeisterli, damit sich Vater und Götti ob des Ziegelhofs nicht erkälteten.
Die Bergetappe Windentalhöhe war heiss und staubig. Und Götti Guschti sagte, wenigstens der Köbi habe es hinter sich, der brauche nicht mehr wie ein Aff zu schwitzen. Wir liessen Onkel Köbis Dasein dann wirklich wie einen Film ablaufen.

Ich fand wenig später, Onkel Köbi habe eigentlich Schwein gehabt, weil ihn Tante Rösi mit dem strengen Bürzi und den Haaren auf den Zähnen nun nicht mehr herumkommandieren könne. Und auch wegen der Sauhitze.

Doch kam glücklicherweise bald Hersberg. Dort hatte Götti Guschti einen Dienstkollegen, der Beizer war: Schäumendes Ziegelhof als Erste Hilfe, Kaffee-Hag schont Ihr Herz und Süssmost. Diese Pause hatte Götti Guschti gutgetan. Denn auf dem Weitermarsch konnte er sich soweit enttrauern, dass er lustige Sprüche zu klopfen begann. Merkwürdigerweise honorierte Tante Emmi seine Müschterli aus dem Militärdienst mit gewitterhaftem Stirnrunzeln.

In Nusshof hatte Götti Guschti einen Kollegen, der Beizer war. Dies beflügelte den Götti förmlich zur Bewältigung der Schlussetappe. Hingegen wollten meine kurzen Beine auf einmal nicht mehr. «Du musst den Bub tragen», entschied Mutter. Denn wir hatten damals schon das Frauenstimmrecht, wenigstens im trauten Heim. Vater maulte, vom Burgermeisterli couragiert geworden: «Ich muss doch schon den Kranz tragen, dann soll Guschti diesen nehmen.» Götti Guschti jedoch wandte ein, er habe am Äckten empfindliche Haut. Die Trockenblumen täten ihn stechen, er nehme lieber den Bub.

Er hob mich denn auch auf die Schultern, und ich

nahm an seiner Glatze Druckpunkt. Entsetzt blickte Tante Emmi auf Götti Guschtis Passgang, auf dessen Schlingern bei hohem Seegang und auf sein gründliches Ausmessen der Strasse.

Dabei ging alles prima. Erst kurz vor der Wintersingerhöhe stolperte mein Reitross: Götti Guschti fiel und tat einen schweren Fall. Wegen der sogleich spriessenden Nashornbeule brachte er den schwarzen Trauerhut nicht mehr über seinen Vorderkopf. Aus meiner Nase tropfte in der Baselbieterfarbe Blut auf das weisse Hemdlein, das Mutter aus einem alten Leintuch geschneidert hatte. Mutter wusch es mit dem Rest Ziegelhof aus Vaters Tasche, weil man Blut immer kalt auswaschen muss.

Vom idyllischen Kirchlein Wintersingen aber läuteten schon feierlich-klagend die ehernen Mahner, und man sah den schwarzen Zug zu Ehren Onkel Köbis durch das Dorf kriechen. «Jesses Maria, der Kranz!» Und Vater, der ein Gorgonzolagesicht trug, konnte sich nicht erinnern, wann der Kranz von seiner Achsel gerutscht und das Bord hinunter in die Stangenbohnen eines Bauernpflanzplätzes gerollt war.

Schamvoll eilten Mutter und Tante Emmi dann ohne Beileid mit mir von hinten auf den Friedhof, wo der Herr Pfarrer bereits Erde zu Erde, Staub zu Staub sagte. Vater (der Bier plus Burgermeisterli nie vertrug) und Götti Guschti legten sich auf hö-

heren Befehl in den Schatten eines Birnbaums. Sie konnten deshalb nur von ferne mittrauern.
Tröstlicherweise aber gab es zu jener Zeit noch ehrliche Finder, die einen aus den Stangenbohnen geborgenen Trauerkranz nicht einfach für sich behielten. Und weil die Menschen damals nicht so herzlos anonym aneinander vorbeilebten, wusste man noch gut, wer jeweilen im Nachbardorf der Erde zurückgegeben wurde.
Dank diesem Glück im Unglück kam der gute alte Onkel Köbi etwas verspätet trotz allem noch zu unserem herzlichen Beileid.

’s Badhansekarli

Erst vor wenigen Jahren starb das letzte Oberdörfer Original: ’s Badhansekarli. Ein knorriger Junggeselle, der bis zur letzten Konsequenz sein eigenes Leben lebte, der sich einen Teufel um bürgerliche Moral und Gesetze kümmerte, der nie vor Behörden oder Höhergestrählten kuschte, der den Mut hatte, als Mensch ein wirkliches Unikat zu sein. Deshalb schlingerte ’s Badhansekarli jeweilen am Sonntagmorgen beim Läuten der Kirchenglocken im öligen blauen Überkleid durch das Dorf, den schlaffen Rucksack umgehängt, in der Linken den Regenschirm, mit der Rechten weit durch die Geographie rudernd, stets unrasiert und fern der Heimat.
Karli wohnte an der Hintern Gasse in einer Altliegenschaft, die man durch die Scheune betrat. Er war - unbewusst - der erste glühende Verfechter des modernen Recyclings: Was am Samstag der Glöggeliwagen der kommunalen Kehrichtdeponie überantwortet hatte, holte Karli am Sonntagmorgen mit Karren und Rucksack zurück. Seine Scheune quoll deshalb von Gerümpel jeglicher Art über, in seiner Wohnung blieben nur ein paar knappe Kubikmeter Überlebensraum, in seinem Rebenhäuslein am Dielenberg schepperten einem alte verbeulte Kessel und verrostete Velogestelle entgegen, so man die Türe öffnete - Karli, mit sei-

ner Stacheldrahtstimme: «Me weiss nie, wenn me's wider cha bruuche!» Mich mochte er, weil ich seinerzeit einen angriffigen Zeitungsartikel geschrieben hatte, der nach seinem Sinn stand. Er sprach mich deshalb oft auf der Gasse an. Nicht selten plagierte er dann von seinem «Dielebärger», den er als Aussenseiter des Rebbauvereins nach seinem eigenen Geheimrezept kelterte und der sein grosser Stolz war. «Ich habe gehört, dein Weinlein sei ein solch saurer Keib, dass man beim Trinken stets die Hand auf dem Füdlen haben müsse», foppte ich ihn einmal. Diese Schmach aber liess Karli nicht auf sich sitzen. Schon am andern Abend brachte er mir eine Flasche «Dielebärger» (heute als süffiger Landwein «Himmellüpfer» genannt): «Suff in und säg drno, eb's würklig e suure Cheib isch!» Unfairerweise erzählte ich die ergötzliche Historia im Dorf. Deshalb kam der grösste Teil der Oberdörfer zu je einem Gratisgütterlein «Dielebärger».
Nichts übrig hatte 's Badhansekarli für Behörden. Schon wegen der Sache mit seinem Dingshafen: Jeden Morgen spülte er das klassische Gefäss der Nacht am Dorfbrunnen vor dem (Scheunen-) Tore. «Und unsere Kühe müssen dann dieses Wasser saufen!» meckerte begreiflicherweise die Landwirtschaft. Der Karli indessen schickte tobend den gemeinderätlichen Departementsvorsteher in die Wüste, als ihn dieser von den morgend-

lichen Schwenkmanövern abzubringen versuchte: «Mach ass zum Teufel chunnsch, du Fotzelhund, i schwänk my Hafe, won ich will!»
Als der Karli im fortgeschrittenen Alter doch zu kränkeln begann, hielten es die Fürsorgebehörden nicht für verantwortbar, ihn weiterhin unbeaufsichtigt haushalten zu lassen. Man sprach von Bevormundung. Die Behörden jedoch flohen entsetzt, nachdem sie dem Karli das Vorhaben auf die sanfte Tour bekanntgegeben hatten . . .
Das mit dem Bevogten vergass Karli den Behörden denn auch nie. Ich merkte es, als mich auf meinem Heimweg von einem Chiltgang der Karli nachts um ein Uhr vor dem «Jägerstübli» laut röhrend ansprach. Er holte jeweilen sein Mittagessen mit seiner Kantine, dem zweigeschossigen Essnapf. Weil ihm inzwischen der Zeitbegriff abhanden gekommen war, übersah er am besagten Abend jedoch, dass nicht mittags, sondern morgens ein Uhr war. «Diese liederlichen Finken haben noch nicht einmal um Mittag die Beiz offen!» wütete der Karli, und der Blechnapf schrie an der nächsten Hauswand auf. Dann brach ausserdem ein weiteres Mal sein aufgestauter Hass gegen die Behörden durch, «wo immer nur die Kleinen kaputtmachen wollen!» Und er begann in die Stille der Nacht zu toben, dass es krachte und tätschte. Weil er schlecht hörte, sprach er ja schon im Normalzustand dreimal so laut wie Durchschnittsbürger.

«Schau, dort vor der alten Schule sollte man den ganzen Gemeinderat underobsig aufhenken», brüllte der entfesselte Karli, «und nebendran gleich noch die fünf Drecksiechen aus der Lieschtler Ochsenschüüre, denn die sind ebenfalls keinen Schuss Pulver wert!»
Dieses Naturereignis ging durch das ganze Dorf. An Fenstern erschienen schreckensbleiche Gesichter mit und ohne Schlafkappen. Einer schrie schockiert fortwährend nach der Polizei, ein anderer nach der Feuerwehr. Ich genierte mich schon ein wenig.
Ja, mit solchen Anekdoten könnte man ein ganzes Büchlein füllen. Karli musste nach einem eigenwilligen Leben totaler Selbständigkeit leider dann doch noch ins Spital eingewiesen werden. Man erzählte, die Schwestern hätten ihm seine Socken regelrecht aus der Haut schneiden müssen, weil er zu Hause nie heizte und deshalb das ganze Jahr in seinem einzigen Paar Wollsocken lebte.
Wahrheit oder Legende? Vieles ist Wahrheit. Denn Karli, der sich als Randfigur unserer grosskotzigen Gesellschaft ein Leben lang ohne jegliche finanzielle Unterstützung der Öffentlichkeit durchs Leben schlug, war in jeder Lebenslage das Original von Mensch, nie dessen billige Kopie.
Vielleicht sehe ich gerade deshalb, wenn ich in meine Erinnerung hineinblicke, 's Badhansekarli auf der Ehrentribüne sitzen.

Schöni Bärtha Bürgi

Eigentlich hätte ich den Meyerheiri, meinen Grossvater väterlicherseits, gern gekannt. Doch war dieser verhältnismässig jung gestorben. Er habe sich zutode gesoffen, hiess es im Dorf. Wenn ich einmal gehen muss, wird es im Dorf heissen, ich wäre auch älter geworden, wenn ich regelmässig einen Zünftigen gehoben hätte. Wie man's macht, ist's falsch!

Auch wurde im Kaff herumgeboten, der Meyerheiri habe unter dem Kinn steinharte Haut, weil er als Staatswegmacher den grössten Teil des Tages am Strassenrand stehe und das Kinn auf den Schaufelstiel stütze. Jedoch war das purer Neid: Wer damals eine Staatsstelle hatte, wurde arg beneidet. Zwar wurde die gesicherte Dreckarbeit vom Staat ganz mies bezahlt. Indessen galt es als Ehre, beim Staat krampfen zu dürfen.

Meyerheiris Verhängnis war primär das Klima: Im Sommer verursachte das Wegmachen kriminellen Durst - im Winter mussten Wegmacher häufig ihre Seele aufwärmen. Dies erfolgte in der Regel mit einem Stämpfeli, also mit einem soliden Baselbieter Öpfelschnaps. Je kälter es war, desto mehr Stämpfeli benötigte man. Und manchmal gab sich das Klima schon enorm kalt! Das Schnapsen war damals auch im Baselbiet ohnehin ein eigentlicher Volksbrauch: Viele Baselbieter versuchten ihr materielles Elend in gebranntem Fusel zu ersäufen - niederträchtigerweise aber können Sorgen und Elend gut schwimmen...

Hinzu kam beim Meyerheiri die ungünstige Wohnlage: Strikte geradeaus führte sein Weg zwar ungefährlich zur Grossmutter väterlicherseits. Indessen stand dicht links das «Rössli». Besonders wenn es sehr kalt war, kam, wie Vater mir später erzählte, der Meyerheiri nicht selten vom geraden Weg ab, das heisst, er geriet nach links durch Hartmanns Wagenschopf von hinten direkt in das wärmende «Rössli». Oft suchten die Baselbieter ja die Wärme, die sie in der Ehe nicht fanden, in der Schenke. Nur Begnadete heirateten unbekanntlich damals aus Liebe. Die meisten liessen sich nur kopulieren, um gemeinsam besser überleben zu können.

Aus der bisherigen Schilderung geht hervor, dass Grossmutter väterlicherseits besonders bei sehr kaltem Wetter nicht zu beneiden war. Trotzdem sang sie aus dem Küchenfenster froh «Grosser Gott, wir loben Dich», wenn sie zu vorgerückter Stunde den Meyerheiri aus Hartmanns Wagenschopf heimwärts schlingern sah (beziehungsweise hörte): Sie wusste, dass sie bei hohem Seegang ihren Heiri durch Absingen religiöser Lieder zur Weissglut treiben konnte. Doch sie brauchte nun einfach von Zeit zu Zeit ein paar blaue Mosen, um mit ihrem Elend im Dorf hausieren zu können.

Trotz dieser Mosen schrie im Dorf übrigens niemand nach Frauenhäusern.
Der Meyerheiri hatte nach Vaters Aussage im weitern nicht einmal vor dem Teufel Schiss, geschweige denn vor seinem obersten Chef. Er solle die Löcher in der Landstrasse endlich mit Mergel ausflicken, hässelte ihn einmal der Herr Baudirektor an, doch da putzte ihn der Meyerheiri schön barsch ab: «Chaufet es Paar rächti höchi Schueh, dir mit euem Soulohn vermögets dänk!» Dann bekomme er, der Herr Baudirektor, keine nassen Scheichen.
Vor allem war der Meyerheiri Satiriker, wohl ohne es zu wissen. Solches kam bei Bertha Bürgi zum Ausdruck. Bertha Bürgi war seinerzeit weit im Land das wüsteste Meitli, mit einem Pfahl im Gesicht, dreimal grösser als Ferdy Nationals seiner, von einer haarigen Warze gekrönt, mit spitzigem Kinn, respektablem Kropf und stets strähnigem Bürzi. Nach Eigenangabe ehelichte der Nachthemmlischangschagg das Bärthi nur, um ein Leben lang sicher zu sein, dass ihm sein Weib nicht gestohlen werde.
Item, war nun beim Meyerheiri gutes Wetter, etwa am Samschtigzobe, wenn es «ins Hartmanns» nicht zu kalt gewesen war, stellte er sich vor Bürgis Haus und rief hinauf: «Schöni Bärtha Bürgi, schöni Bärtha Bürgi!» Er durfte darauf zählen, dass in der nächsten Minute oben das Kuchifänschterli

aufging, und das Bärtha Bürgi schrill herunterschrie: «Meyerheiri, Suffcheib, Meyerheiri, Suffcheib!»
Ja, dann jeweilen gingen weit im Rund die Läufterli auf, und ganz Oberdorf (welches das Fernsehen noch nicht hatte) genoss nahsehend die Live-Show und den eindrücklichen Wechselgesang «Schöni Bärtha Bürgi - Meyerheiri, Suffcheib!»
Der Meyerheiri hatte - mir vollkommen unverständlich! - wohl das Bedürfnis, seine Mitmenschen zu unterhalten, fröhlich, ja froh zu machen, weil diese in der Regel nicht viel zu lachen hatten. Also einen settigen Knacks hatte mein Grossvater väterlicherseits!
Manchmal freilich befürchte ich, auch ich sei nicht knacksfrei: Oft habe ich den Drang, zu müpfen und zu stüpfen, in Wespennestern zu guseln, voll ins Fettnäpfchen zu trampen. Genau deswegen schickte ich vor zwo Wochen mein nüchternes Morgenwasser nach Herisau. Indessen schrieb mir vorgestern der Herr Doktor ohne Doktortitel beruhigend, mein Wasser sei in Ordnung, es müsse die Vererbung sein. Nun beeile ich mich, meine reizenden Leserinnen und Leser (ehrlich, ausnahmsweise einmal!) über den Tatbestand zu orientieren. Sollte ich demnächst unabsichtlich sowie vorsätzlich meine paar wenigen Leser mit einem entsprechenden Satz vertäuben, wolle man sich bezüglich Reklamationen direkt an den

Meyerheiri selig wenden. Dies unter Beilage einer Wäntele (kein aargauisches Abhörgerät, sondern flaches Fläschchen für die Busentasche) Baselbieter Öpfelschnapses - der Meyerheiri lässt herzlich danken!

Es Dach über em Chopf

Auch Sie führen sich die Schlager-Hitparade zu Gemüte. Wie sonst sollte man zum Gemüt der sogenannten heutigen Jugend vordringen können? Genau darum wissen Sie's: Liebe findet in der Moderne ausschliesslich an den schneeweissen Stränden von Santa Busengo und so statt. Bei Sonnenuntergängen, die einem die Sinne rauben. Fragen Sie den kaiserlichen Roland! Meistens ist auch noch eine Nacht dazwischen, obgleich man in der Dunkelheit, mit Salzspritzern in den Augen, nur ungenügend sieht, was man sich angelacht hat (was zwar auch wieder ein Vorteil sein kann). Lasse ich die geseufzte oder brunstgeschriene Sand- und Strandliebe auf der Zunge zergehen, finde ich es trotzdem schade, dass Liebe zum heissen Sand-Monopol geworden ist.
In meiner Jugendzeit geruhte Liebe nämlich nicht geographisch begrenzt Betroffene in Glück/Unglück zu stürzen. Sie kam nicht einzig und allein in Weiss, Blau und Rot vor, sondern hauptsächlich in saftigem Grün. Noch sehe ich die Pärchen, die im Frühling und im Sommer querfeldein zogen, um die RS der Liebe zu absolvieren. Damals spielte sich ja alles noch ganz, ganz anders ab: Die Sünde war noch nicht erfunden! Und weil der bayrische Hit «Auf der Alm doa gibt's koa Sünd» auch für die Regio basiliensis galt, war weit im Rund

nur reine, ja reinste Liebe. Vor allem (gemäss Schlager) auf den Baselbieter Alpen, etwa auf der Bölchenfluh, auf Wasserfallen oder auf dem Vogelberg, obgleich es auch dort sinnenverwirrende Sonnenuntergänge gab und gibt.
Indessen waren die Heftigverliebten auch gar nicht auf schneeweisse Strände angewiesen: Die Landwirtschaft verhielt sich damals viel amorfreundlicher als heute. Überall in sommerflirrenden Wiesen stellte sie Heuschober auf. Und in diesen fanden die Jungverliebten bei Bedarf Schutz vor den Unbilden der Witterung, beispielsweise in schwülen Vollmondnächten. Wäre solches bei den modernen Agromethoden, etwa in einem gärsauren Futtersilo, auch nur annähernd möglich?
Zwar bin ich Junggeselle, kenne mich im Freifach Liebe also nicht aus. Ich habe mir aber von meinem seinerzeitigen Schulkollegen Fredy sagen lassen, gerade diese heimeligen Scheunen mit ihren Heuvorräten seien als Schutz vor den erwähnten Unbilden der Witterung allseitig sehr beliebt gewesen. Ihm, dem jederzeit treuen Liebhaber, sowie Gisela, Ruthli, Doris, Bethli, Emmeli und Emmi, seien in jenen grünen Jahren oft im Schober vom Güllenpumpi-Samuel Schutz und Zuflucht zuteil geworden. Und eigentlich habe er auf dieser grünen Insel den schneeweissen Strand von Santa Busengo nie vermisst.
Güllenpumpi-Samuel von der halbhintern Gasse

hatte allerdings gerade wegen der vielen Schutzsuchenden so viel zusätzliche Arbeit, dass er eines Tages beim gemeinderätlichen Departementsvorsteher Heu und Emd reklamierte: In unzumutbarer Weise müsse er ständig so cheiben Zeug aus dem Heu fischen, für das sein liebes Leneli im Stall kein Verständnis aufbringe.
Der Departementschef Heu und Emd (Ihr habt ihn sicher noch gekannt) beriet den Fall mit dem Heuschüürli (heute unter kantonalem Denkmalschutz stehend) im Plenum. Der Rat empfahl dann dem Güllenpumpi-Samuel, sein Heuschüürli mit einer abschliessbaren Tür zu versehen.
Güllenpumpi-Samuel indessen war ein gütiger Mensch, brachte es nicht übers Herze, verzichete auf Tür und Schloss.
Gerade deshalb habe ich dem Güllenpumpi-Samuel auf diesem nicht mehr ungewöhnlichen Weg ein schlichtes Denkmal gesetzt: Jene Menschen (also nicht bloss Leute!), die ein Dach über dem Kopf haben, die aber auch andern ein Dach über dem Kopf gönnen, gehören zu den wahren Humanisten dieser Erde!

Dr Hättebü

Eigentlich hiess Herr Dings Herr Dings. Aber man kannte sich damals nur unter dem offiziellen Dorfnamen. So wusste man sofort, welcher der fünf Buser gemeint war.
Herr Dings hiess vollgültig Hättebü. Er hatte nämlich Küngel. Alle besassen damals Küngel: Sie waren das Kalbfleisch des kleinen Mannes. Für uns bedeuteten Küngel sodann eine sinnvolle Ergänzung zum Dökterlispielen: Wollten die Väter des Dorfes junge Küngeli haben, schauten die Kinder dem Prozedere zu. Das war Aufklärung «live». Von den Erwachsenen bekam man ja damals keine diesbezügliche Auskunft (Argumentation: Über so etwas Gruusiges spricht man nicht, das tut man).
Der Küngelivater hiess nicht Rammler, sondern schlicht Bock. Und die Kaninchenmama bezeichnete man nicht mit dem Fachausdruck Zibbe, sondern mit «Haddle» (es «Häddeli» war übrigens ein hübsches, aber vielleicht etwas grosszügiges Teenagerli). Item, auch Herr Dings sagte es zärtlich: «I ha-n-es Häddeli und e Bü».
Und von jener Stunde an, in der er sein Küngelpärlein also bezeichnet hatte, hiess Herr Dings «Hättebü». «Dr Hättebü» arbeitete beim heute noch so nuggigen Waldenburgerbähnchen. Als vierschrötiger Güterarbeiter in wallender blauer

Bähnlerbluse nützte er zum Ausladen der Güter in die Remisen von Waldenburg bis Bubendorf das natürliche Gefälle des Gleises aus: Im Hauptbahnhof Waldenburg hängte er zwei Güterwägelchen zusammen, löste die Kurbel «der Mechanik» und fuhr dermassen umweltfreundlich, also ohne Dampf, talabwärts. Am Abend wurden seine beiden Wägelchen und er vom «Pfupferli» wieder bergwärts gezogen.

In Oberdorf strichen wir damals an schulfreien Nachmittagen immer scheinheilig pfeifend um den Hättebü herum, der im Schweisse seines Angesichts die Güterwägelchen «löschte». War er mit Ausladen fertig, stellte er sich admiralsgleich in voller Bähnlerpracht auf die vordere Plattform des offenen Wägelchens, pfiff sich selber gellend die Talfahrt frei, löste die Bremskurbel und wartete auf das gefällsbedingte Anrollen.

An unsern schulfreien Nachmittagen wartete er freilich meistens vergeblich auf das Wegrollen: Solches passierte nicht, weil wir Schnuderbuben rechtzeitig unter das vordere Rad der gloriosen Komposition als Mini-Radschuh einen dreieckigen Stein gelegt hatten ...

Wir genossen nämlich sehr die postwendend einsetzende, weithin schallende Schimpftirade Hättebüs und das geradezu unheimliche Repertoire grässlichster Bähnlerflüche des wild herumsausenden, nach Rache schreienden Hättebüs, der seine

Dreschflegel-Arme allerdings dank unserer guten Laufkondition immer vergeblich nach uns ausstreckte.
Hättebü ist längstens im Bähnlerhimmel. Mir aber tut es heute leid, dass wir ihn so plagten. Denn er hatte ja auch seine Probleme. Schon seit einiger Zeit habe ich jedenfalls das Bedürfnis, dem WB-Original Hättebü ein ehrendes Denkmal zu setzen, und bestünde dieses auch nur aus Druckerschwärze.
Was hiermit feierlich geschehen ist. In der Regel wurden die erwähnten Dorfnamen von den Berufen ihrer Träger abgeleitet: Sattlerjoggis, Sagerheiris, Schuehmacherhanse, Gräbelers, Musermännis, Metzgermärtiwillis, Glögglerjoggis, Chreemerthuris oder Gschirrheinis, um nur ein paar solche Namen zu nennen, die vor Jahren beispielsweise in Oberdorf verwendet wurden.
Schon das Beispiel Hättebü beweist jedoch, dass man auch «rein zufällig» zu seinem Dorfnamen kommen konnte. So drohte jeweilen Frau Dingending ihr Bündel zu packen, wenn sie vom trauten Heim wieder einmal die Nase voll hatte. Ihr Gatte pflegte dann, gemütlich an seinem Burrus-«Gohn» ziehend, in bestem Bühnendeutsch zu sagen: «Geh nur, du kommst schon wieder!» ja, und darum hiessen Dingendings im Dorf dann eben «'s Gehnure».
Heute gibt es keine Suursämmis, Lirinoldis, Frid-

liheinis oder Chreemerheirifritze mehr: Die ach so segensreiche moderne Zeit hat auch mit den Dorfnamen aufgeräumt.
Oft träume ich allerdings diesen Dorfnamen nach. Denn eigentlich waren sie ein vielsagendes Stück dörflicher Kultur: Dank ihnen kannte man den hintersten Dorfbewohner, wusste sogar seine Herkunft, seinen Beruf, seine Sippengeschichte, sein kleines Lebensschicksal.
Heute hingegen weiss ich höchstens noch, dass es acht Schneider, neun Schweizer oder zehn Müller gibt. Eine nähere Beziehung habe ich wegen der immer ärger grassierenden Kontaktlosigkeit unter Mitmenschen jedoch nicht.
Ob man nicht schon aus Gründen der Wiederannäherung zu den heimeligen und erst noch informativen Dorfnamen zurückfinden sollte?

Zahn um Zahn

In dankbarer Erinnerung an meinen letzten Zweiten gedenke ich jener Zeiten, als es noch keine Dental-Hygienikerinnen gab. Selbstverständlich putzte man schon damals die Zähne. Meistens am Silvester. Aber in Sachen Tropfsteinhöhlen ging es nicht im entferntesten so steril zu wie heute: Zahnprothesen waren schon bei jungen Jahrgängen an der mündlichen Tagesordnung. So lag auf dem Bodenbrett unseres Regulateurs neben dem Schlüssel zum Aufziehen der Wanduhr ein oberes und ein unteres Gebiss, obgleich Vater längst seine eigene Prothese gepostet hatte. Diese badete jede Nacht im dickwandigen Tringklas auf Vaters Nachttischchen. Mutter sagte, das Gebiss-Paar im Regulateur stamme aus dem Nachlass von Vaters Onkel mütterlicherseits. Vater war eben ein sparsamer Mann, der Wiederverwendbares nie fortwarf. Jeden zweiten Mittwochnachmittag freilich kam für Unterhaltsarbeiten ein Zahnarzt aus dem Unterbaselbiet in die Provinz auf die Stör. Denn im Waldenburgertal und in den übrigen noch nicht zivilisierten Gegenden gab es keine Zahnarzt-Praxen. Der erwähnte Gast-Dentist trieb sein reisserisches Unwesen in einer zur Quälzelle umfunktionierten Waschküche. Dort hatte er einen vorsintflutlichen Dentisten-Henkerstuhl installieren lassen. Wegen fehlender Schallisolation hörte

man in der Nachbarschaft jeden Mittwoch die Schmerzensschreie der Opfer.
Dieser Herr Doktor hatte zwar keinen Doktortitel, hingegen einen wirklich kolossalen Bauch. Als riesiger Fleischberg wälzte sich der Herr Zahnarzt jeweilen in seine noble Praxis, in der er ausser dem erwähnten Schafott nur eine wurmstichige Kommode mit einschlägigen Folterinstrumenten hatte. Bloss an einer der kahlen Wände: Böcklins Toteninsel in Kunstdruck. Was froh stimmte.
Jedoch schleppte der liebenswerte Fleischberg jedesmal eine prallgefüllte Ledermappe in die Praxiszelle. Vater behauptete, darin seien für seine Kunden die künstlichen Gebisse. Mutter ihrerseits verbot mir, ihn wegen seiner gigantischen Leibesfülle auszulachen: «Bei gewissen Herren Zahnärzten tun die Drüsen nicht richtig schaffen, wegen der Mittel, wo sie den Leuten einspritzen müssen.»
Als mich eines Tages mein linker Dracula-Zahn so perfid zwickte, dass Mutters gesammelte Hausmittelchen nicht mehr nützten, hatte auch für mich die Stunde des Leidens geschlagen. Der Ausreisser bohrte so vergnügt, dass ich das damals bei uns vielzitierte Feuer im Elsass sah. Dafür wusste ich plötzlich, was die zum Bersten gefüllte Mappe enthielt: Sechs dicke Schinkenbrote je von der Grösse eines landläufigen WC-Deckels! «Zahnärzte sind eben Schwerarbeiter», meinte mein Bohrer, biss

genüsslich in die erste Lage Schinken und gab froh Gas.
Leider erschien er eines Tages nicht mehr. Das gemeine Volk hatte an zuständiger Stelle reklamiert, beim Extrahieren setze er jeweilen mehrmals die Zange ab, um nach Luft zu ringen oder um sich mit Schinken die erforderlichen Kräfte zuzuführen. Dabei hatten mindestens achtzig Prozent der Leute seine Behandlungen überlebt. So undankbar ist der Mensch!
Heute gibt sich dentistisch auch in der Baselbieter Provinz alles dermassen steril, dass ich bei meinem Herrn Zahnarzt demütig nur via steril gewaschenes Taschentuch auf die Klingel drücke und dass ich beim wunderschönen, weissen Girl an der Réception redlich um allerreinste Gedanken ringe. Man tritt ja tatsächlich in eine optimal heile, absolut sterile Welt. Sogar das Lächeln des Herrn Doktormeddent ist keimfrei.
Angesichts dieser vollkommenen Sterilität denke ich beim Warten auf den Spritzen-Apéro oft doch etwas wehmütig an den Berufsmantel meines Jugend-Dentisten zurück. Dieser (der weisse Mantel) wurde nach zuverlässigen Zeugenaussagen jedes Jahr an Silvester in die Wäsche gegeben. Getröstet werde ich dann durch die ausnahmslos wunderhübschen Dentalhygienikerinnen in ihren sterilen weissen Hosen-Dresses. Bei so viel reiner Schönheit überlegt sich mancher munter gebliebe-

ne Mann, ob er dem weissen Müsli vom Dienst nicht doch einen Schmutz geben sollte. Jedoch im Wartezimmer ist es deutlich vermerkt: Normalerweise dürfen Dentalhygienikerinnen und Zahnarztgehilfinnen von Patienten nicht geküsst werden. Sollte Abstinenz seitens der Patienten trotz intensivster Bemühung nicht möglich sein, dürfen weisse Müsli ausnahmsweise nach dreimaligem Desinfizieren des Patientenmundes geküsst werden. Solches indessen nur mit Gesichtsmaske, die der Patient am Schalter Hygiene zu beziehen hat (nicht kassenberechtigt).

Noldi der Ohrenwackler

Früher machte einer aus seiner Stimme etwas. Heute macht einer aus keiner Stimme etwas: Je weniger Stimme ein hoffnungsvoller Sänger vorzuweisen hat, desto grössere Triumphe feiert er auf Bühnen und gepressten LP-Scheiben. Denn Gott gab uns als Ersatz der Stimme die Elektronik. Genau darum singen Leute mit angeborener Stacheldraht-Stimme nicht mehr ausschliesslich sowie verschämt gedämpft in schallisolierten Badezimmern, aus denen man wegen der erwähnten Schallisolierung ohnehin jeden Dings des sitzenden Nachbars vernimmt, o nein, Freunde: Diese Bedauernswerten, nicht zu Bedauernden nutzen ihre chronische Entzündung der Atemwege oder ihren katastrophalen Raucherhusten beispielsweise über die Radios der Heimat voll aus. Ja, diverse clevere Sänger bilden ihre ehemals angenehme Stimme sogar bewusst miss. Denn die Menschheit ist ohnehin Missgestimmt: Die Welt will bekanntlich nicht bloss betrogen sowie unterhaltend in Angst und Schrecken versetzt sein, sondern sie setzt alles daran, im radiologischen Vierundzwanzigstundenbetrieb akustisch und geistig total abgestumpft zu werden.

Ein gewisser Trost wenigstens leuchtet aus dem merkwürdigerweise als Musik bezeichneten, elektronisch produzierten Strassen-, Baustellen-, Fa-

brikhallen- und Schiessplatzlärm: Das bereits zur Nostalgie deklarierte Geisselklöpfen (Peitschenknallen) ist in den elektronischen Takt- und Lärmerzeugern plötzlich mehr als «in». Die in regelmässigen Intervallen eingewüteten Peitschenknalle machen die enorme Monotonie der heutigen Unterhaltungsmusik deshalb einigermassen menschlich.
Gerade dieses Geisselklöpfen entschied in meiner Bubenzeit ja über gesellschaftliches Sein oder Nichtsein. Noldi, der Bauernbub, war in meiner Klasse mit Abstand der Dümmste – aaaber: Keiner klöpfte beim allabendlichen Tränken der Kuhdamen am Dorfbrunnen die Geissel auch nur annähernd so kunstvoll und perfekt wie der Noldi! Und ausserdem war er der einzige Schüler, der gut sichtbar mit den Ohren wackeln konnte. Diese beiden Künste verschafften ihm trotz seiner schon fast gesetzwidrigen Dummheit den Respekt der ganzen Klasse. Sogar der Herr Lehrer brachte Noldi Hochachtung entgegen. «Du brauchst nicht zu lernen, denn du wirst ja doch wie dein Vater Bauer», sagte er jeweilen und liess den Noldi in Frieden, wohl damit dieser die Kunst des Geisselklöpfens und des Ohrenwackelns noch verfeinern könne.
So war damals eben das Image der Landwirtschaft. Damals als es noch keine vollelektronischen Traktoren gab. Welch hohen Kurswert hin-

gegen hat der Bauer von heute! Und diesen verdient er auch. Denn der Farmer der Moderne muss nicht nur heuen und handörgeln können. Aber nein, in mindestens dreizehn Berufen hat er Anspruchsvolles zu leisten und graue Hirnrinde abzunutzen.
Ich jedenfalls schickte einen an der Scholle interessierten Sohn zuerst etliche Semester an die ETH oder in eine andere höhere technische Lehranstalt. Dann liesse ich ihn Nationalökonomie/höhere Handelswissenschaften studieren. Und nach diversen Praktika in verwandten Berufen müsste er zwei Jahre in der Chemie schnuppern, auf dass er mit Grausen «live» erkenne, welche Substanzen aus der Scholle unserer Heimat das Maximum an klingender Münze herauspressen oder wie man den Maikäferlein das Dasein verekelt.
Da hatte es der erwähnte Noldi doch viel leichter. An der letzten Klassenzusammenkunft plauderte ich wieder mit ihm. Zwar klöpft er nicht mehr mit der Geissel. Und auch mit den Ohren will er nicht mehr wackeln: Als gemachter Mann im Smoking mit einem Ferienhaus in St. Moritz und einem solchen in Südfrankreich tut man das nicht.
Er habe ein einfaches Bauernmeitli aus dem Unterbaselbiet geheiratet, erzählte mir Noldi. Und er sei auch ein einfacher, bescheidener Bauer geblieben. Gut, die zweihundert Aren erschlossenes Bauland vor den Toren zur Stadt, die zum beschei-

denen Bauerngütlein seiner Frau gehörten, habe er natürlich verkauft. Denn man wolle auch nicht den lieben langen Tag nur krampfen.

Tja, wenn ich nun so an meine damalige Plackerei mit Dreisätzen, Quadratwurzeln oder unregelmässigen Verben zurückdenke, weiss ich im Gedenken an Noldi, den Ohrenwackler, auf einmal: Eine gute Schulbildung ist auch nicht alles!

Ruchbrot

«Es hatte nur noch Roggenbrot», sagte meine Frühstücksassistentin. Normalerweise backen wir für das sonntägliche Morgenritual einen Frischback-Butterzopf auf. Weisses, wie es sich für Weisse geziemt. Man ist Weisses schon seinem gesellschaftlichen Stand schuldig.
Ich murrte. Nahm lustlos die herbe Scholle Hanfs in Angriff. Begann zu kauen. Und murrte auf einmal nicht mehr. Denn plötzlich war sie wieder da, die Beziehung zum Brot: Der Ruch der Scholle, der Erde, wie er aus einem verzärtelten, überzüchteten Weissmehlzopf weder duften noch schmekken kann.
Wir Wohlständigen haben die Beziehung zum Brot ja längst verloren. Heute ist Brot ein nachrangiges Nahrungsmittel: Man kann sich «Besseres» leisten, «Vürnehmeres». Vor allem das Ruchbrot hat in vielen Familien ausgedient - was dächte wohl der Beck von einem?
Früher jedoch kämpfte der Mensch regelrecht um sein Brot, betete er sogar - nicht bloss als Phrasendrescher -, sondern mit Inbrunst: «Und gib uns heute unser täglich Brot!» In der Neuzeit kann er sich solche Betmühe ersparen: Brot ist schon noch das Mindeste, was man am Esstisch verlangen kann, vertoria!
Ich allerdings erlebte die Zeiten noch, als Brot kei-

ne Selbstverständlichkeit war: Im Zweiten Weltkrieg hätte der Mensch beinahe wieder gebetet: «Unser täglich Brot gib uns heute!» Brot bekam man damals nur gegen Rationierungsmarken. Logischerweise nur Ruchbrot. Und dieses musste erst noch altbacken sein: Es war den Bäckern streng verboten, frisches Brot zu verkaufen. Auf solch einfache Weise wurde der Brotkonsum bereits um einige Prozente gesenkt.
Brot war auch in den Schulpausen Mangelware. Es bekam deshalb Tauschwert: Ich schrieb für je hundert Brotcoupons einigen Kollegen die Aufsätze. Um ihrerseits zu Brotcoupons zu kommen, fertigten diese für andere Kollegen die technischen Zeichnungen an - kaufmännische Transaktionen «live»! Oder vor allem das Ährenauflesen. Damals wurde das Getreide noch mit der Sense geschnitten, das heisst, beim Ernten fiel ein gewisses Quantum Ähren ab. Diese Kornträger verkrümelten sich zwischen den Stoppeln der Getreidefelder so, dass sie in den sieben fetten Jahren garantiert nicht verwertet worden wären.
In den brotarmen Kriegsjahren aber zählte jede Ähre, zählte jedes Getreidekorn, zählte jedes Pfund Mehl, das man beim Dorfmüller «aus eigenem Korn» mahlen lassen konnte.
Morgens um vier, oft noch bei Mondschein, zogen wir Ährenleser los, mit dem alten Velo, mit Kirschenkratten und einem weissen Stoffsack: Wer

die abgeräumten Baselbieter Getreidefelder zuerst erreichte, erntete zuerst! Dies wussten auch die Städter, die von Basel aus oft eine halbe Nacht lang unterwegs waren, um mit aufgelesenen Ähren die eidgenössisch zugeteilte Brotration etwas aufzurunden.
Es war harte Lesearbeit. Schon nach zwei Stunden schmerzten vom Bücken die Rücken. Die scharfkantigen Stoppeln legten Nagelwurzeln bloss: Schweiss und Blut bis eine Familie nach tagelangem Kollektivfleiss königlich reich zwanzig Kilogramm Ähren zum Dreschen bringen konnte!
Aber es war Leben «live», es war angewandte Selbsterhaltung. Man erlebte, weil damals das Fernsehen darüber noch nicht informierte, wie der neue Tag anbrach. Man lernte die verschiedenen Getreidesorten in der Praxis kennen. Man bekam zum Urnahrungsmittel Brot eine wunderbar tiefe Beziehung: Brot ist etwas Heiliges! Und aus den Wiesen stieg der weisse Nebel wunderbar.
All diese Zehntausend-Volt-Eindrücke, die jahrelang verschüttet waren, tauchen beim Kauen meiner rustikalen Scholle Schwarzbrots in leider höchst mangelhafter Intensität wieder auf: «Was Götter schenken, schenken sie nur einmal», pflegte eine jungverstorbene Freundin zu sagen. Heute ahne ich, wie sie es meinte. Ja, und weil Aufzeichnungen von Bubeneindrücken sogar in höchst mangelhafter Bildqualität etwas Wunderschönes

sind, werde ich das Zeremoniell des Sonntagfrühstücks künftig nicht mit weissweissem Feinstzopf für empfindliche Milchzähnlein begehen, sondern mit kleiereichem, grobkörnigem Ruchbrot für Taglöhner, also für Kenner.
Sie sehen: Sooo weit habe ich gesellschaftlich abgewirtschaftet!

Sackgeld

In chemisch gereinigtem Deutsch hiesse Sackgeld Taschengeld. Ich mag jedoch eine sterile Sprache nicht. Deshalb schreibe ich Sackgeld. Buben haben ohnehin kaum Taschen, sondern Säcke. Hosensäcke für das Sackgeld.

Auch meine Kollegen und ich hatten seinerzeit Hosensäcke. In diesen freilich fehlte oft das Geld: Weil im Waldenburgertal trotz der fast weltbekannten Uhrenindustrie nicht der Wohlstand ausgebrochen war, hatten die Eltern anderes zu tun, als ihrem Nachwuchs Glaces, Crèmeschnitten und andere Extravaganzen zu finanzieren. Für die Schulpausen genügten ein Stück Schwarzbrot und ein Boskop.

Im vornehmen Klartext: Wir Buben (und Meitli) mussten jeden Franken Sackgeld selber verdienen. Beispielsweise holte ich für den im Nachbarhaus wohnenden Medizinmann täglich, auch an Sonn- und allgemeinen Feiertagen, die offen ausgeschenkte Milch. Bezog für diese Dienstleistung ein Monatssalär von drei Franken, das heisst je Milchgang 10 Rappen.

Auch hatte Mutter zur Aufrundung des spärlichen Haushaltgeldes eine Himbeeren-Kultur. Ich war Einzelkind (also hoffnungslos verwöhnt, oder?) und musste deshalb jeweilen erst morgens um halb fünf Uhr der Mutter Himbeeren ablesen helfen.

Ein Christenmensch müsse das Gewicht gut geben, sagte Mutter. Konsumenten, die ein Kilogramm Himbeeren bezahlten, zogen deshalb froh mit zwei Kilogramm Himbeeren von dannen. Unser Christenglaube sprach sich herum, so dass Mutter dank einem grossen Kundenkreis nach der Ernte fünfzig Franken im Schermen hatte. Davon standen mir für den erwähnten Hosensack 5 Franken zu.

Als Fünftklässler dann handelte ich mit einer Art von Schoggi. Jeden Samstag nach dem Einnachten übergab mir der Alois von Bämbel (für Ausländer: Bennwil) hinter Beckenhansenemmis Hühnerschopf 10 Tafeln einer bräunlichen Masse, die man selbst in den Kriegsjahren nur mit optimaler Fantasie als Schokolade bezeichnen konnte. Ich kaufte vom Mini-Grossisten die Tafel für 50 Rappen und verkaufte sie für 55 Rappen an Schulkollegen. Diesen florierenden Schoggihandel verboten mir dann allerdings die Eltern: Der Alois von Bämbel wollte nicht mit der Bezugsquelle herausrücken. Doch betätigte ich mich später, in der Stifti, nochmals als Schoggikaufmann. Von einem Zuckerbäcker im Laufental bezog ich für 20 Rappen das Stück wunderfeine Mohrenköpfe. Im Büro bot ich sie zu 25 Rappen an. Der Buchhalter schaffte im Tag bis zu 5 Stück. Seither mag ich Buchhalter. Leider flog auch dieses süsse Geschäft auf: Eines trüben Tages fiel dem Buchhalter ein angebissener Mohrenkopf in

die heilige Schrift der Bank (Hauptbuch) und verklebte das Soll mit dem Haben – der Prokurist schritt ein! Seither mag ich Hauptbücher und Prokuristen eher nicht so.
Ja, oder in der Bezirksschule Waldenburg schrieb ich zur Finanzierung verbotener Liestaler Uhu-Kinobesuche mit meiner verheerenden ersten Liebe für das gelbe Heftli ergreifende Liebes-Kurzgeschichten. In der Geographie wurde nämlich ausschliesslich unbrauchbares Lexikon-Wissen (Wie hoch ist die Dufourspitze? Wie lang ist der Amazonas?) vermittelt. Die traurigen Liebesgeschichten wurden von den Ringier-Druckern angenommen, die himmeltraurigen schickte mir die Redaktion zurück. Als mir der Pöstler das erste Honorar von 10 Franken in die zitternde Hand zählte, fühlte ich mich zum ersten (und wohl auch zum letzten) Mal als König. Erst gestern fiel mir beim Entrümpeln eine jener Geschichten in die Hände. Nach dem Lesen konnte ich die Tränen nicht zurückhalten: Ich bin heute noch ein sehr empfindsamer Bub.
Item, heute haben die Kinder auf ein Fixum Sackgeld Anspruch. Pädagogen und andere gescheite Leute wollen es so. Damit die Heranwachsenden zum Geld eine echte Beziehung erhalten und damit sie dieses gut verwalten lernen. Nur Rabeneltern muten deshalb ihren Kindern zu, Sackgeld selber zu verdienen.

Trotz dieses demnächst gesetzlich verankerten Rechts der Jugend auf reichliches Sackgeld offerierte ich kürzlich dem Progymeler eines Bekannten ein sehr faires Sackgeld, so dieser während meiner Ferienabwesenheit alle drei Tage meinen Hortensien eine Kanne Wasser gebe. Der hoffnungsvolle Jüngling winkte ab: In den Ferien könne er nicht arbeiten (ausserhalb der Ferien wenn möglich ebenfalls nicht). Und genau darum, meine Lieben, überdächte ich - hätte ich Söhne oder Töchter - grundlegend die Sache mit dem Sackgeld. Dies trotz der erwähnten gescheiten Fachleute.

Wo noch im Dunkeln munkeln?

Und nun sagen Sie mir gefälligst, wo sollen heutzutage Jungverliebte von zwölf bis siebenundneunzig Jahren noch im Dunkeln gut munkeln können? Auch Sie wissen's: Mit grünlichgiftigem Neonlicht ab Betonkandelabern hat man die einst so lauschige Nacht zum knallig grellen Tag gemacht. Die Welt mit ihren ehemals romantischen, verschwiegenen Winkeln ist zum Tageslicht-Stadion geworden: Schon damit der Bedarf an AKWs nachgewiesen sei.

Wie herrlich wenig Licht hingegen hatten wir Frischkonfirmierten an Maisamstagen!

Damals ging man als neubrevetierter Erwachsener nach Waldenburg. In den Leuen. Denn dort hatte der Besitzer aus einem nostalgischen Beizensaal ein noch nostalgischeres Provinzkino gemacht.

Dort starteten wir Glücklichen (Fernsehlosen) unsere Samstagswonnen. Wir, die Söhne der Uhrenhilfsarbeiter mit Drittplatz-Mädchen auf dem dritten Platz, ganz vorne.

Hinter uns sassen die Söhne der Mechaniker. Mit Zweitplatz-Mädchen auf dem zweiten Platz. Hinter ihnen vereinzelte Söhne von Uhri-Bürogummis mit ihren Erstplatz-Mädchen auf dem ersten Platz. Und ganz hinten, also im ersten Rang, Theo mit seinem Logen-Mädchen Silvia in der abgeschabten Samtloge. Theos Vater war in der Indu-

strie etwas Halbhöcherencheibs. Darum brachte es Silvia bis zur Loge. Sie war ja auch sehr blond. Und sie brauchte Körbchengrösse vier.
Gezeigt wurden Dick und Doof, die 1927 in Basel gelaufen waren. Den Sex hatten die Provinzler noch nicht erfunden (unsere Generation war noch vom Storch gebracht worden). Nur einmal wollte in einem Film ein kühner Er einer attraktiven Sie etwas Tenueerleichterung verschaffen. Aber gegen so viel Sex war die Projektorbirne nicht gewappnet: Sie barst mit einem Klapf. Und wir bekamen an der Kasse fünzig Rappen zurück.
Doch das war nicht tragisch. Wer schon ging wegen des Kinos ins Kino? Wir jedenfalls gingen wegen des Heimweges vom Kino: Zwischen dem Zelluloidtempel von Waldenburg und unsern Wohngemeinden gab es nachts höchstens Andeutungen von Licht. Und genau diese Lichtarmut schenkte uns Frischkonfirmierten in den linden Lüften des Maien so unendlich viel Heimweg-Seligkeit. Und weiter: Der erwähnte Lichtmangel nivellierte nächtlich-sanft soziale Ungerechtigkeit aus. Denn nachts sind alle Katzen grau. Und nachts sind alle Mädchen schön. Die Drittplatz-Mädchen genau so süss wie das Logen-Mädchen Silvia mit der imposanten Körbchengrösse.
Ja, und in der Allee am rauschenden Wildbach parkierten wir uns in lieblichen Maiennächten – Silberwölklein flogen – auf den Bänklein, um über

den gesehenen Film zu diskutieren. Im diskreten Licht der Sterne gab es auf einmal keinen Theo mit Industrie-Altem mehr: Wir Dritt-, Zweit-, Erst- und Logenplätzer waren plötzlich Gleiche unter Gleichen, nämlich Anatomie-Studenten, die ihr Studium ernst nahmen.
Damals funktionierte somit zwischen Waldenburg und Oberdorf der soziale Ausgleich auf einfachste Weise. Jedoch wie ist es heute, wo noch können Drittplatz-Mädchen in milden Maiensternennächten zu wunderschönen Logen-Prinzessinnen werden? In einer scheinwerfergrellen, bis in alle Ekken unbarmherzig ausgeleuchteten Welt, die sich für zauberhafte Metamorphosen nicht mehr eignet?
Und wo, meine Lieben, sollen Heftigverliebte von zwölf bis siebenundneunzig Jahren über gesehene Filme diskutieren? Gut, da und dort gibt es noch ein paar nicht zum Tageslicht-Stadion aufgelichtete Waldpartien. Doch ist gemäss den bekannten Rundummeli dort ausschliesslich Forstverkehr gestattet. Also auch kein Ausweg aus dem Strahlenmeer.
Ja, wo soll heute der junge Mensch den Mai wirklich maigemäss absolvieren? In der Lichterflut finde ich einfach keine Antwort. Darum kann ich lediglich an den Goodwill unserer Beleuchtungsminister appellieren: Stellt euer Zehntausendwatt-Licht endlich wieder vermehrt unter den Scheffel –

schenkt den Jungverliebten von zwölf bis siebenundneunzig Jahren einen lichtarmen Maien voller Romantik, Zauber und Geheimnisse!

Mehr Freiheit für Sardinen!

Gut, Sardinen wachsen nicht im Baselbiet. Sardinen werden jedoch auch von manuell begabten Baselbietern gern verspiesen. Folglich ist die folgende ölige Historia auch in einer Baselbieter Provinz-Kolumne hundertzweiprozentig legal – man vernehme drum: «Nähmst auch du ein Sardinenbrötchen?» frage ich Freundin Dithli. Diese erbleicht, faltet die Hände, schluchzt lautlos (Dithli war schon einmal dabei, als ich nach Sardinen ein arg' Gelüste hatte).

Doch Dithli ist tapfer. Schreibt die Telefonnummern des Notfallarztes, der Polizei und des Zivilschutzes heraus. Legt Leukoplast und Desogen bereit. «In Gottes Namen!» Wendet den Blick empor zu den Bergen.

Ich aber: Mit dem neckischen Schlüsselchen beginne ich froh die Dose öliger Lust zu öffnen. Erst nach drei Umdrehungen bricht das niedliche Ding ab. Aussicht auf acht Quadratzentimeter Minifische in Glanz und Gloria. «Du musst nur erst den Nippel durch die Lasche ziehn», rät Dithli, erbleicht aber sofort wieder: Beim Öffnen von Sardinenbüchsen bin ich schrecklich in meinem Zorn!

«Zange!» befehle ich knapp. Dithli assistiert gekonnt. Wenn ich den leicht geöffneten Büchsendeckel mit dem schweren Brieföffner anhebe, kann ich vielleicht nachfassen. «Solltest du nicht eine alte Zeitung . . .?» Ich schaue, Dithli zuckt zusammen.

«Brieföffner!» Es klappt. Nur als ich etwas zu forsch ziehe, rutsche ich ab, mit dem Daumen über das scharfzackige Blech, die Dose fliegt auf den Clubtisch: Blut ist ein ganz besonderer Saft!

«Um Gotteswillen, das gehäkelte Deckchen!» Dithli dreht schluchzend die Dose um (warum fallen Butterbrote und davonfliegende Sardinen ewig auf die unzweckmässige Seite?) «Tante Melanie schaut doch immer, ob wir ihr Geschenk ehren, nun sind wir enterbt!» Auf der Häkeldecke Louis Gäääs Öl, Blut und Tränen: Wer nie sein Sardinenbrot mit Tränen ass!

«Soll ich verbluten?» Dithli kommt wieder zu Sinnen. Wir können mich dank blutstillender Watte vorläufig am Leben erhalten.

«Vielleicht geht's mit dem Stechbeutel.» Wir tragen die Dose in den Bastelraum. Beim Wegspitzen des Blechdeckels ergiesst sich der Rest Sardinenöl über Dithlis Nothelfer-Schürze. Dithli duftet jetzt wie eine Meerjungfrau.

Weiterhin gefangen liegen die Fischchen vor mir, die armen. Sie haben auf güldne Freiheit nur beschränkt Aussicht. «Was willst du mit dem Dolche, sprich!» entgegnet ihr finster der Wüterich (Dithli kreuzte hilfreich mit meinem alten Pfadimesser auf). Ich winke gequält, hochgradig ge-

stresst ab, frage, ob sie im Konsi wohl auch Schneidbrenner führten (vielleicht Aktion «Drei für zwei»).
Schliesslich erwäge ich, die Sardinen mit einer landläufigen Gabel aus der kleinen Öffnung zu fischen. Indessen mag ich gehackte Sardinen einfach nicht.
Ein letzter, vielleicht zweckdienlicher Einfall: «Haben wir Dynamit im Kuchikänschterli?»
Dithli senkt schuldbewusst den Kopf: «Das Dynamit ist mir gerade ausgegangen.»
Später dann nagt sie in einer Öllache gequält an einem Klöpfer, weil Klöpfer problemloser zu knacken sind als Sardinendosen. Unter grässlichem Hohnlachen erzähle ich Dithli von Ingenieuren, die Menschen auf den Mond und retour zu schiessen vermögen. Hinunter bringe ich keinen Klöpfer: Nichts ist schmerzlicher, als kurz vor dem Sieg kapitulieren zu müssen!
Ernstes Nachwort: Demnächst werde ich Weib und Kinder verlassen, um in die Einsamkeit der Wüste zu ziehen. Ich habe mir nämlich geschworen, weder zu rasten noch ruhen, bis ich die Sardinenbüchse mit Reissverschluss zum Patent angemeldet habe.

Mauser-Volksgericht

Es wird wieder vermehrt «gemaust». Gemaust mit Anführungs- und Schlusszeichen. Immer wenn viele Leute Geldknappheit verzeichnen, wird engagiert «gemaust».
Ich meine das Mausen ohne Anführungszeichen. Zahlreiche Baselbieter Gemeinden propagieren diesen Volkssport neuerdings ja betont. Sie haben die Fangprämien für Feldmäuse attraktiv heraufgesetzt. Denn angesichts der Mäuseplage muss nun der Mensch mausen.
Für uns Buben war das Mausen neben dem Kommissionenmachen und Holzbeigen praktisch die einzige Erwerbsmöglichkeit. Jeder in der Klasse musste sich sein Taschengeld selber erschuften. Aus solchen Gründen besorgten wir uns bei den Eltern ein rückzahlbares Darlehen von zwanzig Franken und posteten beim Reinharde Selmi (Krämerin von Gottesgnaden) dreissig Klemmfallen. Mit diesen bestückten wir die Mauslöcher der Heimat. Denn für jeden dem Prägletenmiggel abgegebenen Mausschwanz bekamen wir einen halben Batzen - ein Bubenvermögen!
Jeweilen am tristen Schulmorgen machten wir uns eine Stunde vor dem Schönschreiben auf die Stricksocken, um die Jagdbeute einzubringen. Dies mit oder ohne Halali. Für jeden klar abgegrenzt war allerdings das Jagdgebiet: Auf keinen

Fall durfte einer dem andern ins Gehege kommen! Das war ungeschriebene, aber praktizierte Solidarität unter hart arbeitenden Existenzmausern.
Für uns Mauserbuben gab es sogar einen richtigen Ehrenkodex: Als das gemeinste und feigste Bubenverbrechen überhaupt galt das sogenannte Ausnehmen fremder Fallen. Vergriff sich einer von uns an einer nicht ihm zustehenden Maus, trat postwendend unser verheerendes Bubengericht in Aktion: Am Mittwoch (Bubennachmittag, die Mädchen hatten Strickschule) wurde der ertappte Mäuseschelm von der ganzen Klasse in die «Gipsi» geführt und dort vom Kollektiv dermassen urschweizerisch verdroschen, dass er infolge körperlicher Havarie tagelang nicht einmal auf die ehrliche Tour mausen konnte. Zusätzlich wurde er während mindestens einem halben Jahr total geächtet und verachtet. Sich rehabilitieren konnte er höchstens, wenn er sich vor dem haselstockbewehrten Lehrer für irgendeinen von der Klasse gemachten Blödsinn als Urheber bekannte.
Item, an das reibungslose Funktionieren dieser Bubengesetze muss ich denken, wenn mich die kolossale Flut von Baselbieter Gesetzen und Verordnungen zu überschwemmen droht. Es rast die Legislative und will ihr Futter haben! Auch Sie, liebe Leibeigenen, wissen ja, dass heute alles und jedes schriftlich reglementiert ist. Jeder folgsame, unter der Gesetzeslast gebeugt seufzende Untertan weiss

darum, wo/wann er nach dem Genuss von Rosenkohl einen Dings ablassen darf beziehungsweise wo/wann nicht. Einzig das früher aus Existenzgründen hie und da praktizierte Ausnehmen von Mausfallen ist meines Wissens noch nicht mit einem 132 Paragraphen umfassenden Gesetz reglementiert. Möglicherweise - es geschehen selbst im zwanzigsten Jahrhundert noch Zeichen und Wunder! - kommen wir sogar trotz heisslaufender Politiker um dieses spezielle Gesetz herum. Denn in einem lichten Augenblick können vielleicht die durch vorstehende Äusserung schamlos durch den Gaggo gezogenen Politiker erkennen, dass Verstand, Vernunft, menschlicher Anstand, ursprünglicher Sinn für Recht/Gerechtigkeit und Existenzminimum an persönlichem Fairplay im Alltag kiloschwere Gesetzesschmöker eigentlich ersetzen könnten.

PS. Ich bin eidg. dipl. Optimist...

La Paloma im Dorf

Ich stamme aus der Provinz Basel. Das geht einem ein Leben lang nach: Man bleibt Provinzler, Bergbauer. In meinem heimeligen Kaff mit Kaffern passierte wirklich kaum Sensationelles. Hie und da ein Küngel-Diebstahl. Dann und wann einer, der den Löffel beiseitelegte und beim Reinhardenselmi einen Hälsig postete. Zuweilen Mutterfreuden ohne Vater. Aber sonst!

Heisst das, einmal im Sommer passierte es, Sensationelles, Kolossales, Einmaliges, Körperauflösendes: Der Zirkus Nock machte unsern gottseidank noch nicht asphaltierten Schulplatz zum aufregenden Märchenreich. Er hatte noch kein Zelt, umzäunte einfach den Platz mit gestreiften Tüchern, fertig war die Arena!

Nock hatte auch nur etwa vier Wagen. Sie wurden von zwei Rössern gezogen. Aber das waren nicht prosaische Arbeitsgäule, sondern poetische Wunderrösser: Eines von ihnen konnte sogar kopfrechnen! Das titulierte Zirkuspublikum durfte jeweilen fragen, was beispielsweise drei mal drei gebe – und siehe da, das Wunderpferd scharrte achtmal mit dem rechten Vorderhuf! Der intelligente Rudolf fand später den Trick heraus: Bei dreimal drei schob Vater Nock unauffällig seinen Fuss nach dem siebten Mal vor, worauf das Rechnungsross nur noch ein einziges Mal scharren

durfte, um so das richtige Resultat acht anzugeben.
Das Allergrösste, Alleinseligmachende jedoch war der Matrose am schwankenden Schiffsmast. Zum Zofingermarsch (wir sagen ihm heute noch Nockmarsch) kletterte ein Nocksohn wie der Tarzan den etwa zwanzig Meter hohen Holzmast hinauf, der oben eine Halterung besass. Dort machte der Matrose den Handstand, und im grellen Scheinwerferlicht begann er in der blauen Nacht hin- und herzuwiegen.
Und genau dies war für mich Zirkus total. Es gab nichts Grösseres. Ich stand unten in der atemlosen Menge, eiskalt, glühendheiss, körperlos, starrte mit donnerndem Herzen hinauf. Der etwas asthmatische Plattenspieler spielte dann La Paloma, welches Musikstück meine beliebteste Melodie geblieben ist. Und je atemloser die Zuschauer wurden, desto mehr identifizierte ich mich mit dem einsamen Matrosen weitab von Zeit und Raum: Ich wiegte auf dem Halterungsrädchen hin und her. Und ich wusste, dass mich Doris nun garantiert zum Schulschatz haben wollte. Bisher hatte ich nämlich keine Chance, weil ich im Turnen die Niete der Klasse war.
Dann sauste der Matrose kopfvoran den Mast herunter. Ich aber war jedesmal enttäuscht, weil er nicht abstürzte.
Weil ich nicht abgestürzt war.

Denn ich sagte mir, es sei nicht schlimm, abzustürzen, nachdem man einmal ganz, ganz oben gewesen sei.
Daheim spannte ich nach vollendetem Nockglück das Wäscheseil zwischen Sägebock und Telefonstange, balancierte mit Mutters Sonntagsschirm (Konfirmationsgeschenk) zwei Meter fünfzig Seiltanz einszwanzig über Terrain. Mein Gesicht war malerisch zerschürft, und Mutters Schirm zum Teufel. Mir aber ward bewusst, dass es beim Abstürzen keine Kompromisse gebe: Bloss ein bisschen abzustürzen, bringt keinen Genuss!
Oft wenn ich heute allein, einsam im riesigen Zirkuszelt von der Menschenmasse erdrückt werde, sehne ich mich nach dem Urzirkus meiner Bubenjahre zurück. Die Zirkusnummern, die Schlag auf Schlag in Superspitzenqualität optimalen Nervenkitzel auslösen sollten, kommen nämlich nicht annähernd an die Matrosennummer des damaligen Provinz-Zirkus heran.
Wahrscheinlich bin ich trotz optimaler Reizüberflutung und trotz abstumpfender Vergewaltigung mit erdumspannender Medien-Information immer noch nicht auf den absoluten Plural programmiert.
Und darum wohl vertrete ich als Bergbauer die bestimmt unmögliche Ansicht: Sogar in der Zauberwelt des Zirkus wäre weniger viel, viel mehr!

Fachleute

Im Baselbiet gibt es auch viele vierbeinige Katzen. Denn der Kanton Baselland ist ausgesprochen büsifreundlich: Viele Einfamilienhäuser mit dem obligaten Landgärtchen, aber auch verständige und tierfreundliche Vermieter machen nach wie vor eine gefreute Katzenhaltung möglich.
Vor einem Jahr schenkte die Postkatze von 4444 Rümlingen vier reizenden Büsi das Leben. Für drei konnten meine Freundin und ich gute Plätzchen finden. Die vierte integrierten wir in unsere Familie.
Dieses hübsche Tigerlein wuchs frohmütig und miauend heran. Für uns gab es nur ein einziges Problem: Niemand konnte mit Sicherheit sagen, ob es ein Katzenmann oder eine Katzendame sei.
«Es ist ein Weibchen», behauptete ich. Denn ich glaubte mich erinnern zu können, irgendwann irgendwo formal etwas Ähnliches gesehen zu haben.
«Es ist ein Männchen», sagte nach diskreter Untersuchung Dithli. Denn es glaubte sich erinnern zu können, irgendwann irgendwo formal etwas Ähnliches gesehen zu haben.
«Hundertprozentig ein Weibchen», stellte Onkel Ernst von der Polizei (unser Freund und Helfer) fest, «allerdings könnte es auch ein Männchen sein.»

Nach regen Umfragen bei Freunden, Bekannten und andern Neidern ergab sich das Resultat: Fifty-fifty. Das heisst, unser lebensfrohes Büsi musste zur einen Hälfte ein Männchen, zur andern ein Weibchen sein.
Dann erinnerten wir uns glücklicherweise Theos. Theo ist Fachmann. Er will, heftig studierend, Tierarzt werden. Als solcher muss er oft das Geschlecht von Tieren bestimmen, sofern diese nicht wie bei der NASA mit Namen angeschrieben sind. Theo liess vor Schreck die Tabakpfeife des Intellektuellen fallen. «Ja, gibt es das wirklich? Schon ein Häfelischüler sieht doch, dass euer niedliches Kuschelvieh nur ein Männchen sein kann! Im übrigen solltet ihr euch gelegentlich ein leichtverständliches Aufklärungsbuch anschaffen.» Wir aber zogen, endlich aufgeklärt, mit dem Körbchen glücklich von dannen und tauften unsern strammen Kater am nächsten Morgen auf den Namen Moritz. Dieser entwickelte sich dank liebevoller Pflege erfreulich: Er wurde gross und kugelrund.
Und letzte Woche brachte Moritz vier süsse Büsi zur Welt.
PS. Seither glaube ich wieder an Wunder der Natur. Oder wären etwa Sie dermassen vermessen, den Schiedsspruch ausgesprochener Fachleute je auch nur im leisesten anzuzweifeln?

Hoffnungsloser Fall

Jeder Baselbieter Garten, der etwas auf sich hält, verfügt über eine Kräuterecke. Mutter zog Kamille, Pfefferminze, Salbei, Goldmelisse und Wermut. Letzterer sei für den Magen Medizin. Jeden Bubenmorgen musste ich deshalb ein Gläschen dieses höchstbitteren Gesöffs kippen. Wohl darum bin ich ein optimal fröhlicher Mensch geworden. Goldmelisse sei für beziehungsweise gegen die Nerven. Am Vorabend zur Mathiprüfung im Gymeli mussten Cousine Hedi und ich je anderthalb Liter Goldmelissentee trinken. Ich verbrachte die Nacht auf dem WC und harrte froh der Nerven, die da nicht kommen sollten. Am Morgen fühlte ich mich als der neue Schnellzug nach Paris. Hedi, die Goldmelissenberuhigte, schlief bei der Sache mit Pythagoras ein. Ich dagegen riss Quadratwurzeln im Dutzend aus, machte in den Gleichungen wild sämtliche Unbekannten zu Bekannten.

Schon damals sagte Gotte Miggi zu Mutter: «Liny, mit dem Bub stimmt etwas nicht!» (Ich war damals immerhin auch schon Linkshänder).

Später hatten Dithli und ich einen Stress-Tag. «Lass uns beruhigen», riet Dithli und schluckte vor dem Nachtgebet drei Baldriankapseln! Bereits damals um meine medikamentöse Andersartigkeit wissend, ging ich sicherheitshalber auf neun Kapseln. Allein ich muss Katzenblut haben: Baldrian beruhigt Katzen nicht, sondern macht sie zu schrecklichen Ungeheuern! Nach drei Nächten jedenfalls weckte ich Dithli. In dieser Zeit hatte ich sechs Kurzgeschichten, den Monats-Einkaufszettel und die Steuererklärung ausgefüllt. Spätestens jetzt wusste ich es: Total verrücktes Lebewesen, fern jeglicher von Wissenschaftern mühsam aufgestellten Norm. Ein Fall für pharmazeutische Abarten-Forschung, zu gegebener Zeit im naturhistorischen Museum ausgestellt.

Da war nämlich noch der übermässig starke Bohnenkaffee: Espresso der Giftklasse 1 beruhigt mich geradezu wunderbar, ersetzt mir voll perfektionistisch betriebenes Autogentraining. Trotz dieser sensationellen Ruhe fand eines Tages Dithli, ich sei doch etwas zu hochtourig. Der Medizinmann mass auf ihr Geheiss meinen Puls. Bei 182 hörte er zu zählen auf. «Haben Sie noch andere Angehörige?» fragte er teilnahmsvoll. Und nach dem Besprechen der Erbfolge: «Geniessen Sie Ihr Leben noch - aaaber um Gotteswillen weder Wein noch Weib noch Gesang noch Nikotin und vor allem: Auf keinsten Fall Bohnenkaffee!»

Ich fügte mich dem Verzicht auf Wein, Gesang und Nikotin, beichtete dem herzlosen Herzspezialisten jedoch meine lebenserhaltende Beruhigungstherapie mittels Sprengstoff-Kaffee. Dieses Geständnis liess meinen Ratgeber ohne

Schleudersitz zur Praxisdecke sausen. Seine Gattin Emmi hingegen brachte den Espresso, zum Verlieben schwarz, zum Abstecken dick (der Kaffee). «Viermal stärker als sonst, wie befohlen», meinte sie kopfschüttelnd. Ich genehmigte genussvoll drei Tassen. Wurde von dem aus allen Fugen geratenen Doktor für zehn Minuten ins Wartezimmer geschickt. Als er mich dort holen kam, war ich bei der Lektüre des neuesten Nebelspalters (13. März 1967) behaglichwohlig eingedöst. Er mass bei mir Puls. Sanft und ruhig schlug mein Herze.

Der Herr Doktor schloss meine Krankengeschichte: Abgeschrieben, da hoffnungsloser Fall.

Schwein haben

Auch Ihnen, gebeugte Leser fällt es auf: Wir Schweizer sind ein einig Volk von übergewichtigen Brüdern. Zusätzliches Gewicht von fünfzig Prozentlein an aufwärts ist an der Tagesordnung, gehört zum guten Ton, schafft Kredit.
Am Übergewicht sind zwar weder wir noch die berüchtigten Kalorien schuld. Jeder von uns, der krass vom ersehnten Idealgewicht abweicht, kann es getrost kund und zu wissen tun: «Ich esse praktisch nichts - aber bei mir arbeiten einfach die Drüsen nicht richtig.»
Daraus folgt: Das mit den nicht funktionierenden Drüsen ist ein Kreuz. Denn die Drüsen sind die ausschliesslichen Verursacher nationalen Übergewichts. Ich halte das für eine ausgekochte Schweinerei!
Im Gegensatz zu dieser ausgekochten Schweinerei finden wir zurzeit in allen bessern Beizen des Baselbiets ausgesprochen schmackhafte Schweinereien. Man lese nur die gesammelten Dorfanzeiger, in denen die stilisierten graphischen Säulein auf diesem nicht mehr ungewöhnlichen Weg die hohe Zeit der Baselbieter Bauernmetzgeten verkünden.
In der Tat haben ländliche «Buuremetzgete» am heimeligen Beizentisch so was Gewisses. Die duftenden Sauereien ziehen in der kalten Jahreszeit

denn auch lukullisch zu allem entschlossene Esser und Mitesser aus Stadt und Land, aus allen Volks-, Vermögens-, Alters- und Kulturschichten an. Denn trotz des anrüchigen Namens Bauernmetzgete - Betonung auf Bauern - stammen die aufgetischten Köstlichkeiten nicht primär von Bauern, sondern schlichterdings von unschuldigen Säulein, die in festlich schwerer Zeit, so um die Jahreswende, in besorgniserregender Zahl ihr verheissungsvolles Schweineleben lassen müssen.
Gerade weil an imposanten Bauernmetzgeten die Angst vor praktiziertem Kannibalismus unbegründet ist, kommen selbst hartgeprüfte Beizer beim Servieren von Baselbieter Metzgete in arge Stress-Situationen. Und Kellnerinnen, die Blut- und Leberwürste, sogenannten Säuprägel mit Härdöpfelstock, Bratwürste an «Zibeleschweitzi» und Maxi-Koteletten noch und noch schleppen, können schweissnass bezeugen, dass Borstenvieh und Schweinespeck immer noch der ideale Lebenszweck manches Helvetiers ist.
Item, ich war dieser Abende «live» dabei, als in einer renommierten Baselbieter Fressbeiz zerlegtes Schwein über die kurz vorher Zahltag gehabt habende Menschheit herniederbrach. Am Nebentisch hatte die fröhliche Tafelrunde - die Herren mit kriminell zurückgestülpten Hemdärmeln, die Damen mit Heisshunger im milden Blick - ausgesprochen Schwein: Gestartet wurde rasant mit

einer soliden Fleischsuppe, die einem mit lustig glänzenden Fettäuglein entgegenzwinkerte. Dann folgte in ungebremster Wucht das Wurstmahl, von Schweinsragoût mit Nudeln abgelöst. Vermutlich zur Verdauung und zur innern Entlüftung begann nach der Kotelettenrunde für die Metzgeten-Geniesser, die sich weitere Tenue-Erleichterung zugestanden hatten, die erwähnte Bratwurst- und Zwiebeltherapie.

Voller Neid schaute ich den Hochleistungs-Essern zu. Bereits nach zwei bis drei Spezial-Bauernbratwürsten und einer garnierten Kotelette verspüre ich nämlich als lukullischer Lehrbub jeweilen ein gewisses Gefühl der Sättigung.

Als schliesslich am schwerbeladenen Nebentisch wahre Gebirge von Meringues aufgetragen wurden, wuchs mein kulinarischer Minderwertigkeitskomplex ins Unermessliche: Nach Fleischsuppe, Säuprägel, Blut-, Leber- und Bratwürsten sowie Koteletten in der Grösse landesüblicher Dingsbumsdeckel verschwanden die Meeränggen (aber bitte mit Saaahne) praktisch nullkommaplötzlich in gierigen Schlünden essgewaltiger Miteidgenossen ...

Ich hab's mit eigenen Augen gesehen. Es ist die Wahrheit und nichts als die Wahrheit!

Moralisch zerquetscht verkroch ich mich ins Ecklein und schämte mich. Dass bei mir wenigstens die Drüsen einigermassen richtig funktionieren, war in dieser schweren Stunde angewandter Baselbieter Bauernmetzgeten für mich eher ein schwacher Trost . . .

Nachruf auf die Waldweide

Es war einmal eine Zeit, da gab es Skischuhe, in denen man sogar gehen konnte. Ursprünglicher Zweck von Schuhen dürfte ja gewesen sein, dem Menschen den Gebrauch der angeborenen Füsse zu erleichtern. Später dann kam der Astronauten-Look, denn die Skischuh-Industrie schlief nicht. Sie konstruierte die Skischuhe - vermutlich in Zusammenarbeit mit den Konstrukteuren von Skilifts - so, dass sich die Träger der kolossalen Elefantenfuss-Gebilde wie die ersten Menschen auf dem Mond bewegen: Teelöffelweise, jedoch heldenmütig, immerhin mit einem ans Herze gehenden Ausdruck des Leidens und der Qual im Gesicht.

Jedoch: Moderne Skischuhe sind von ihrer Funktion her ja auch gar nicht zum Gehen bestimmt: Man fährt seit einiger Zeit mit dem gutgeheizten Auto direkt zur Talstation des Skilifts, lässt während des halbstündigen Schlangenstehens das Gehgestell dermassen abkühlen, dass nach der anschliessenden Schussfahrt im Stossverkehr schweizerischer Skipisten die nationale Gipsproduktion merklich gefördert wird.

Vor Jahren gab es weder monströse Skischuhe noch Skilifts. Das war unter anderem die grosse Zeit der Waldenburger Waldweide. Diese Baselbieter Hochalp, auf der Waldenburg als zweitgrösste Stadt des Kantons (so der ehemalige Waldenburger Stadtpräsident Ernst Tschudin) auch vierbeinige Rindviecher weiden lässt, war das Skigebiet des Baselbiets. Und dort wurde gesunder, echter Skisport betrieben.

Wahre Völkerstämme nämlich brachte das gestresst pfupfende Waldenburgerli an guten Skisonntagen in den Bezirkshauptort. Mit geschulterten Ski und in fussgängerfreundlichen Skischuhen marschierten jeweilen die echten Gesundheitssportler durch das obere Stadttor via Richtacker den winterlichen Wonnen des herrlichen Skigebiets Waldweide entgegen: Ein fast einstündiger Aufstieg auf eigenem Marschiergestell wärmte die Knochen für spätere kühne Aktivitäten im Schnee auf natürliche Weise. Ausserdem begannen Lunge und Herz zu jubeln.

Die Studenweide war die Lauberhornabfahrt des Kleinen Mannes. Ich kam als offiziell schlechtester Abfahrer unten zwar immer als Schneemann an. Die zünftigen damaligen Skistars indessen erlebten dort glückliche Stunden.

Dann wurden weit im Rund Skilifts und andere Menschenbagger aufgestellt, weil sich wegen der Astronauten-Skischuhe das immer motorisierter werdende Massenprodukt Mensch eines Tages nicht mehr auf eigenen Füssen durch den Winter bewegen konnte. Die Blechlawinen der Autos begannen östlich und westlich der Waldweide zu rol-

len ... Die Waldweide, die jahrzehntelang unzähligen Skifans der Regio Basiliensis als wunderschönes Skigebiet gedient hatte, geriet schmählich in Vergessenheit. Um die legendäre Studenweide wurde es still. Ein gutes Stück Baselbieter Wintersports sank ins Grab.
Seinerzeit hatten die Waldenburger für den Bau einer Touristikbahn auf die Waldweide ja keine Konzession erhalten. Das verziehen die Konsumenten von Astronauten-Skischuhen der Waldweide nie. Sie liessen das ehemalige Waldenburger Ski-Dorado spüren, dass in einem bahn- und liftlosen Gebiet nicht einmal mehr Armengenössige Muskelkraft verschwenden. -
Die Waldenburger Waldweide allerdings gibt es nach wie vor. Einige Individualisten und Ski-Einsiedler, die von elefantösen Klumpfüssen eher nicht so viel halten, zeichnen hie und da in die Unberührtheit des kleinen Schneeparadieses Waldweide (mit romantischer Bergbeiz!) Spuren: Zwei Spuren im Schnee - man vergleiche Vico Torriani! Kurt Tucholsky hat seinerzeit zwar behauptet, es gebe keinen Neuschnee. Es gibt Neuschnee, wenigstens auf der Waldenburger Waldweide. Dort kommen unheilbare Hinterwäldler, die nicht den letzten Modef..z mitmachen, unter dem Motto «Zurück zur Natur» jetzt erst recht auf ihre Rechnung. Denn die Massenhysterie auf Latten findet «im motorisierten Schnee» statt.

Meine Lieben: Viele Mini-Paradiese musste der Mensch in den letzten Jahren aufgeben.
Wo aber stehet geschrieben, gewisse Kleinparadiese könne er nicht zurückgewinnen?

Und unsern kranken Nachbarn auch

Vater hätte gern einen Beruf erlernt. Doch seine Eltern waren arme Teufel. Darum hatte er in der Uhrenfabrik als Hilfsarbeiter Messing zu drehen. Seine Maschine musste er jede Minute am Transmissionsriemen anhalten. Dieser wurde von einem Metallhaken zusammengehalten. Erwischte Vater gerade den Haken, riss es ihm die Hand auf.

Vater roch immer nach Maschinenöl. Doch in seinen schwarzen Haaren hatte er spitzige Messingspäne. Jeweilen beim Nachtessen - präglete Härdöpfel mit Kaffee, von mir schon als Zweitklässler jeden Abend zubereitet - glänzten die Späne in der Abendsonne oder im Licht der Küchenfunzel. Ich war dann auf Vater fast ein wenig stolz. Denn ich sagte mir, vielleicht sei das Gold: das Gold des Arbeiters. Meistens hieb Vater den Löffel in die Prägleten und wetterte über den Ehrsam, seinen Chef. Dieser elende Fotzelkeib drücke ihm immer den Akkord. Und überhaupt sei Akkord Mord, er gehe jetzt dann in die Pedea.

Hatte Vater seinen gewaltigen Dampf abgelassen, gingen wir für die Küngel grasen. Vater hängte sich eine Zaine über die Schulter, und wir begaben uns auf grünen Raubzug. Weijefäkten (Löwenzahn) hatten die Küngel am liebsten.

Jeden Abend war das so, auch bei Regenwetter. Ich freute mich wahnsinnig auf diese Abende.

Denn dann hatte ich Vater ganz für mich. Dieser musste ja nicht für den nächsten Tag Konferenzen vorbereiten oder mit kriminell blonden Sekretärinnen bis in alle Nacht hinein Überstunden machen.
Der tagsüber mürrisch wirkende Mann mit der Stimme wie Stacheldraht war vor allem abends ganz anders: Eindeutig setzte er, fern von Messing und Ehrsams, sein zweites Gesicht auf. Und dieses konnte sogar schmunzeln. Etwa in Sachen Hase und Swinegel. Unbekanntlich erzählte mir Vater jeden Abend Märchen, etwa aus dem dicken Grimm auf der obern Chouscht. Viele freilich erfand er. Denn im Gegensatz zu mir hatte er viel Fantasie. Den Swinegel indessen mochte ich besonders: Mich faszinierte das Igel-Ehepaar mit Köpfchen, das den hirnlosen Hasen zutode laufen liess. Gruben wir an einem frischgepflügten Acker Weijefäkten aus, stellte ich mir vor, wie nun Frau Swinegel ihrem Gatten für die Siegesfeier ein Weijefäkten-Salätlein zubereitete und mit einem besonders zarten Schnecklein garnierte.
Damals beschloss ich übrigens, es einmal nicht in den Beinen zu haben, sondern im Kopf. Und so bin ich kein menschengehandelter Spitzensportler geworden. Deswegen habe ich keine Millionen wie die arbeitsamen Leute, die etwas auf sich halten. Darum komme ich nie in die Zeitung. Alles wegen Swinegel und Frau!

Manche dieser Abende waren so schmerzhaft schön, wie das schönste Lied der Welt («Der Mond ist aufgegangen») sie beschreibt. Oft stieg nämlich nach dem Grassammeln und nach den atemraubenden Märchen aus den Wiesen der weisse Nebel wunderbar. Dann jeweilen wurden wir ganz still. Nur einmal fragte Vater leise: «Spürst du Gott?» Vater ging nie zur Kirche. Und einmal sagte er, mehr zu sich selbst: «Für diese Abende lohnt es sich, trotz allem.»
Vaters Stimme war an solchen Abenden merkwürdigerweise nicht wie Stacheldraht. Sie dünkte mich schön, wenn er sagte: «Die Natur darfst du nie kaputtmachen, die Natur musst du gernhaben und auch die Menschen, dann haben diese auch dich gern.» Zweifelnd fragte ich damals: «Ja, aber der Ehrsam, dieser elende Fotzelkeib?» Vater wurde etwas verlegen, drückte mit dem rechten Zeigefinger auf den rechten Nasenflügel und schneuzte durch das linke Nasenloch in die Wiese: «Ausnahmen gibt es halt immer, aber im grossen und ganzen, im grossen und ganzen.»
Ja, Freunde, so reich und begklückend waren meine Bubenabende. Dank Vater. Dank Swinegels. Dank dem Lied von Claudius. Heute haben's Väter selbstverständlich leichter. Sie müssen ihren Buben keine Märchen mehr erzählen. Denn solche gibt es in perfekter Aufmachung, makellos gesprochen, auf Kassetten. Väter können deshalb im er-